旗本改革男《はたもとかいかくおとこ》

公社 著

角川書店

旗本改革男

装画　おおさわゆう
装幀　二見亜矢子

目次

第1章　天才少年現る

第1話　八男坊は麒麟児

「安十郎《あんじゅうろう》」

「あっ父上、お帰りなさいませ。出迎えもせず申し訳ございません」

気がつけば日も暮れ始め、いつの間にか父が城から戻ってくる時間だったようだ。

「今日は何を読んでおる」

「本草学の書物にございます」

「ほほう……そなたは学者にでもなるつもりか」

「将来に向けて、可能性は色々と持っておいた方が良いと思いますので」

「はっはっは、とんだ麒麟児《きりんじ》が我が家に生まれたものだな」

そう言って驚く父の名は徳山貞明《とくのやまさだあきら》。通称小左衛門《こざえもん》。

徳山家は美濃《みの》各務《かかみ》郡を中心に二千七百石を知行されている大身《たいしん》旗本である。なんでも初代は柴《しば》田《た》勝家《かついえ》の与力だったそうで、賤ヶ《しずが》岳《たけ》の戦いで負けた後は丹羽《にわ》長秀《ながひで》、前田《まえだ》利家《としいえ》と戦国時代の有名人の元を転々と仕え、後に徳川家康《とくがわいえやす》に招かれて五千石余を知行されたらしいが、その後お家騒動で減知され、更には何代目かの当主が弟に五百石を分与して今に至っている。

父はその徳山本家の次男として生まれたが、今は分家の養子となって跡を継ぎ、暴れん坊……

もとい米将軍と呼ばれた八代将軍吉宗《よしむね》公が大御所になった後にその小姓などを務めて、従五位下《じゅごいのげ》甲斐守《かいのかみ》に叙任されている。

そして俺はその末子で八男、名を安十郎と言い、現在六歳。

数え年だから満年齢で言うと五歳になったばかり。そんな子が学問書なんか読んでいればそれは驚くだろう。でも正直に言うと内容は二の次だ。時代が違いすぎて、同じ日本語のはずなのに、そもそも何と書いてあるか解読するところからのスタートだからね。


……どうも、未来人です。


二十一世紀の日本でしがないサラリーマンをしていた俺が、江戸《えど》時代に生まれ変わっていたのに気づいたのは生まれて間もなくのこと。仕事のし過ぎで倒れたのは覚えているが、その後のことはよく覚えていない。気が付けばこの徳山安十郎に生まれ変わっていた。

これが噂の転生物ってやつか？　まさか自分の身に降りかかるとは思いもしなかったけど、よく分からない武士の八男に生まれ変わるとはどういうことか。

普通この手の話は、有名な戦国武将なんて歴史の本に名前が残るような人物に転生するものでは？　と思うのだが、よく考えたら戦国時代とか選択肢一つ間違えたら死ぬとか普通にありそうだから、いきなり戦乱の世に放り込まれても怖いよな。

もっとも、江戸時代だって「無礼者！」と言われ平気で斬り捨てられるような世の中だから油断は出来ないが、少なくとも戦国よりは平和な時代に生まれ変わったのだから良い方なのかもしれない。農民じゃないだけマシ。

時代で言うと今年は宝暦《ほうれき》十三年。将軍で言うと十代家治《いえはる》……って言っても、徳川十五代の中でも知名度が低い方だから分かりにくいか。歴史の教科書に出てくる有名人だと、田沼意次《たぬまおきつぐ》が老中になって権勢を振るい始めるちょっと前と言えば分かりやすいだろうか。

戦も起こらない平和な時代と言えば聞こえはいいが、天災とそれに伴う飢饉《ききん》によって幕府の台所事情は次第に苦しくなっている。農民から搾り取ろうとしても、それによって生活に困窮した彼らが、次々に故郷を捨てて都市部へ流入したことでますます税収は低下。さらには米の価格もどんどん下落しており、米を売った金を収入としている幕藩体制は確実に斜陽の道を歩み始めているといってもいいだろう。

とはいえ旗本の八男が、それを変えていけるような権力や能力を持ち合わせているわけがない。まずは自分の出来ることから、つまり身の振り方から考えなくちゃいけない身分だからね。

徳山家は男子が八人生まれたけど、生きているのは俺を除いて次男、四男、五男だけ。次男は跡継ぎ、そして四男と五男は既に他家へ養子に出されたので、俺はある意味跡継ぎのスペア、いわゆる部屋住という立場になる。

部屋住ってのは本来、まだ家督を継いでない後継者も含めてそう呼ばれるのだが、未来人の俺からするとニートに近い意味合いに感じてしまうので、なんとなく居心地が悪い。だから小さい頃から色々と励み、後々兄が跡を継いだら、どこかの養子にと声がかかってきやすいように仕組んでいて、読書もその一環である。

最初はこの時代の文字に目を慣らすというのが一番の目的だったけれど、それなりに読めるようになってからは、どうせなら難しい書物の方が賢そうに見えていいだろうと、学術書とか兵法書みたいなのばかり読んでいるおかげで、『甲斐守の末子は見どころがある』などと噂されているという。我が子可愛さに親父殿が言いふらしているのが主な原因らしいけどね。

「父上、もう少し書が読めるようになりましたら、どこかの先生に師事させていただきたいのですが」

「なんと、その年でか。まだ早かろう」

「私も侍の、父上の子なれば、何かの役に立つ人間になりとうございます」

「そうか、殊勝な心がけよ。よかろう、それほど言うのなら、そのうち良き師を紹介してやる」

なんだか父の機嫌が良さそうだったので、しかるべき師の元で学問を学びたいと言ってみればすんなり受け入れてくれた。厳格な父であるが、齢《よわい》四十を過ぎてから授かった末っ子は殊の外可愛いらしく、その成長を見るのが楽しみのようである。

第2話　蘭学との出会い

――木挽町《こびきちょう》（現在の歌舞伎座《かぶきざ》付近）

「お邪魔しております、先生」

「なんじゃ、また来たのか小僧。物好きな奴じゃのう」

「先生のお屋敷には珍しき書物が沢山あるので飽きませぬ」

この夏、元号が宝暦から明和《めいわ》へと変わり、俺こと徳山安十郎は大病一つ患うことなく、無事に七歳の年を迎えた。

なにしろこの時代は乳幼児の死亡率が高い。赤子のうちに亡くなるのは珍しくもなく、だからこそ元気に成長した子供は節目節目でお祝いがある。後の世で言うところの七五三というやつ。当然俺もお祝いしてもらったよ。

それで驚いたのが、この時代には既に千歳飴《あめ》があったんだ。

その起こりは元禄《げんろく》の頃らしいんだけど、浅草《あさくさ》の七兵衛《しちべえ》という飴売りが、紅白の飴を「千年飴」として売り出したのが始まりなんだって。

その名前が長寿をイメージさせる縁起の良いものだから、子供が健やかに育ちましたと参拝に来た人にウケて、いつしか子供のお祝いのお供になったそうだ。甘味の少ない時代だから、子供たちも大喜びするわけだ。

「で、好きに本を読んでおって構わぬとは申したが、その本に何が書いてあるか読めるのか」

「読めません!」

俺の元気な返事に、「だろうな」と苦笑いするのは青木昆陽《あおきこんよう》先生。

元々は儒学や漢学を学んでいた方だが、後に南町《みなみまち》奉行大岡忠相《おおおかただすけ》、おおおかえちぜんっておが3つもあるのに、発音すると実質1・3個分くらいしか声に出ない、あの大岡越前守に取り立てられて御家人となった御方。

その一番の功績として知られるのは、甘藷《かんしょ》、つまりサツマイモの栽培を広めたということだろう。

享保《きょうほう》年間に発生した大飢饉で民が苦しむ中、既に農耕作物として甘藷が普及定着していた薩摩《さつま》では飢える民が少なかったとのことで、これを栽培して救荒食とすべきだと上申し、江戸近郊で栽培を始めて以来、甘藷先生とも呼ばれる当代随一の知識人だ。

その知識はそれだけに限らず、経済や貨幣に関する書物を記したり、甘藷栽培の後は各地に眠る古文書の解読を進めたりと、マルチな才能を発揮している。

その先生が今取り組んでいるのが、オランダ語の習得と蘭書の和訳だ。

吉宗公は海外の知識・技術を習得するため、それまで禁じていた外国書籍のうち、実用的なものについては禁を緩め導入を図ったが、江戸にはオランダ語を読める者が誰一人存在しない。そこで当時四十歳を過ぎた先生が、野呂元丈《のろげんじょう》という方と共にオランダ語を習得せよと直々に命じられたのである。

先生は漢学も学んでおり、外国の言葉（といっても向こうも漢字だけど……）には慣れていると思われたのだろうが、博識で知られる先生でも一筋縄ではいかず、既に六十も半ばを過ぎたお年ながら、今もなおオランダ語の習得に余念がない。

そんな大先生にどうして俺が師事できたのかというと、どうやら親父殿が大御所となった吉宗公の小姓を務めていた縁で知り合いだったらしく、俺が難しい本をよく読むこと、そして師を求めていることを告げると、ならば屋敷にある書物を好きに読みに来ていいぞと許可してくれた。

まあ先生も先生で子供の手習いくらいに思って、飽きるまで好きにしたらいいといった程度の認識だったのかもしれないが、俺は三日に上げずやって来た。

徳山家は江戸城から隅田川《すみだがわ》を越えたさきにある本所《ほんじょ》に居を構えており、子供の足だとここまで来るのに半刻《とき》（1時間）ちょっとはかかるけど、この時代の人にとっては十分徒歩圏内。

というか、基本徒歩しか移動手段が無いから当たり前ではあるけど、飽きもせず本を読み漁《あさ》っては、これはどういう意味か、これはこういう考えで合っているかと質問しているうちに、直接色々と知識を授けてくれるようになってくれたんだ。

「お主の吸収力には驚かされるが、さすがに蘭書は早かろう」

「あるふぁべっとを教わりましたので、どの文字がどれかを探すだけでも楽しいです」

「不思議な子じゃ。大人ですら蘭書を見たらチンプンカンプンで頭が痛くなる者が多いというに」

オランダ語の発音や文法はドイツ語に近いと聞いたことがある。もっともそのドイツ語だって大学でちょっとかじった程度なんで正しいかどうかは分からないけど、アルファベットをつなげてドイツ語っぽい読み方をすれば雰囲気は感じ取れるし、同じゲルマン語派である英語と似た単語も多いから、学校で英文に触れていた経験がある俺にとって、アルファベットで書かれた文章を見るのはそれほど苦ではない。

だけど見たこともない異国の文字を解読しなくてはならないこの時代の人にとっては苦痛だろうな。これがアラビア文字とかだったらさすがに俺も無理だったと思うし、時代が違うからそもそも現代と言葉の意味合いが違うなんてパターンもあるかもしれないので、大っぴらに読めます！　なんて言うのは憚《はばか》られるところだ。

どうしてかといえば、師である昆陽先生ですら文章は読めないから。

未来ならば「桶《おけ》、遇狂《ぐうぐる》」とか、「塀《へい》、尻《しり》」って呼べば簡単に和訳してくれるし、「荒草《あれくさ》、これを翻訳して」なんて聞いたりすることも出来る。それよりちょっと昔の時代でも、文法のテキストはあるし、辞書を引いて単語の意味を調べることは出来た。

……けど、この時代にはそんな物すら存在しない。先生はまさに徒手空拳《としゆくうけん》の状態で未知なる言語に挑んでいるのだ。

先生がオランダ語を習得せよと命じられて、まず向かったのは長崎。そう、出島《でじま》のオランダ商館である。

言語を学ぶならネイティブに教わればいい。それは間違いではないのだが、そもそもこっちはオランダ語を話せず、向こうは日本語を話せずで、どうやって意思疎通をすればいいんだという状態で上手《うま》くいくはずがない。

そうなるとオランダ語を解する日本人、つまり通詞に教えを請うことになるが、これも中々上手くいかなかったようだ。

彼らは公式の通訳者として幕府の役人を世襲しており、聞《リスニング》く力と話《スピーキング》す力、つまり会話能力に重点を置いているためか、読《リーディング》む力と書《ライティング》く力に精通した人物は数少ない上、その方々に教えを請うても、どうにも協力的ではなかったらしい。

通詞にとってオランダ語を話す能力というのはある種の技術と言うべきものであり、自身の家が通詞として生きていくための秘伝。おいそれと漏らして、誰も彼もがオランダ語を学べるようになっては自分たちの地位が脅かされるとあって、積極的に教えようとはしなかったのだと思う。

それでも将軍直々の命である。教えてもらえませんでしたでは許されないわけで、粘り強く食い下がった結果、アルファベットの読み方だったり、いくつかの単語の意味なんかを習得し、先生が「和蘭文字略考《おらんだもじりやつこう》」なる書物を記したのは二十年近く前のこと。

それ以来、先生は江戸における蘭学《らんがく》の祖みたいな扱いを受けているが、正直に言って「和蘭文字略考」は文法に関する記述が無いので、これでオランダ語が学べるかと言えば無理だと思う。なんだったら未来の日本で小学生が初めて習う英語のテキストの方がよほど役に立つくらいだ。

だけど本当の無から有を生み出すなんて、余程の才能や努力が無いと出来ないことだ。それを何十年も続け、それこそもうすぐ七十にならんとしているのに未《いま》だに衰えぬ先生の探究心には感服するしかないし、こんな小僧のたわいもない質問にすら嫌な顔をせず答えてくれる出来た御方だ。尊敬こそすれど嘲《あざけ》るようなことは何一つない。

だから、俺も陰ながら力になりたい。

「先生、お戻りになったばかりのところ恐れ入りますが、一つお伺いしてもよろしいでしょうか」

「今日は何かな？」

「はい、この蘭書のことここですが、同じ単語でございますよね」

「そうだな。同じ言葉のようだな」

「ですが、それぞれその頭に違う文字が付いているのが気になりまして」

「ふむ、そなたはどう考える」

「愚考いたしますに、これは何か対になっている物なのではないかと」

俺が示した場所には同じ単語が二つ並んでいる。その単語自体の意味はよく分からないが、一つには「up」、そしてもう一つには「onder」という文字が頭に付いていた。

片方はupだから上だよな。するともう片方はスペルこそ違うけどunderつまり下という意味だろうと思う。

「対になっている物の位置関係。例えば右と左、前と後とか……」

「上下とか」

「ただの推測ですが」

――テレレレッテレー！　ほんや○コン○ャクー！

……なんて都合のいい物が出るわけはないので、回りくどく可能性を指摘する方法しか採れないのよね。ストレートにこれだ！　と言っても根拠を示せないから仕方ないんだけど、それでも俺の言いたいことを理解してくれたみたいだ。ホント、あのコ〇ニャクあったら便利だろうなあ……。

「あの……先生」

「おおすまない。この子が突拍子もないことを言い出したゆえ、忘れかけておったわ」

昆陽先生と話していたら、どうやら一緒に帰ってきた客人を待たせてしまっていたようだ。

「いえいえ、私も面白い話を聞けてなによりです。ところで先生、こちらはお孫さんでございますかな？」

「いや、知り合いの子じゃ。儂《わし》の最後の弟子かもな」

「左様でしたか。ならば某《それがし》の弟弟子ですな」

弟弟子？　ということは、この人も昆陽先生に師事しているということか。

年の頃は四十前後。どこかの武家の方だと思うが、総髪というところを見ると医者や学者といった立場の方と見受ける。温和な表情ながらも意志の強そうな目をしているのが印象的だ。

「安十郎、こやつは前野良沢《まえのりょうたく》と申してな、蘭語を学びたいと時々屋敷に来ておるのだ」

「前野にござる」

「兄弟子様、お初にお目にかかります。徳山甲斐守が八男で安十郎にございます」

先生が紹介してくれたその人の名は前野良沢さん。豊前中津《ぶぜんなかつ》藩の藩医、前野家の養子になった方だそうです。

で、昔知人にオランダ語の書物を見せてもらい、異国だろうと同じ人間の話す言葉だから理解出来ないはずはないと蘭学を志したのだとか。それで江戸では蘭学に一番造詣《ぞうけい》の深い昆陽先生に教えを請うているらしい。

やっぱり医者ってのは頭が良いから、学問への探究心が旺盛《おうせい》なんだなあ。

……って、前野良沢？　どこかで聞いた名前だね。

前野……オランダ語……!!

もしかして……解体新書《ターヘル・アナトミア》の前野良沢!?

「安十郎くん、どう思う」

「うーん……主体となる語、その動きに対する言葉、それらを補足する語と続くのが基本形なのは間違いないかと。文章の順番を変えてはいけない決まりがあるのでは？」

「やはりそうか」

「我々は〝私は飯を食う〟とするところを、〝飯を私は食う〟でも通じますが、オランダ語では語の並ぶ順序には絶対の決まり事があるのではないでしょうか」

良沢さんと知り合って早三年経ち、今は明和四（１７６７）年。あれから俺は昆陽先生の屋敷を訪れるたび、ずっとオランダ語の勉強に付き合わされていた。

「いやー、君と一緒にいると学びが捗《はかど》る。己の息子とも言うべき年の子に気付かされることが多い」

「文の構成はなんとなく見えてきましたが、まだ専門的な単語の意味が解読出来ないから、文章全体を読むのは難しそうですね」

「かの昆陽先生ですら何十年かけてようやくここまで来たのだ。千里の道も一歩からと申すではないか」

そう言われてとても気恥ずかしい気持ちになる。

昆陽先生もそうだけど、相手は歴史の教科書に載るような偉人。一方俺はどこの誰とも分からないモブキャラだもの。

ただ、俺が伝える内容を良沢さんはきっちり理解しているようで、もしかしたらオランダ語翻訳が史実より早く進むのではと感じている。

解体新書で一番有名になったのは杉田玄白《すぎたげんぱく》だけど、実は彼はあまりオランダ語が得意ではなく、どちらかというと前野さんが訳したものを医学的見地から日本語に意訳する役割だったと何かの本で見た記憶がある。

刊行されたのが何年なのか覚えていないが、医療体制が脆弱《ぜいじやく》なこの時代、少しでも早い医術の進歩は重要であり、前野さんのオランダ語理解が進むことで翻訳作業が史実より捗れば、その一助になると思うんだ。

俺の外国語知識が合ってるという仮定での話だけど……

「良沢、またお主は無理強いしおって」

「これは異なことを。安十郎も某も、志高く精進しておるのです」

「私は蘭語以外も学びたいのですが……」

「ほれみろ、相手は幼子じゃ。少しは気を遣えバカモンが」

良沢さんにあの手この手で質問攻めにあっていたところに昆陽先生が帰ってきた。先生は今、書物奉行という役職に任じられているから、昼間は屋敷にいないことが多い。主《あるじ》不在のところで好き勝手やっているのもどうかと思うが、先生が構わないと仰《おつしや》るので遠慮なく居座っているのである。

「それはそうと安十郎、お客人が来ておるのだ。一緒に茶でもどうだ」

「よろしいのですか？」

「客人がそなたの話を聞いて是非会ってみたいとな」

そう言われれば断る理由もないので、俺はお客人がいるという部屋まで同行した。

「右衛門督《うえもんのかみ》様、連れてまいりました」

「近《ちこ》う」

通された部屋の中には、いかにもお殿様といった風格の身なりの良い方が上座に座っておられた。

先生の畏《かしこ》まり方、そして呼んだ官職名からも相当身分の高い方だと思われるので、誰？　と聞くまでもなく自然と礼を取る形になった。

「お初にお目にかかります。徳山……」

「よいよい。忍びゆえ、堅苦しい挨拶《あいさつ》は無しじゃ」

名乗りをしようとしたところでその御仁が気さくに声をかけてきた。挨拶しないと名前も伺えないのだが……

「安十郎、こちらは田安公《たやす》であらせられる」

「宗武《むねたけ》じゃ。其方《そなた》の父とは何度も顔を合わせておるが、お主とは初めてじゃな」

田安徳川家。将軍家に子がないときは跡継ぎとなる資格を有する、いわゆる御三卿《ごさんきょう》の一家。

分家ではあるが江戸城内に屋敷を構え、便宜上それぞれの屋敷から最も近い城門の名を通称として、目の前にいる八代将軍の次男宗武公は田安家、その弟宗尹《むねただ》公は一橋《ひとつばし》家、そして九代将軍の次男重好《しげよし》公は清水《しみず》家と呼ばれている。

そんな方が俺に一体何の用があるというのだろう？

「取って食うわけではないからそんなに怖がることはない。甲斐守からお主のことはよく聞いておるし、昆陽殿もたいそう利発だと評しておったが、聞けば我が息子と同い年だというではないか。それで会ってみたいと思いやって来たのだ」

「畏れ入ります」

「それで、ちと頼みがあってな」

その頼みとは、公の七男で俺と同い年だという賢丸《まさまる》様に関すること。

公にはこれまで七人の男子が生まれたが、やはり時代のせいか、現時点で生きているのは五男、六男、七男の三人のみ。

中でも賢丸様は聡明《そうめい》な御子と評判だったらしいが、何年か前に生死の境を彷徨《さまよ》うほどの大病を患い、なんとか一命は取り留めたものの、未だに何度となく病に罹《かか》っているそうだ。

「病がちで中々外に出歩くことも出来ず、年の近い話し相手もおらず寂しい思いをしておっての」

すぐ上の兄君とは年は近いが、あまり仲がよろしくないようで、同年代で親しく接してくれる者を探していたんだとか。

「そのお役目を私にと？」

「そなたの父は我が父の小姓であった。なれば我が息子の側におるのに身分は十分だ」

これはつまり、賢丸様がどこかの家に養子入りして家督を継ぐようであれば、その家臣として仕えることが出来るのかも……

「そなたはあまり仕官には興味がないか？」

「いえ、部屋住の身でございますので、立身のために学を修めるのが良いかと思いまして。蘭学に限らず昆陽先生には色々ご教示いただいておりますれば」

「それなら好都合。親馬鹿かもしれんが、賢丸も学問が好きでのう。良ければ共に机を並べて学んではくれまいか」

　ありがたい話だが、私個人の判断で承諾は出来ないので、父の判断を仰がねばと伝えると、ならばすぐに使いを出そうと仰った。

　まあ親父殿も将軍家ご一族に頼まれて否とは言えないだろう。

　もしかしたら仕官の道が開けたか……？

第３話　御三卿・田安家

　――江戸城内

　それからトントン拍子に話は進み、俺は賢丸様に目通りするため田安屋敷を訪れていた。

　田安門は江戸城の北辺にあり、門をくぐった先、北の丸と呼ばれる一帯の西側に田安家、東側に清水家が屋敷を構えており、未来で言うと日本武道館《にっぽんぶどうかん》がある場所の近くになる。九段下《くだんした》の駅から武道館に向かう際にくぐるあの門が田安門だと言ったら、分かる人も多いのではないだろうか。

　正直緊張している。そもそもお目見えする資格すらない旗本の部屋住小僧が城内に入ることなど、余程のことがなければあり得ない話で、そのあり得ないことが現実に起こっているのだから仕方ないだろう。

「緊張しておるのか」

「しないほうがおかしいと思います。いきなり『無礼者！』とか言って斬られたりしないですよね？」

「無礼を働かなければな」

父は西の丸徒頭《かちがしら》を務めているから、慣れているのかと思いきや、案外緊張しているようだ。いつもより口数が少ない。

徒頭は旗本や御家人など、徳川の直臣全体から見ればかなり高い身分だが、こと城内では上には上がいるわけで、将軍の一族なんてその最たる例だ。息子が呼ばれて粗相がないかと心配する気持ちはよく分かる。

「本日は私事にてお呼びしただけゆえ、無礼講にございます。あまり肩肘《かたひじ》張らずともよろしゅうございます」

そんな親子の様子を察してか、案内する田安家のご家来――おそらく賢丸様の養育役が声をかけてきたが、言葉を鵜呑《うの》みに出来るわけがない。

『無礼講と言っても程度というものがあるだろう！』

前世でもそんな感じでやらかして、後でエライ目に遭った者を何人も見てきているからね。

「殿、甲斐守様とご子息、お着きにございます」

「うむ、お通しせよ」

広間に通されると上座には宗武公、その横に俺と同い年くらいだけど、ひ弱であまり顔色の良くない少年がいた。この子が賢丸様だな。

「お初にお目にかかります。徳山甲斐守が八男にて安十郎と申します」

「賢丸じゃ。そなたは私と同い年でありながら、すでに昆陽先生に教えを請うていると父上から聞いたが、それは真《まこと》か」

「はい。先生には色々とご教示いただいております」

「羨《うらや》ましいのう。私はこのとおり身体が弱く、外に出ることもままならぬ身ゆえ、羨ましくて仕方が無い」

賢丸様もたいそう利発なお子という話だが、大病を患って以来床に臥《ふ》せりがちなのだとか。それでも書を手元から離さず読みふけっておられるというのだから、相当な勉強家なのだろう。

「勉学を志すは身分の上下を問わず大事なこと。賢丸様のお気持ちはよく分かります。されど、まずは御身の養生を第一になされるべきかと。槍《やり》働きにせよ、頭を使う仕事にせよ、身体が健康でなくては正しい判断は出来ませぬ」

「それはそうなのだが、如何《いか》にすればよいものか」

「まずは食事から改めてはいかがかと。玄米食がよろしゅうございます」

「玄米？　そなたは賢丸に百姓と同じ物を食せと？」

玄米という言葉に反応したのは宗武公。

正確に言うと、農民は税として取り立てられるから、白米どころか玄米ですらそれ単体で食べることは少なく、普段は少しの玄米にアワ・ヒエなどの雑穀を交ぜて食べているのだが、農村の暮らしを知らぬお殿様からしてみれば、俺の発言はそれと同義に思えたのかもしれない。

「方々は江戸患いというものをご存じでしょうか？」

元々白米は精米に手間がかかるため、一部の支配階級しか食べられないものだった。

それ以外の者は、糠《ぬか》がついたままの玄米や分づき米、雑穀などを食していたが、炊き上がるまでに時間がかかって燃料代がかさむ上、炊いてからしばらく経つと臭いがキツくなる玄米を忌避し、炊きあがり時間が短く、臭くなりにくい白米を選ぶようになった。

江戸は武士の街。その武士は給料として支給された米を換金して生活費としているから、この街は日本で一番米が集積する場所であり、武士階級はもとより、元禄《げんろく》の頃からは市中の町人も気軽に白米を手に入れることが出来る環境にあった。

これは江戸に肉体労働者が多かったことも無縁ではない。日々肉体労働に汗を流すと、どうしても塩気の多いおかずが欲しくなり、そうしたおかずは玄米や分づき米よりも断然白米で炊いたご飯との相性が良かったことも一因であるようだ。

消化の良い、言い換えると腹持ちの悪い白米が主流となったことで、一日二食が三食に変わり、昼間仕事に出ている者が家に帰ることなく昼食を取れるよう外食産業が興隆するなど、食生活が大きく変わった反面、出てきたのが江戸患い。その症状は足のむくみや痺《しび》れ、全身の倦怠《けんたい》感。悪化すると寝たきりになって死に至ることも多い病。未来で言うところの脚気《かっけ》というやつだ。

「その解決法の一つが玄米でございます」

実を言うと、徳山家中の者にもその症状が見受けられる者がいた。父上もお勤めを終えて家に帰ってくると、足がだるいと言ってはさすっていたのを見て、これはもしやと思い玄米を食すよう勧めたのだ。

「それ以来、私の体調もすこぶる良好です。足のむくみも気になりません」

俺の言葉を後押しするように、父が補足をし始めた。

――一年ほど前の話

「父上、それは江戸患いというものではないでしょうか」

勤めを終えて帰ってきた父が怠《だる》そうにしていたので俺はそう言った。

「江戸患い……」

江戸患いと呼ばれる理由。それは農村や地方ではその様な症状を訴えるものがほとんどおらず、大都市の住民が主に罹っていたから。この時代の大都市の象徴ということで、江戸患いと名が付いたようだ。

大都市と農村で栄養素の摂取で何が一番違うかといえば、玄米にアワ・ヒエなどの雑穀を交ぜた物を主食とする農村、白米ばかり食べている都市部。違いがあるとすればここだろう。

とはいえ、白米食だから必ず脚気になるかと言えばそうではなく、他のおかずで栄養素を補えばいいだけのことで、医学的根拠は乏しくとも、人々はそれを肌で感じており、だからこそ漬け物などを食べていたわけだ。

ところが、水道で産湯をつかったことと、日に三度白米を食べられることが何よりの自慢だったという、元来見栄っ張りな江戸っ子の気性が災いした。

白米は絶対に欠かせない。だけど収入はそれほど多くないから、おかずを買うまでの余裕がない。すると彼らは、ご飯をおかずにご飯だけをたくさん食べることになる。その結果が栄養素の偏りによる江戸患いだ。

脚気の原因は……ＢだかＣだか忘れたけど、とにかくビタミン不足。玄米でそれが起こらないということは、精米の過程で落ちる糠の部分に栄養素があるということ。糠漬けがご飯のお供というのは理に適《かな》っているのだ。

つまり、白米では脚気の防止に必要な栄養が足りない、補えないということ。ウチはおかずも出ているけれど、人によって程度の差はあるだろうから、玄米食のほうがより健康にはいいはず。

「江戸患いに玄米が良いとな？」

「はい。昆陽先生のお屋敷にあった書物にその様なことが書かれておりました」

この時代は脚気の原因がまだ解明されていない。後世を生きた経験があるからこそ俺は知っているが、今の安十郎少年が言っても信じてはくれないだろう。だから昆陽先生のお屋敷にあった書物で見たことがあるから試してみませんかと、もっともらしい理由を述べ立ててみた。

「昆陽先生はなぜそのことを広めておられぬのか」

「先生は甘藷栽培や蘭語研究でお忙しく、そこまで手が回らなかったのです。公に言うにはいささか論拠に乏しく」

「なるほど、それで家中で試してみたいと。玄米を食したところで死にはせぬであろうからな」

「その通りでございます」

「ただな、玄米かぁ……あんまり美味《うま》くねえんだよな。とはいえ息子が親の身を案じて申しておるのだ。試しにやってみようか」

「ありがとうございます！」

それから徳山家の食卓には玄米が出されるようになった。

家人たちも、まさか旗本の家に仕えていながら玄米が出されるとは思ってもいなかったのだろう。最初は陰で文句を言う者もいたようだが、脚気の病状を訴えていた者の体調が日に日に良くなってきたことを見て、家中も玄米食の有用性を認め始め、今ではその症に罹る者はいなくなった。

「という次第にて」

「徳山家中の健康の秘訣《ひけつ》は玄米食にあり、か。なるほどたしかに甲斐守も最近はすこぶる調子が良さそうであるし、理に適っているようじゃな」

「左様。水に漬けておく時間も炊く時間も長くなり、味も白米よりクセがございますゆえ、巷間《こうかん》に広めるのは中々難しくはありますが、有益な方法かと」

「いきなり玄米は抵抗がございましょうから、最初は白米と玄米を半々で混合して炊くとか、分づき米を使われるのも良いかと。それでも白米より滋養強壮になりまする」

「ふむ……玄米か」

父の話を聞いて宗武公が思案顔をしている。息子のために天下の名医などを招聘《しょうへい》されているようだし、この話にも聞くべきところがあると思ってはいるが、玄米食にはさすがに抵抗があるのだろう。

「父上、某の食事だけでも玄米に変えてみてはいかがでしょうか」

「賢丸、よいのか？」

「はい。安十郎はそれゆえに健康なのでございましょう。ならば試してみる価値はあるのでは」

「お主がそう言うなら、早速今宵《こよい》から玄米を交ぜてみるか」

賢丸様が試してみたいと言うと、宗武公がすぐさま家臣に何かを命じられた。たぶん玄米を買いに行かせたのだろう。普通に考えて御三卿の屋敷に玄米が保管してあるとは思えないしね。

「あとは好き嫌いを極力減らすことも肝要です」

食べやすい物、好みに合う物ばかりを摂取していれば、栄養の偏りが発生する。この時代にジャンクフードは無いけれど、それでも食べ物の好き嫌いはあるだろう。殿様の息子なら尚更《なおさら》あり得る話だし、病がちとはいえ、あの様子から見ると満足に食事も取っていないように思える。

「玄米は白米に比べて食べにくい物です。少量ずつでもよいので、よく噛《か》んでお召し上がりになること。そしておかずも少しずつでよいので満遍なくお召し上がりなさいませ。あれは嫌いこれは要らないと申しては、体は丈夫になりませぬ」

「だ、そうだぞ賢丸」

「分かっております……」

お父上の言葉に賢丸様がややむくれておる。どうやら好き嫌いのことを言ったのが図星だったようだ。

「折角だ、二人も今宵は我が家で夕餉《ゆうげ》を取っていくがよい。特に安十郎は賢丸に玄米の食し方を教えてやってくれ」

こちらがはいともいいえとも言わぬうちにさも決定事項のように仰る宗武公。さすがはお殿様、父の顔を見れば、こちらに選択権は無さそうだと苦笑いだ。これはご相伴に与《あず》かるしかなさそうだな。

その夜、田安邸でご馳走《ちそう》になることとなったわけだが、眼の前にはこの時代に転生してから初めて見るような食事が並んでいた。

「さ、遠慮はいらぬぞ」

「恐れ入ります……」

我が家は五百石。旗本としては中堅どころで一般庶民に比べれば豊かだが、家格を維持するために使用人を雇うなど何かと物入りで、普段の食事は一汁二菜。三菜あれば十分贅沢《ぜいたく》と言える。

一方、田安邸の献立は豪華である。今日は客人をもてなすということもあるのだろうが、御膳《ごぜん》と呼ぶに相応《ふさわ》しい陣容だ。

「安十郎、いかがした？」

「これは何でございましょう」

御膳の一点を凝視する俺を訝《いぶか》しみ、宗武公が声をかけてきた。視線の中心に鎮座ましますのは、江戸時代に見ることが叶《かな》うとは思わなかったアレ。

いや分かるのよ。この色形、匂い、多分アレだとは思うのだが、安十郎少年としての俺は知らない物だ。だから声をかけられたのを良いことに、わざと尋ねてみた。

「ああ、それは反本丸《へんぽんがん》という薬じゃ」

「へんぽんがん……？」

「左様。彦根《ひこね》の左中将《さちゅうじょう》が当家に用意してくれたものだ」

彦根の左中将とは譜代の筆頭である彦根藩井伊《いい》家のお殿様のこと。

あそこは滋賀県、この時代は近江《おうみ》国だろ。ってことは……やっぱりそうだよな。

「滋養に効能があるという触れ込みで私に贈ってきたが、賢丸の体に良いかと思ってな。食うてみよ」

「……では遠慮なく」

何故か周りの視線が俺に集まっているのが気になるけど、食べろと言われて遠慮は出来るはずもないので、パクリと口に放ってみる。

モグモグ……うん、間違いなく牛肉の味噌《みそ》漬けだね。

それもかなり上質な部位。現代的に言うなら、近江牛《おうみうし》のA5ランクってやつだな。

「いかがじゃ」

「大変美味《おい》しゅうございます。薬と言われて口にしたので尚更にございます」

「ふふっ、驚いたか」

こっちの時代には糖衣錠とかオブラートなんてものは無い。薬とは苦くて不味《まず》いのが当たり前であり、そう思って食べてみたら実は美味だったと驚かせたかったようだ。

「しかし、このような高価なもの、私が食して良かったのでしょうか」

「気にすることはない。ただの薬じゃ」

「肉、でございますよね？」

「これは肉に非《あら》ず、薬だ」

賢丸様が薬を強調してきた。

そう言われて、はたと思い出したのは、江戸時代は殺生を禁じる仏教の考えから、あからさまな肉食を憚り、薬と称して食べていたという歴史。

「市井でも山くじらとか申して食しておるのだろう。それと同じよ」

「たしかに」

なるほどそう言われれば納得であるが、それが文化として根付いたのは元禄時代、五代将軍綱《つな》吉《よし》が発した生類憐《あわ》れみの令によるものだ。

一番有名なのは犬を大切に……のくだりなんだけど、家畜や獣全般の食肉処理も禁じられてしまったため、当時肉を販売していた店は薬屋に業態変更して、滋養強壮の薬として売ることで規制から逃れようとした。

　とはいえ売るものは肉しかないから、バレないように隠語で表すようになった。すなわち、馬はさくら、猪は山くじらとかぼたん、鹿はもみじなんてのがそれにあたり、生類憐れみの令が廃止されても、その呼び名が残っている。

　ちなみに鳥は規制の対象外だったので、鳥肉と称して食べるために、ウサギを一羽二羽と数えるようになったのも生類憐れみの令が原因だという説もある。

「彦根ではこのような物があるのですね」

「うむ。牛の皮は鎧《よろい》や鞍《くら》などを作る材料であるから、西国の押さえとされた井伊家では、兵馬を揃えるに欠かせぬものと牛を飼うことを認められておる」

「で、余ったところを薬にと」

「そういうことだ」

　牛の飼育は彦根藩だけが特別に許可されたものであり、この肉も将軍家やらへの贈答に使う高級品ということか。彦根の人はもしかしたらタンとかホルモンも食べているのかもしれないが、江戸の庶民では一生口にできない代物だね。

「賢丸、お主も食べろ。お主のために用意したのだぞ」

「うーん、私は……」

「賢丸様、好き嫌いはよろしくないと申したはずです。美味しいですよ」

「分かったよ……（パクッ）。ふむ……食べ慣れぬ味と食感だが悪くはない」

　一つ口にしてその味を確かめると、賢丸様は二口三口と次々に口の中へ放り込んでいった。

「意外とお気に召しましたか」

「そなたがあれほど美味そうに食べたら、食べぬわけにいかないだろう」

「それで、いかがでしたか？」

「悪くはない」

口ではそう言いながら箸《はし》が止まらないところを見ると、まあまあ気に入ったようだ。この時代は肉や卵、乳製品は一般的なものではないから、動物性タンパク質が足りていない可能性が高い。美味しい物だと分かれば、薬と称してこれからも肉食を取り入れることで、賢丸様の健康な身体作りの役に立つことだろう。


「ふん……浅ましいこと。畜生の肉や百姓の食い物を食べねばならんとは……」

俺が賢丸様に反本丸を食べさせていた反対側で、面白くなさそうな顔をした少年がこちらを見ながらあからさまな嫌味を発した。

「これ、お客人の前で無礼であろう」

これを少年の隣にいた青年が咎《とが》めた。年の頃から、おそらく田安公の跡継ぎである治察《はるあき》様で、怒られた方が賢丸様のすぐ上の兄、辰丸《たつまる》様だと思われる。

賢丸様が楽しそうにしているのが気にくわなかったのだろうか。侮蔑《ぶべつ》するような視線からも、仲が悪いというのは本当なんだろうな……

「客人？　我が弟に畜生の肉を平気で食らわせ、百姓がごとき飯を食わせる者が、でございますか？」

田安家で夕食をご馳走になっていたところ、辰丸様のご機嫌がすこぶる悪くなった。

それを治察様が咎めるが、「辰丸様は弟君が唯々諾々と肉食や玄米食を受け入れているのが許せない、見ていられないと言う。

それだけ聞けば弟想いの兄だが、憎々しげにこちらへ向ける視線を見れば、単に俺と賢丸様が楽しげなのが面白くないのだろう。肉食や玄米食のくだりにしても、妄言にたぶらかされる愚かな弟と貶《おとし》めたい意図しか感じられない。

だけどさあ……玄米食は俺の進言だけど、肉食は知らんよ。それはアンタの父上が用意した物だぜ。まとめて俺のせいにするなよ。

「兄上は客人と仰せだが、当家の権威を貶めんとする奸賊《かんぞく》の間違いでは？」

「辰丸！」

「治察、構わぬ。辰丸、そこまで言うからは何か根拠があってのことであろうな」

「……肉食は穢《けが》れの元であり、殺生を禁じる仏の教えにも反します。薬と称すは詭《き》弁《べん》もよいところ。そして玄米は百姓の食すもの。将軍家ご一門の我らが食べるは憚るべきです」

「左様か。安十郎、我が息子はこう申しておるが、何か反論はあるか」

宗武公が辰丸様の言い分を聞き、俺に反証してこいと仰る。ただ、その顔は息子を納得させよというより、どうやって論破するかを面白がっているように見える。

「されば……唐の国には薬食同源、日頃から色々な食材を食すことで、病気は予防・治療出来るとする考え方があり、書物にも肉や玄米の効用が記されております。また面白いことに、オランダでも同様の考えがあるそうで、これが理に適うことは共通の考えなのかと」

「肉を食べねば生き長らえぬなど、不出来の誹《そし》りは免れぬ」

「左様でございましょうか。論語《ろんご》の為政《いせい》第二には、父母唯其疾之憂『ふぼはただそのやまいをこれうれう』とあります。つまり、両親はただただ自分の子供の病気のことばかり心配するもの。よって子供は親の心にそって自分の健康に留意するべきとありますので、病だからと座して死を待つは不孝者であり、さらには上様の御為に働く意思も無き不忠者と誹られましょう」

読んでて良かった孔子《こうし》の論語。この時代では必須科目だから真面目に読んだけど、こういう形で役に立つとは思わなかった。孝に加えて忠を持ち出せば、武士階級はぐうの音も出ないはずで、辰丸様の反論は次第にトーンダウンしてきた。

「……だが、仏法に反すれば仏罰が下る。それで身を滅ぼせば、それも不忠であり不孝であろう」

なるほどそうきましたか。仏罰が下ればですけどね。

「江戸に住む者は武士も町人も、ほとんどの者が肉を薬として食しております。さすればこの町に暮らす者は皆、穢れ持ちとなりますな。されど、仏罰は未だに下っておらぬ様子にございますが」

「そうじゃな。肉を食したら罰を受けるとなれば、余もとうの昔に受けていなければおかしいの。上様もお召し上がりのはずだが?」

「いやその……父上は薬として……」

「なんじゃ、先程そなたはそれを詭弁と申したばかりではないか。肉を食せば穢れるとかなんとか」

辰丸様がしまったという顔になった。理由を問われて、弟憎さとも言えず咄嗟《とっさ》に理由付けしただけで、彼本人も仏法だとか穢れがどうのこうのという考えは本意ではないのだろう。目の前で父親も食べていたことをすっかり忘れていたようで、そのことを指摘されて冷や汗をかいているようだ。

「仏法を守るのも大事ですが、それも健康な身体があってこそ。人の命を長らえることが仏の教えに背くとは思えませぬし、吉宗公の孫君にあたる賢丸さまが効用を示せば、健康に気遣う範を示すものとして賞賛されましょう」

「そのとおりよ。安十郎は往古来今の書物を読み、玄米に効用があることに思い至り、自身の家でそれを証明しておる。それを良しとして試すのを命じたのは余であり、反本丸を用意したのも余じゃ。なんぞ不服があるか」

「……失礼いたします」

「辰丸！」

「構わぬ。己の思慮の浅さに居たたまれぬのであろう」

恥をかかされたと思ったのか、辰丸様は兄君の制止も聞かず、顔を真っ赤にして部屋を出て行った。その去り際に俺の方をメチャクチャ睨《にら》んできたが、とばっちりもいいところだと思う。

「差し出がましいことを申しました。相済みませぬ」

「けしかけたのは余じゃ。其方が気にすることは無い」

どうやら辰丸様はズバズバと物を言う強気な性格のようだが、いささか浅慮なところがあるようで、よく考えずに口から言葉が出てしまうことがままあるらしい。

あれだな、「私ってサバサバしてるから思ったことがつい口に出ちゃうんだよね」と言いつつ、意外とネチネチ嫉妬《しっと》深かったりする、自称サバサバした女ってのと似ているな……

「しかしあやつの短慮、一体誰に似たのか……」

「父上の若かりし頃に似ておるのでは？」

「治察、余はあそこまで短慮でない」

「賢丸様、どういうことですか？」

「父上も若い頃は血気盛んだったようだ」

宗武公は有職故実や国学、和歌などにも秀で、将軍の後継者に推す声もあったという。公自身も一時はそのつもりであったため、異母兄家重《いえしげ》公の欠点を列挙して諫奏《かんそう》したせいで、父の吉宗公に謹慎処分とされたり、九代将軍に異母兄が就くと、何年も登城停止処分を受けたりと散々だったらしく、ようやくそれが赦《ゆる》されても、兄と終生対面することは無かったとか。

それだけ聞くと辰丸様は悪いところの遺伝子だけ受け継いでしまったようにも思えるな。

第4話　初めての遠出

――明和七（1770）年

「江戸から離れるのは初めてだのう」

「某も楽しみです」

知遇を得て三年。玄米や肉、その他様々なものを取り入れた食事の効果もあって、賢丸様の身体はかなり丈夫になってきた。

身体が動くようになると行動範囲（とは言っても基本屋敷の中だけど）も広がり、幼い頃から聡明と謳《うた》われたその才能に磨きがかかってきている。

賢丸様で結果が出たことで、玄米食をはじめ肉とか卵とか、歴史上この時代ではあまり食べられることのなかったものが田安家の食卓ではごく当たり前に出されるようになり、同じく病弱だった治察様も立派な偉丈夫となられているし、宗武公に至っては齢五十も半ばだというのに賢丸様の下にまだ弟妹が生まれそうな勢い。

これは二年前、辰丸様が伊予《いよ》松山《まつやま》十五万石・久松《ひさまつ》松平《まつだいら》家に養嗣子として入られ、屋敷からいなくなったのも大きいと思う。

俺が賢丸様を訪ねれば、辰丸様は必ずと言っていいほど顔を出しては嫌味を言いに来ていた。その度に宗武公や治察様に何度となく怒られていたので、俺は何も言い返さずに我慢したけど、いなくなってからは気兼ねなく肉や玄米以外の食材も使えるようになったので正直ホッとしている。

結局あの人、最後まで俺のやり方に文句を言って、玄米も肉も食べることはなかったな。栄養不足で脚気に罹っても知らんぞ。俺は自分を毛嫌いする奴に手を差し伸べるほど聖人じゃないからね。

「お兄様、お支度はまだですか。種《たね》は早う行きとうございます」

「長旅じゃ、そう慌てるな」

俺と賢丸様が旅支度を調えているところに、可愛らしい姫君がプリプリしながら出発の催促に来た。賢丸様の同母妹種姫様である。

「姫はもうお支度が出来たのですね。さすがでございます」

「えへへ、安十郎様とお出かけですもの」

姫は御年六歳。令和の時代なら幼稚園児の年齢なのだが、利発でとても可愛らしい。目はクリクリだし、ほっぺはプニプニだし、将来は美人になること間違いなしの可愛い子だと思う。

そんな姫君は好奇心も旺盛で、度々俺の膝《ひざ》に乗ってきては「安十郎様、今日はこの本を読んでくださいませ」と強請《ねだ》ってあれこれと聞いてくるんだ。

女中ははしたないと窘《たしな》めるけれど、俺も弟妹のいない末っ子なものだから、ついつい甘やかしてしまうんだよな。それで賢丸様には「実の兄より兄らしいな」と茶化されるくらいには仲が良い。

「姫、此度《こたび》参るのがどこかはお分かりですね」

「下総《しもうさ》国でございますね」

「よく出来ました」

俺と賢丸様は、今回田安家の領地である下総国の埴生《はぶ》郡というところに赴く。その目的は今年から植え始めた甘藷の生育を確かめるためだ。

実は昨年、師・昆陽先生がお亡くなりになった。同じ頃、兄弟子である前野さんは藩主と共に豊前中津へ下向し、その後長崎に留学したと聞くので、蘭語研究については彼に任せることにして、残された俺は飢饉に対する対策を進めるのが最後の弟子の務めと思ったんだ。

それで甘藷に限らず様々な野菜の栽培方法を研究して広めようと考えたのはいいんだけど、生憎《あいにく》とウチの領地は美濃国なものだから、遠すぎて自分の目で確かめることも出来ないし、五百石取りで二村くらいしかない領地では、年貢用の米を植える場所がなくなってしまうという問題があって、どうしたものかと思案していたところ、宗武公の厚意で田安家の土地を使わせていただくことになった。

　田安家は元々天領だった土地をあちこちから分与されて、その領地は六カ国に散らばるのだが、石高十万石とウチの家とではパイが違う。下総の領地だけでも一万石は下らないから、その中から隣接する三村ほどを栽培地に充ててくださったのだ。

　どうして数ある領地から下総を選んだかというと、俺もそこまで農業に詳しいわけではないが、未来でサツマイモの有名なところというと、この辺だと千葉や茨城、あとは埼玉の川越《かわごえ》のような、ちょっと丘陵地で火山灰土の土地が多かったような気がしたから。

　昆陽先生が甘藷栽培に選んだのは下総の馬加《まくわり》村。未来では「幕張《まくはり》メッセは海浜《かいひん》幕張駅で降りるか幕張本郷《ほんごう》駅からバスに乗るかだから、幕張駅で降りるととんでもないことになっちゃうよ」の幕張と呼ばれる場所と、与力給地である上総《かずさ》の不動堂《ふどうどう》村。これは太平洋《たいへいよう》岸、九十九里《くじゅうくり》の方にある村なんだけど、成果としては不動堂より馬加の方が良かったらしい。

　馬加も海沿いなのだが、土地自体は台地に位置していて、先ほどの栽培の盛んな地域の条件に合うし、これから行く埴生郡は未来で言うところの成田《なりた》空港のちょっと北あたりで、一帯が関東《かんとう》ローム層という火山灰土の台地。しかも印旛《いんば》沼《ぬま》という水資源も近くにあるからという理由で、栽培に適しているのでは？　と睨んだからだ。他の野菜に関しては土壌が合うかを見ながらの研究にはなるかと思う。

　農法は昆陽先生の教えを村の者に伝えているのでほぼお任せであるが、その結果は自分の目で見てみたいと思ったら、賢丸様の見聞を広めるためにと称して、領地視察の名目で同行させてもらえることになった。

　……まではよかったのだが、どこでそれを聞いたのか種姫様も一緒について行くと言いだし、宗武公にあざとかわいくお願いしたら、年がいってから生まれた娘のおねだりに、公も仕方ないのうとあっさり許可されたのだ。

この時代って「入鉄砲《いりでっぽう》に出女《でおんな》」で、女子が江戸の外に出ることは出来ないと思っていたんだが、幕府の留守居役に正式に願い出ると「女手形」ってのが発行されるんだとか。もちろんその条件は厳しいらしいけど、そこは宗武公の力でどうにかなったらしい。

「安十郎様と旅が出来るなんて嬉《うれ》しいです」

「姫、あくまで今回は視察です。物見遊山ではありませんよ」

「分かってます。うふふ……」

いや……絶対分かってないでしょ。


賢丸様、種姫様、そして俺を乗せた駕籠《かご》は下総へ向け、ゆっくりと佐倉《さくら》街道と呼ばれる道を進んでいく。

江戸から出て千住《せんじゅ》宿を越え、水戸街道を次の新宿《にいじゅく》まで進むと東に分かれ、八幡《やわた》、船橋《ふなばし》、大和田《おおわだ》、臼井《うすい》という宿場町を通り、十一万石の城下町佐倉へと至るこの街道は、下総各藩の参勤交代に使われるほか、最近では成田詣《もうで》に向かう庶民が多く往来に利用している。

その目的地は佐倉から東へ、酒々井《しすい》宿を経た先にある成田山新勝寺《なりたさんしんしょうじ》。不動明王を本尊とするこの真言宗の寺は、戦国から江戸の始め頃は一時寂れたものの、後に歌舞伎役者・初代市川團十郎《いちかわだんじゅうろう》が子宝祈願をしたところ待望の長男を授かり、その御礼にと「成田屋」の屋号を名乗るほど熱心に信仰し、不動明王が登場する芝居を数多く公演したことで知名度が急上昇した。

更にはお伊勢《いせ》参りや富士《ふじ》講よりも江戸から近くて行きやすいこともあって、成田不動は庶民の信仰を集め、参詣者が多く通るこの道を、最近では成田街道と呼ぶ者も多い。駕籠から外を見れば、なるほど参詣者が行き交う様子が多く見受けられ、そう呼ばれるのも頷《うなず》ける賑《にぎ》わいだ。

　江戸から成田山までは、今回のような陸路にしろ、日本橋《にほんばし》から行徳《ぎょうとく》という湊《みなと》まで水路を使うにしろ、通常なら途中船橋か大和田で泊まる片道一泊二日の行程であるが、駕籠の行列、さらには幼い種姫様も一緒ということで、今回は途中船橋と佐倉で宿を取る片道二泊三日の予定になっており、今日は二日目の途中、今は臼井宿にて休憩中だ。

「田安家の皆様にございますな」

　しばらく休んでいると、街道の先から我々を迎えにきたと思われる武士団が現れ、その中から一人、学者風の初老の男が前に進んで声をかけてきた。

「いかにも。賢丸である」

「遠いところをようこそお越しくださいました。拙者、堀田《ほった》相模守《さがみのかみ》が家臣で渋井《しぶい》太室《たいしつ》と申します。ここよりは我々がご案内いたします」

「わざわざの出迎え、大儀である」

　譜代で十万石を超える大身は数えるほどしかいないが、佐倉藩堀田家はまさにその一つ。将軍家一門がこれを素通りしては彼らのメンツは丸潰《つぶ》れとなるし、向こうも領内で何かあったら困るだろうから、事前に下向することは伝えてある。その結果、彼らが本当に望んでいたかは分からないが、歓待を受けることとなったのだ。今回佐倉に泊まる理由はここも大きい。

　そして賢丸様とのやりとりが終わった後、渋井様が俺にも声をかけてきたので少し話をさせてもらったが、若い頃に林大学頭《はやしだいがくのかみ》の元で学び、後に先代の藩主に招聘され、今は藩政を補佐し、文教政策にも取り組む儒学者なんだとか。もしかしたら俺や賢丸様の話を聞いて、知識人を歓待役に宛がってくれたのかもしれない。

——佐倉城内

「わざわざのお運び、恐悦にございます」

「相模守殿、我ら無位無官の部屋住でござる。内々の下向ゆえお楽に」

城内の一室では、賢丸様と種姫様を上座に、藩主堀田相模守正順《まさあり》様の挨拶を受けていた。

「此度は領内の視察においでになったとか。そのお年で領民のことまでお考えになるとはさすがにございますな。某なぞ家督を継いでもう十年近くになりますが、まだまだそこまで至りませぬ」

「いやいや、そこの安十郎に唆されただけです」

「なるほど、こちらが例の……」

賢丸様の視線がこちらに向いたのをきっかけに、堀田様や渋井様の目もこちらに向く。例の……って何よ？　とは思ったが、ここは俺が挨拶する番だろうな。

「お初にお目にかかります。旗本徳山甲斐守が八男で安十郎と申します」

「昆陽先生からお話は伺っております。我が生涯最後の弟子にして俊英だとな」

「先生をご存じで」

「江戸で学んだ学者で昆陽先生のことを知らぬ者はおりません。某も何度となくお話を伺いました」

渋井様は見識を深めるため、儒学に限らず様々な分野の学者と交流していたようで、生前の昆陽先生から俺のことも聞いていたらしい。

「甘藷の栽培を進めるとか。先生のご遺志がしっかり受け継がれていると感心しておるのです」

「ええ、飢饉によって民が飢え死ねば、田畑を耕す者が減り、更に食う物に困る民が増えと悪循環です。万が一のときのための備えは必要かと」

「安十郎とやら、そのことで我が藩も教えを請いたいのだが」

正順様が仰るには、佐倉藩も徐々に藩財政が厳しくなってきており、早いうちに手を打っておきたいとのことで、農産を増やす策には興味がおありのようだ。

「私は若年ゆえまだ幕閣に名を連ねてはおらぬが、早晩お役目を拝命することになろう。さすれば今以上に物入りとなって、余計に厳しくなるからのう。今のうちに手を打っておきたいのだ」

「下総はそれほど飢饉の影響が？」

「それもありますが、実は我が藩の領地のうち、四万石ほどは出羽国《でわ》にあるのだよ」

俺の疑問に渋井様が答えられた。出羽は最近でも宝暦年間に大飢饉があったし、以降もあまり取れ高は良くないと聞く。十一万石の家格を七万石、いや、緊急的な財政出動も考えればもっと少ない収入で支えることになっているのならば、たしかに財政が悪化する要因となるだろう。

「賢丸様、いかがいたしましょう」

「よいのではないか。堀田は譜代の重鎮であり江戸の東を守る要《かなめ》、東国からの荷を江戸に運ぶにも、佐倉の世情が乱れては困ることも多かろう」

俺の一存では決めかねるので、賢丸様に判断を仰いだわけだが、実を言えば賢丸様にもそんな権限はない。要は元から田安・堀田の両家で話はまとまっており、一応儀礼的な話ということ。子供とはいえ、直接会う人間に対して筋を通した形にしたのだ。

出羽に領地があるのは俺も聞いていたし、そのために今回は甘藷の他に寒冷地栽培に適してそうな作物もいくつか一緒に植えているから、特に驚くこともない。いわゆる出来レースというやつよ。

なので、このやりとりを見て、「大人と対等に会話をしてる!!」と目をキラキラさせている種姫様には内緒の話だ。

――明和七年七月二十八日（1770年9月17日）下総国埴生郡

「若様、ようこそお越しくださいました」

「うむ、しばらく世話になるぞ」

村に着いたのは昼を過ぎた頃。代官の出迎えを受けると、荷物の運び入れもあるので、今日は陣屋にそのまま入って村人たちの歓待を受けることになった。

「姫、お疲れではございませぬか」

「いいえ、屋敷の中では見ること無きものばかり。とても楽しゅうございます」

「とはいえしばらくは不自由な暮らしとなります。それだけはご容赦を」

「私が安十郎様と一緒に行きたいと申したのです。多少の不便は我慢します」

種姫様はそう言ってはにかむが、多少の不便では済まないと思うんだよね。

ほら、お付きの女中の困惑した顔よ……

「とりあえず夕餉まで、姫様は部屋でお寛《くつろ》ぎください」

「安十郎様は？」

「私は食材の扱い方を村の者に指南して参ります」

今日の夜は芋づくしだからね。


「ほほう、これが甘藷か」

「はい、味は栗に近いかと。今日用意したのは早穫れゆえ食味は少々落ちますが」

今回は確認のため、一番早く収穫を迎えた畑から穫ってきたものを使う。本当はもう少し寝かせてもよかったが、あまり寒くなってから来ると、住環境の違いから賢丸様や種姫様にはしんどいだろうとこの時期になった経緯があるので仕方ないところだね。

「ふむ、たしかに栗に近いな。だが栗より柔らかく、甘みも強い」

「私はこの煮物が気に入りました」

賢丸様も種姫様も初めての甘藷に舌鼓を打っている様子。俺が知っているサツマイモと比べると甘みは少ないけど、そこは品種改良の成果によるものであり、砂糖が貴重なこの時代では十分甘味として機能する代物だ。

村の者たちは既に何度か食べているそうで、その感想を聞けば、調理しやすく腹持ちも良いのでかなり好評なようである。

「米と比べて痩《や》せた土地でも育てやすく、水を使う量も少なくて済みます。いざとなれば代わりに主食とすることも出来ます」

そう言って俺が用意したのは甘藷入りの玄米ご飯。現代では炊き込みご飯というと美味しそうなイメージだけど、元々は米を節約するためにいろいろな具を交ぜていたという苦肉の策。それでもお芋の炊き込みご飯は美味しいはずだ。

「これは美味しい」

渋井様も喜んでおられる様子。米の代わりに甘藷を植えれば飢饉の備えになるなと嬉しそうだが、実は難点があるんだよね……

「実は甘藷は寒さに弱いのです。出羽国では育たぬかと思われます」

「なんと……」

昆陽先生が甘藷を植え始めた際、江戸の寒さにやられて薩摩から取り寄せた種芋の多くを腐らせてしまうという問題が発生したことがあったそうだ。故に海沿いで比較的暖かそうな、馬加や不動堂などを栽培地に選んだらしい。

出羽は冷害の原因となるやませの影響を直接受けることは少ないものの、この時代はまだ小氷期、二十一世紀でもあちらは寒さが厳しいのだから、この時代が更に冷涼で厳冬なのだろうというのは想像に難くなく、気候的に甘藷を根付かせるのは無理と言っても過言ではないだろう。

寒冷地仕様の品種改良、この時代だと、数打ちゃ当たる方式で植え、その中から寒さに耐えたものを種芋にして次の年に……みたいなことを何年も繰り返していけば、いつかは寒さに強い品種が完成するかもしれないが、今日を生きる糧にすら困窮する東北諸藩に対し、そんな悠長なことは言っていられないような気がする。

「それは困りましたな……甘藷では駄目ですか」

「そう気落ちされますな。その代わりに、こちらであればお役に立てるかと用意しました」

渋井様がガックリと肩を落とす。佐倉藩領である出羽村山《むらやま》郡の惨状は想像以上のようで、かなり期待していたのだと思う。そのことは聞いていたので、俺は栽培をお願いしていたもう一つの芋を見せてあげることにした。

「これは……？」

「ジャガタライモにございます」

ジャワ島のジャガタラ、現在はバタヴィアという地名、未来だとジャカルタと呼ばれる町を経由して、オランダ人の手によって日本に持ち込まれたことから、この時代ではジャガタライモと呼ばれているのだが、要はじゃがいものことである。

日本に伝来して百年以上は経過しているそうだが、毒性があるとか美味しくないとか、まあ簡単に言えば未知なる物への忌避感ゆえか、この時代は食用としては栽培されておらず、金持ちが観賞用として僅《わず》かに育てていただけ。それを宗武公にお願いして種芋を手に入れてもらったんだ。

栽培方法は種芋から出来た苗を植える甘藷と違い、切った種芋を土に植える方法だったはず。小学校の理科でやった記憶だから定かではなかったが、一応収穫はあったようなので今年はそれでよしとしよう。冷暗なところで保管し、毒素の多い皮や芽に気をつければ、食あたりする可能性も低いと思う。

「甘藷より寒さに強く、栄養もありますので、飢饉の対策になる作物でございます」

「どのようにして食べるのでしょう」

「芋ですから同じように調理できます。甘藷ほどの甘みはございませんが、腹持ちが良いところも同様。これで料理を用意しましたので、お召し上がりください」

そう言って用意したのは蒸《ふ》かし芋、そしていももち。
・茹《ゆ》でたら皮をむき、すり潰して塩を混ぜる
・粗熱が取れたら片栗粉と言いたいが、高級品なので代用品として小麦粉を混ぜて成形
・焼く

以上で完成。細かいレシピは覚えていないので、多分こんな感じというフワッとした伝え方で村の人に作ってもらったが、意外とちゃんと出来ていた。

「おうおう、これは素朴だが食べ応《ごた》えがありますな」

「うん、美味しい」

本当はポテチも紹介したいけど、この時代の油は高級品だから、庶民に広めるには不向きなんだよね。単に蒸かし芋でも十分美味しいのだが……

「バターがあれば更になあ……」

「……ばたあ、とは？」

いけね。つい心の声が出てしまったのが聞こえてしまったらしい。

「ええと、バターとは牛の乳から作る調味料でして、牛酪とも申します。かつて吉宗公が我が国に乳牛を持ち込んで作ったとは聞いたのですが……」

「乳牛とは白牛のことですかな？　今もおりますよ」

「え？」


「牛が、ウッシッシ……」

「肉が食べたいのか？」

芋料理品評会を終えた夜、俺がグフグフ言っていたのを見てか、賢丸様が怪訝《けげん》そうに声をかけてきた。

「さにあらず。此度の牛はそのお乳を使うのです」

俺がつい漏らしてしまった一言から、渋井様に今も乳牛の育成が続いていることを教えてもらった。

かつてこの国でも、蘇《そ》とか醍醐《だいご》という乳製品があったそうだが、酪農の歴史が途絶えたことでその製法が伝わることはなく、ようやく復活したのは享保年間。

当時将軍であった吉宗公が安房嶺岡牧《あわみねおかまき》で白牛３頭の飼育を始め、そこでバターやキャラメルの原形と思われる牛酪を作っていたことは昆陽先生から聞いていたが、それが今も手に入る可能性があるとは……料理のバリエーションが増えるじゃねーかコノヤロー（歓喜）。

その後も白牛の飼育は続いており、交配によって個体数も当時より増えているそうで、これを手に入れようというわけだ。ホルスタインとは別種のようだけど、牛乳が手に入るなら種類は何でもいいよね。

そしてどこでそれを飼うのかといえば、佐倉七牧という幕府が管理する牧場が下総にあって、そのうち三牧は佐倉藩が管理を委託されているとか。そこに牛を連れてきて飼うという寸法だ。

「また父上にお願いするのか？」

「乳製品は栄養価も高く、また美味でございますれば、必ずや気に入られると信じております」

当然そのためには幕府の許可が必要なので、堀田様からの上申に併せて、宗武公のお口添えも必要になるだろう。そのためには導入による利点を説く必要がある。

まあ……じゃがバターで万事解決よ（楽観）。

「しかしジャガタライモだったか？　よく食べようと考えたな」

「元々は食用だと聞きます。我々が食す、河豚《ふぐ》や海鼠《なまこ》、魚の白子、栄螺《さざえ》などの貝類なども、食べ慣れぬ異国の者が見たら『なんてものを食べているんだ！』と驚きますよ。お互い様です」

「お主は開明的な考えの持ち主じゃのう」

「恐れ入ります」

賢丸様は俺がずっと側に仕えていることもあってか、新しい知識を忌避せず受け入れる素養が育《はぐく》まれており、将来が楽しみだ。

現将軍には家基《いえもと》様という若君がいるし、田安家も治察様が奥方を迎えられたので早晩お子を生《な》すであろう。そうなると賢丸様がどちらかの跡を継ぐ可能性は少なく、いずれはどこかの大名に養子入りするのだと思う。そうなれば、将来は老中や側用人など、幕閣の中枢で辣腕《らつわん》を振るう……と思ったのだが、そう言えば家治の次って、えーと家斉《いえなり》だっけ？　たしか一橋家からの養子……ということは、家基様は死ぬ？　そんな名前の将軍はいないし、そうでもなければ養子に入らないよな……田安家も何かひと悶着《もんちゃく》あったような……

賢丸様はどうなるんだ？　歴史上の人物は成人後の名前しか教わらないから、幼名とリンクしないんだよな。ただでさえこの時代の人って何度も改名したりするから、正直よく分からん。徳川家康の竹千代《たけちよ》くらいメジャーならすぐに分かるんだけど……


「火事だあーー!!」


俺が頭の片隅にあった日本史で学んだ記憶を思い返していたら、陣屋に詰めていた村の若い衆が表で走り回っていた。

「安十郎様、火事と聞こえましたが」

「状況が分かりませんので一旦《いったん》表へ出ましょう」

不安そうな顔で種姫様がこちらの部屋にやって来たので、心配ありませんよと落ち着かせつつ、賢丸様と顔を合わせて頷きあうと、状況を確かめるべく表へ出てみた。

「なんだ……あれは！」

そこで俺たちが目にしたのは、北の空一帯が天まで赤く染まる光景だった。

「あれは……何ですの」

「火元は隣村、もっと遠いか」

「いや、火事とは少し違います」

江戸でも火事で空が赤くなることは何度か見たが、それとは全くの別物。空全体がぼやっとしてくすんだ赤色に染まる、これまで見たこともない異様な光景に、賢丸様と種姫様がゴクリと息を飲んだ。

「安十郎様、種は恐ろしゅうございます。何か良くないことの前触れなのでは……」

怖がって俺の袖《そで》をギュッと握る姫様を宥《なだ》めるが、上手い言葉が思いつかない。

何しろ不気味な色だ。明治時代ですらハレー彗星《すいせい》が接近したときに、地上から空気が無くなるというデマが巷間に流布されたと聞くし、江戸時代なんてそれはもう、迷信、言い伝えが未だ信じられている時代。不思議な自然現象を何かよろしくないことの前触れと考えるのは日常茶飯事であり、害はありませんと言っても疑念は晴れないと思う。

ただ、俺には分かる。見たのは初めてだけど、あれは多分オーロラだ。

オーロラと言うと緑色っぽいイメージだけど、それより高い位置で発生したものは赤く光るそうで、希《まれ》にとても大きなものが極点近くで発生したときに、その先っぽの赤い部分が北海道でも見えることがあると聞く。

過去には本州で目撃された記録もあるらしく、有名な歌人である藤原定家《ふじわらのていか》の日記か何かにもそんな記述があるって記事を見た記憶がある。たまたま今日それが見える日だったのだろう。

「安十郎様……」

「姫、心配はいりませぬ。この安十郎が付いております」

不気味な光景が余程恐ろしいのか、俺の袖を摑《つか》むだけだった姫様が身を寄せてきたので、怖くないですよと頭をポンポンと撫《な》でてあげたが、するとどうだろう、余計に俺にしがみついてきた。

「約束ですよ。種の側にいてくださいませ」

「はい、大丈夫ですよ」

その光景を見て賢丸様が、「そういうときは実の兄を頼りにするべきでは……？」という、何とも言えない表情をしていたのは見なかったことにしよう……


その夜、空一面を覆った赤い光《オーロラ》。

やがてどこからも出火していないことを確認すると、村人たちはやれやれといった表情で自分の家に戻っていった。

中には凶兆ではと怯《おび》える者もいたが、不運なことはいつやってくるか分からないし、こればかりは占いと同じでその人の心の持ちよう、当たるも八卦《はっけ》当たらぬも八卦というやつだ。

取り急ぎ、俺のやることは姫の心を落ち着けることだな。

「お休みのところ相済みませぬ……」

とはいえ、あれをどう説明したものかと思案して眠れずにいたら、襖の向こうから姫付きの女中が俺を呼ぶ声がした。

「いかがなされた？」

「それが……姫がすぐに来てほしいと」

女子が寝所に男を呼ぶなど余程のこと。幼いとはいえ、徳川の血を引く姫君がそのことを知らぬ道理もないはずだし、普通ならば女中が止めるだろう。

そう考えれば何やら大事があったかと判断せざるを得ず、一枚上に羽織るとすぐに姫の寝所へと向かった。

「姫、安十郎にございます」

「中へ」

許しを得て中へ入ると、枕を抱えた姫様が布団の上でチョコンと座っていた。

なにこの可愛い生き物……

「火急のお呼びとか。いかがなさいましたか」

「怖くて眠れないのです……」

どうやらオーロラの光が未だに不気味なものに映り、不安で寝付けないらしい。

「あの……種が寝付くまで側にいてはもらえませんでしょうか」

好意的に解釈すれば、一緒に部屋にいてくれという意味だろう。それでも憚られるところではあるが、姫がポンと布団に手を置く仕草を見れば、側というのは布団《そこ》、つまり添い寝しろということだ。


……待って、殺す気？

こんなのバレたら間違いなく斬首《ざんしゅ》刑だ。切腹すら許されない、武士として最大級に不名誉な罪科。

別に切腹なら甘んじて受けるわけじゃないよ。何が楽しくて自分の腹に刀を刺さなきゃならんのよ。困っているのは親父殿や家の者にも罪が及ぶからだ。この姫様はそのために俺を呼んだわけですか？

「姫、さすがにそれは……」

「何故ですか？　種の側にいてくださると約束したではありませんか」

ええ、ええ、たしかに不安にならないようにと、さっきそう言いましたよ。しかし拡大解釈が過ぎると思うのです。ってか、女中も止めろよ。言われたままに俺を呼ぶなんて、子供のお使いじゃないんだからさぁ……

そう思って視線を向けたら、申し訳なさそうにペコペコするばかり。俺に睨まれたからって、「言ったんだけど聞いてくれないんですぅ〜」みたいな膨れ面をするな。

「このことは父上にも兄上にも内密にいたしますゆえ」

「ですがそこに……」

「いいえ。ここには私たち以外、誰も居りません。もし居れば首が飛びますもの」

怖い怖い怖い……声色こそトロンとして甘えるような、ちょっと舌足らずな少女のものであるのに、言ってることは途轍《とてつ》もなく恐ろしい。女中に対して何も見ていない、聞いていないことにしろ。口にしたらどうなるか分かっているよね？　と恫喝《どうかつ》しているわけですよ。

「安十郎様、ダメですか……？」

怖い怖い怖い……いつもなら可愛くおねだりしてるなと思えるけど、この状況で言われてもキュンとはしないよ！　なにその上目遣い、数え六歳にしてそんな技術を使うなんて、あざとさ全開なんですけど。

「安十郎……私《わたくし》の頼みが聞けませぬか」

……!!　俺が答えに詰まっていたら、瞳《ひとみ》の奥にほの暗い光を湛《たた》えながら、姫様がこちらを睨みだした。

今まで自分のことを名前でしか言わなかった姫様が〝私〟と言ったことも衝撃だが、俺に命じる姿はフワフワとした天真爛漫《らんまん》なお嬢様ではなく、支配階級、人の上に立つ側の人間なのだと思い知るには十分なものだった。

「安十郎様はどうして怖くなかったのですか」

結局圧に負けて添い寝をすることになった俺に、姫様が先程の赤い空のことを尋ねてきた。

「難しい話になりますが、あれも自然の為せる業の一つ。雷もそうですが、空が光るというのは無い話ではありません」

「あのように赤く光ることがあるのですか」

「鎌倉《かまくら》時代の歌人、藤原定家の日記に赤気《い》という現象の記述があり、まさに今日見たものと同じだと思われますので、ごく希に珍しい現象として起こり得るのだと考えます」

雷とオーロラでは原理が全く違うのだが、この時代に電気の概念はまだ存在しないから、似たようなものだと説明してあげると、姫様が何でも知っているのねと褒めてくれた。

「どうしてそんなにお詳しいのですか？　やはり立身のためですか」

「誰かの役に立ちたいからですね」

天災や飢饉はいつかまた起こる。それを知っているからこそ、自然の力に抗《あらが》うことは難しくとも、そうなったときに一人でも多くの者が助かる術《すべ》があるのなら、それを学び、教え広めることが大事なのだ。

「ですがしがない旗本の部屋住の言など、誰も聞く耳を持ちません。だから少しでも名を上げ、私の言葉に耳を傾ける方が増えるよう精進しているのです」

「しがないなどと申してはなりません。既に安十郎様は我が父の信を得ております」

「田安公には目をかけていただき、ありがたい限りでございます」

「それに、種も安十郎様が側にいて頼もしいですよ」

「勿体《もったい》ないお言葉」

それからしばらく、とりとめも無い話をしていると、いつの間にか姫がすうすうと寝息を立てるのが聞こえた。

やれやれ、ようやく離れられ……ないな。

「安十郎……離れてはなりません……約束……ムニャ……」

困ったね……俺の袖をキュッと摑んで、寝言でまで側に居れと言われては離れるのも難しく、その夜は空が白み始めるまでお側に居ることとなった。のだが……


「ゆうべはおたのしみでしたね」

翌朝、何故かそのことを賢丸様が知っていたのですが……

第５話　天才コンサルタント・リトル安十郎

「父上、只今《ただいま》戻りました」

「いかがであった」

「農村の暮らしが垣間見《かいまみ》え、とても見聞が広がりました」

「それは重畳」

下総で五日間ほどの滞在を終え、俺たちは江戸に戻ってきた。

本当はもう少し長い予定であったが、例の赤い空の目撃情報が各地から江戸に寄せられたようで、心配した宗武公が早馬を寄越《よこ》して帰還の予定が早まったのである。

そういえばあの翌朝、種姫様に添い寝していたことが賢丸様にバレていたわけだが、「もっと上手くやれ」と意味深な一言を残して、何故かそれ以降、蒸し返されることもなく今に至る。当然宗武公の耳にも入っていないようだ。

だからと言ってこちらから話を切り出せば、藪蛇《やぶへび》になって俺の身が危なくなりそうなので黙っているが、見逃してもらったという解釈でいいのだろうか？　それともこれをネタに強請《ゆす》り集《たか》りを企んでいる？　そもそも上手くやれと言われても俺の意思ではないんだけど……

こういうのが、まな板の鯉ってやつか……

「相模守とも上手くやったようだな」

「ご冗談を。既に手はずが整った上の話でございましょう」

（ビクッ！）……宗武公がタイミング良く上手くやったとか言うからちょっと焦った。そっちの話のことね。

佐倉藩との話し合いの内容を賢丸様が伝えると、公が鷹揚《おうよう》に頷いていた。出来レースとはいえ、元服前の息子が他藩の大名と直《じか》にやりとりしたのだ。その成長が素直に嬉しいのだろう。

「安十郎もご苦労であった」

「勿体なきお言葉」

「甘藷の方も順調のようだな」

「はっ、良き芋が採れました。武蔵《むさし》と甲斐はいかがでございましょうか」

「案ずるな。既に届いておる」

「では食べ比べとまいりましょう」

実は今回、主には下総のご領地で栽培を行わせてもらったのだが、とある目的で他の領地でも少しずつ栽培をお願いしていた。今からそれを焼き芋にして食べ比べしようというわけだ。


「あの中に甘藷が？」

「ええ、初めてお目にかける調理法になります」

皆を台所に集め、焼いているところを見学してもらう。

かまどの上に乗った浅い土鍋《どなべ》に甘藷が並べられ、熱が逃げないように上からフタをしている。弱火でじっくりと焼いて、熱を満遍なく行き渡らせる寸法だ。

「下総では煮ると蒸かすの二通りで召し上がっていただきましたが、ここでは焼きにてお召し上がりいただきます」

甘藷の甘みを引き出すなら焼くのが一番。落ち葉を集めてたき火にくべるというのも考えたのだが、この時代はアルミホイルが無いから、直火では焦げてしまって面倒だ。そこで鍋に入れ火にかけて、遠赤外線によってデンプンを糖に変える方法とした。蒸かすより水分も飛ぶはずなので、より甘みが濃くなると思う。

「そろそろ食べ頃ですね」

フタを開けて竹串《ぐし》を通し、中まで火が通っていることを確認すると、献上すべくこれを側近にお渡しして毒味をお願いした。

「こちらから順に下総、武蔵、甲斐の産にございます」

「では失礼して……おっおっ、熱っ、ホフホフ……これは美味でございますな」

「余にも早う寄越せ」

「お待ちくだされ、毒が入っておらぬか今しばし某が……」

「安十郎が毒なんぞ仕込むわけがなかろう。……おっほっほ、これは美味いのう」

我慢しきれないと、家臣が止めるのも聞かず宗武公が芋を口にすると、治察様、賢丸様、姫君たちもフウフウ言いながら頬張り始めた。

「姫様、いかがでございますか」

「美味しゅうございますこと」

俺はその顔を見て、これはいけると確信した。

「それはようございました。今宵は他にも趣向を凝らした芋料理をお出ししますゆえ、楽しみにしていてください」

そう言って皆様には一旦お戻りいただくことにした。焼き芋でも十分に満足しておられたようだが、幸いにして田安のお屋敷には調味料もふんだんにあるし、油を使って揚げるという工程を試すことも出来るのだ。これを逃す手はないからね。

「これはまた……色々と用意したな」

「お気に召していただけると良いのですが」

その夜の田安家は芋づくし。甘藷の炊き込みご飯と芋を具材にした味噌汁は、まあ見たとおりなので説明は不要だが、それ以外に並んだ料理に皆様興味津々のようだね。

「これは？」

「乱切りにした甘藷とジャガタライモをアク抜きした後に揚げ、甘辛のタレを絡めたものがこちら。塩をまぶしたものがこちらです」

ベースは大学いもとフライドポテト。味の好みは分からないから、どちらも甘いのとしょっぱいのを用意してみたが、物珍しさもあってか、皆さん箸が止まらないようだ。

「外はカリッとしながら中は柔らかいな」

「温かければもっと美味しいのであろうがのう……」

宗武公がチラリと近習《きんじゅう》を見やる。お殿様に毒味は付き物だし、温かい料理を食べることなんて滅多に無いだろうから仕方ないけど、なまじ熱々の焼き芋を食べてしまったから余計にそう感じるのかもしれない。

「安十郎、この平たいのは何だ？」

「オランダ渡来の料理です」

大量に細切りにしたじゃがいもを塩で炒《いた》め、ギチギチに押し固めた後に胡椒《こしょう》で風味付けした、ガレットと呼ばれる料理だ。

本当はポテサラやマッシュポテトなんかも作りたかったが、今はまだ牛乳やマヨネーズが使えないので、塩胡椒で味付けできる料理に絞ったら思いついただけで、オランダ渡来というのは本当のように見えて限りなくウソ。ガレットってたしかフランス語だもんな。知らんけど。

「驚いたものだ。安十郎は料理の知識もあるのか」

「恐れ入ります。どんなに役に立つ作物だとしても、食べてもらえなければ意味はございませんから」

「その様子だとまだ手札は持っていそうだな。何を狙っておる？」

「さればご相談に乗っていただきたく……」

数年来のお付き合いゆえか、田安家の皆様は、俺が単に甘藷栽培を広めるためだけに動いているわけではないことを理解しているようだ。

飢えを凌《しの》ぐために栽培するのもいいが、俺はそれだけで終わらせたくはない。この先必要なのは、甘藷が栽培され続けるために市場経済に組み込まれること、いわゆる収益化《マネタイズ》なのだ。


食べ比べの結果、味は予想通り下総産が一番美味しかったけれど、他国の産でもそれなりの収穫が見込めるようだ。

元々昆陽先生は救荒食としての栽培を推進していたから、気温の低い東北地方は別にして、甲斐でも武蔵でも下総でも、それなりに栽培出来ることが分かったのがまずは重要。取り急ぎ自分たちの腹を満たすためという目的でも、植えてもらわなければ飢饉対策にはならないからね。

「しかし今は甘藷の需要が多いとは言えません。飢饉の時には役に立つでしょうが、平時にあってはこれを米の代わりに植えると困ることが一つ……」

「(パリパリ……)売値か」

「左様にございます」

米は皆が食べ、需要があるからこそ各地で生産・流通・売買されており、ゆえに飢饉で供給が滞ればたちまち価格が釣り上がるが、そもそも甘藷を取引しようにも、今は需要の無い食べ物がゆえに買値が付かないおそれがある。

つまり現状、米に代わって武士の暮らしを支える作物とはなり得ないのだ。

飢饉で食べるものが無いときは、人々も贅沢は言っていられないだろうけど、そうなると米が無いから仕方なく食べるものというイメージが定着してしまいそうで怖い。

なんでそう考えたかというと、未来で生きていたときの俺の婆ちゃんが、芋大嫌いだったんだよね。それは太平洋戦争中に米が無くて、毎日それしか食べられなかったときの辛《つら》い記憶が蘇《よみがえ》って嫌だというのが理由らしくて、それと同じ事になると思ったから。

そうなると甘藷栽培に先は無い。下手をすれば飢饉が終わった後に、現金化のために再び米に植え替えるなんてところも出てくるだろう。しかし、未来を知る俺はこの先飢饉が定期的に発生することを知っているから、そんな愚策はやってほしくない。

それを防ぐためには……

「植えてもらうには、それに見合う需要を生み出すことが肝要なのです」

「(パリパリ……)たしかにな。売っても金にならぬ物を育てる大名はおらんだろう」

「(ポリポリ……)そのために色々と調理法を考案したということか」

「御意。庶民の手の届くものから、大名や豪商でなければ食べられぬ高級品まで、甘藷の調理法が多種多様で、かつ美味しいということを知ってもらう必要があります」

当然食わず嫌いの者は現れるだろう。例えばあのお坊ちゃんみたいに。あの人は弟が嫌いだからという理由だったけど、芋を野暮の象徴みたいに言う人もいるから、万人受けするとは思っていない。

だが、ハナから米の代替品として使われるよりはいい。それに普段から取引される野菜の一つに入るのであれば、年貢として取り立てる大名や旗本も収益化という意味で少しは安心出来るというものだ。

「（パリパリ……）して、余は何をすればよい」

「（ポリポリ……）父上に頼めば百人力ぞ」

「父上も兄上も食べ過ぎでございます（パリポリ……）」

パリポリうるせえな。一回手を止めてもらえませんかね……？

「おお、すまんすまん。なんだかクセになってやめられん（パリパリ……）」

「まこと、止まりませぬ（ポリポリ……）」

かっ○えびせんじゃないんだからさあ……似たようなものだけど。

「（パリポリ……）手が油まみれじゃ……」

だから賢丸様も一回止めなさい。

話が長くなると思い、夜食代わりではないが切り芋の素揚げに塩をまぶしたもの、要はポテチを用意したのだが、三人は話半分でそちらに夢中になってしまっている。

俺が食いたくて厚切りポテトにして作ってもらったのに……

「では……改めて話を聞こう」

「……されば話を元に戻しますが、市中にて焼き芋を売る許可を町奉行に」

「そなたが売ると申すか」

「いや、部屋住とはいえ武士が商いを始めるは、いささかよろしくありません」

この時代、武士が商いを行うのは卑しいとされている。

本来は為政者が金に執着すると腐敗の元になるから避けるべきという清廉な考えだったのだが、いつしか金持ち商人への嫉妬混じりでそういうことになってしまったようだが、そう考える者が少なくない今、俺が直接手を下して悪評が流れてしまうと、初手で躓《つまず》くことになるのでそれは避けたい。

「では誰が売る？」

「木戸番……はいかがかと」

木戸とは江戸市中の町と町の境に設けられた門のことであり、夜はこれを閉じ、通る者の素性を改める。不審者を町内に侵入させないための自警設備であり、その番人が木戸番。別名番太郎とも言い、彼らが詰める小屋を番小屋という。

その収入は町内に住む者から集めた、町会費のようなものから給金として支給されるが、額は非常に少なく、そのため番小屋で駄菓子や雑貨品を売るなどして生活の糧としていた。未来で言うコンビニのはしりかもしれない。固定店舗みたいなものなので、かまどを置いて焼き芋を売るには最適である。

「しかしそれなら普通の商家でもよいのでは。なぜ番小屋なのだ」

「火を扱うからであろう、のう安十郎」

「ご賢察恐れ入ります」

火の見櫓《やぐら》は木戸の側にあり、木戸番は火事の際半鐘を打つ役割もあった。また夜毎に拍子木を打って夜警もしたりして、自警消防団のような役割も担っていたから、火の取扱いを行う許可を得やすいと考えた。

「焼き芋を庶民が手軽に買える物として普及させるには、各町内に必ず一つはあり、飯屋や商家のように暖簾《のれん》をくぐらずとも店先で買える番小屋が一番かと」

治察様も賢丸様もなるほどと納得されているが、それもこれも未来の知識があったから言えることなんだよね……

焼き芋が庶民の味になり、甘藷が普通に食卓に上がるのは歴史が証明している。ただそれはもう少し先の話であり、今のところそれを予見している者は俺以外に誰もいない。なので先取りしようというわけだ。

「甘藷が安定して供給され、庶民でも手の届く価格で手に入れば……」

「焼き芋の味を知ったら売れるであろうな」

「して、何と称して売る？　焼き芋だと他の芋と区別が付かんな」

「焼き甘藷……では面白味に欠けるか」

「それについては腹案が。十三里、と命名したいと考えております」

「じゅうさんり……？」

甘藷販促計画として、焼き芋の販売を田安家の皆様に相談する中、俺がその名称を「十三里」としたことに、方々が困惑しているようだ。

「洒落《しゃれ》にございます。庶民には甘藷の味の想像が出来ませぬ。栗に近い味として、八里半というのも考えましたが、焼き栗より美味いと名乗った方が良いかと」

「なるほど、九里四里《くりより》美味いから十三里か」

宗武公が膝をポンと叩いて破顔した。単なる言葉遊びではあるが、ネーミングがプロモーションに影響を与えるのは今も昔も一緒のことで、江戸っ子はこういう洒落っ気を大事にするからなおさらだ。

「お主はそういう言葉遊びも得意なのか」

「たまたま思いついただけです」

……パクリじゃないもん。どんな名前がいいか、心の中のリトル安十郎に聞いてみたら、それはもう十三里しかないでしょと言うんだもん。そもそもそれを言い出したら、生まれ変わってからの俺は先人の偉業を先取りしてトレースしているだけですから。

もちろん世のため人のためになると思ったからやってるけど、それで歴史が変わったとしても俺のせいじゃない。俺を安十郎に転生させた神様……がいるのがどうか知らんけど、そいつのせいだから（暴論）。

「して、いつから始める」

「今年は量も多くはありませんので、信の置ける番小屋をいくつか選んで慣らしを行い、そして来年は本格的に。公には領内での作付を増やしていただきたく」

「米より高値で売れるようにか」

米はどこでも作っているが、今のところ商用に甘藷を栽培する者はいない。なのでこの機会に作付を増やせば、利益を独占し大儲《おおもう》け出来る。

「だが追随する者も出てくるであろう」

それに治察様が懸念を示す。売れることを知れば、他藩も甘藷栽培に乗り出すはず。そうなれば食い合いになって、利益が減るという考えはもっともである。

「ゆえに最初が肝心。甘藷といえば田安領の産と認知させるのです」

未来で言うところのブランディングというやつだ。

商品やサービスというものは常に他者との競争だが、多くの類似品の中で選ばれるにはブランド力という付加価値を付けることが非常に重要だ。

未来でもシュワシュワする甲羅と言えば固化甲羅《こかこうら》がまず思い出される。絆創膏《ばんそうこう》は地域によって違うが商品名で通じるし、掃除機なら吸引力の変わらない台尊《だいそん》とか、パッと思い付く企業や商品名がある。知名度があるというのはそれだけで選ばれる可能性が高く、他者との差別化という意味で重要なのだ。

甘藷に当てはめれば、業界の巨人《リーディングカンパニー》薩摩産は遠すぎて、運送費を考えたら競合する可能性は低い。とすれば、江戸近郊で栽培と普及に先鞭《せんべん》を付け、甘藷＝田安領産というイメージを植え付ければ、それだけで大きなアドバンテージが発生する。

未来でも、ウナギは浜松《はままつ》、お茶は宇治《うじ》、餃子《ぎょうざ》なら宇都宮《うつのみや》みたいに、生産量や消費量が必ずしも一番でなくとも、イメージで思い浮かぶ人が多くいるのは、過去からの積み重ねによるところが大きいのだと思う。俺が頑《かたく》なにサツマイモではなく甘藷と呼んでいるのも、薩摩のイメージを付けたくないからだ。

さらに言うと甘藷がどの土地でもそれなりの品質で育つことも重要だ。

自由経済の発達した未来では、後発の者はシェアを奪い取るべく、生産力や品質、価格など、様々な要素で先駆者のブランドイメージを越えるものを生み出すための努力をする。

だが変革を嫌うこの時代の武士にそういう考えはあまり存在しない。下手にいじらずとも相応の収穫が見込めるのであれば尚更。市井の農学者が手を加えることは考えられるが、お上の協力が無ければその動きは遅く、伝播《でんぱ》するにも時間がかかる。

「他領が動き出す前に、我らは甘藷の周知に努めながら、質の高い物が収穫できるよう日々研鑽《けんさん》を重ねるのです。いずれ真似される日が来るでしょうが、先駆者が植え付けた認識はそう簡単に覆ることはありません。焼き芋をここまで秘匿していたのもそのためです」

もちろんみんなに甘藷を栽培してもらいたいとは思っているが、まずは俺に手を差し伸べてくれた宗武公に一番に利益を還元するのは当然だと思う。

「悪い顔をしているのう」

「失敗の危険性を顧みず、道を切り開いた先駆者の特権にございます」

「よかろう。その話、乗った」

――一年後

「お兄様、十三里でございますよ」

「おお、もうそんな季節になったか」

あれから時は過ぎ、今は明和八（1771）年の冬。俺が「十三里」と名付けた（？）焼き芋は、狙い通り江戸庶民に大ウケした。

昨年は収穫量が少なかったこともあって、数軒の番小屋で売り出しただけだったが、またたく間に評判は江戸中に広まり、他の番小屋からも取り扱わせてほしいと奉行所に願いが届いたそうで、それを聞いて宗武公はすぐさま領内での甘藷作付拡大を指示。今年は江戸の至る所で十三里が売り出されるようになった。

もちろんそれだけでは需要が足りず、他所《よそ》で育てられた甘藷を用いる者もいたが、一番人気は田安領、特に下総産の甘藷だった。

『甘藷先生の愛弟子《まなでし》が育てた新たな甘味』

『田安公も絶賛』

昆陽先生の名は庶民にも知られており、下総産の甘藷はその愛弟子、つまり俺が師の遺志を継いで、丹精込めて育てた逸品という物語性のある触れ込みは、庶民の購買欲を刺激するには十分の売り文句となった。

そこへ将軍家ご一門も絶賛したという謳い文句が加われば、売れない方がおかしい。こうして飢饉対策の第一歩は上々の滑り出しとなったのである。

「安十郎様もご一緒にいかがですか」

「少し休憩にしよう」

種姫様に共に食べようと勧められたので手を休めてご相伴に与かると、何やら興味深げに机の上を眺めておられる。

「お兄様も蘭書をお読みになるのですか？」

「いや、私が一方的に教わっているだけさ」

「これは……何と書いてあるのですか？」

「これがあー、これがべー、これがせー。左から読むのです」

「左から⁇」

昨冬、甘藷栽培が軌道に乗るのを確信した俺は、次は乳製品だぁ、養鶏だぁと意気込んでいた。

しかし、そんなときに舞い込んできたのは……蘭書解読の協力依頼であった。

その名はターヘル・アナトミア。いや、この世界では「タブラエ・アナトミカ」と呼ばれる医学書である……ちなみにその名前は©徳山安十郎だぞ。

〈第1章　天才少年現る・完〉

【他者視点】私のお兄様（種姫）

※種姫目線のため、本人に都合よく解釈された表現となっております。

私の名は種。田安徳川家の当主、権中納言宗武の七女。実の兄が三人おりますが、年も離れており、あまりお目にかかる機会も無い上、唯一私を気にかけてくださる賢丸兄様はお体が弱く、度々床に臥すこともあって、寂しいこともございました。

そんな状況を変えたのが徳山安十郎様。私のもう一人の兄と呼んでも過言ではないでしょう。ええ、もちろん血のつながりはありません。病弱で話し相手のいない賢丸兄様のご学友として招いた旗本のご子息だそうです。

安十郎様が屋敷にいらしてから、我が家の食卓は大きく様変わりしました。

徳山家で試され、滋養に効があると証明された玄米を取り入れたほか、肉や鶏の卵など、これまで食べることのなかった物を次々と食すことになったのです。

聞けば市井でもほとんど食べないのだとか。辰丸兄様はこんなものが食べられるか！　とお怒りでしたが、意外と美味でございました。玄米だけは慣れるまで時間がかかりましたけどね。

その効果は程なくして現れました。病がちであった賢丸兄様が次第に元気になり、父上や治察兄様もすこぶる体調が良さそうです。そして家族が元気になると、屋敷の中も雰囲気がなんだか明るくなったような気がして、嬉しく思ったことを今でも覚えてます。

そして安十郎様はとても物知りです。なんでも江戸でも指折りの学者様である昆陽先生という方に師事し、色々なことを教わっているとかで、私のたわいのない質問も分かりやすく教えてくださいます。賢丸兄様の学友に選ばれたのは当然なのかもしれません。

ただ……この屋敷を訪れる目的はそれなのです。時間があれば私と遊んでくださることもありますが、一番は賢丸兄様の学問のお供。私は二の次です。

もどかしいことです。賢丸兄様と私が入れ替われば良いのにと何度思ったことか。お二人が楽しげにお話しされているのを物陰から見つめるたび、安十郎様の隣に相応しいのは私ですのよと、少し殺意が湧いたくらいです。

そしてそれはある日、お二人が下総へ向かうと聞き及び、頂点に達しました。

男二人で何をしに行くと仰るのか。まさか衆道……安十郎様と賢丸兄様が？

あり得ませんあり得ません。そんなはずはありません。安十郎様は私がお膝の上に乗ると鼻の下を伸ばすような御方。何をどう間違えようとも、ぜ〜〜〜〜〜〜ったいに殿方より女子《おなご》の方が好きに決まっております。衆道に走るはずが……

まさか！　賢丸兄様が無理やり……

認めない認めない認めない……安十郎様が私以外の誰かの手で甚振《いたぶ》られ、そのお顔に苦悶の色が浮かぶ光景など……

違う違うそうじゃない……あの賢丸兄様のことです。安十郎様によしよししてもらうつもりなのかも……

おぞましいおぞましいうらやましいおぞましいおぞましいうらやましい……何としても賢丸兄様の魔の手から私がお救いせねば。そう思った私は、その日のうちにお父様に同行をお願いしたのです。

最初は反対されました。しかし、どうしてもとお願いを続けたところ、ちゃんと兄の言うことを聞くならと仰るので、もちろんです、私が（安十郎）兄様の言いつけを守らないはずがありませんでしょう。と申したところ、どうにか認めてくださいました。

『姫、心配はいりませぬ。この安十郎が付いております』

三日の行程を経て到着した下総の所領。途中佐倉では堀田家の御当主と対等に渡り合い、村に着けば丹精込めて育てた甘藷を味わい、お兄様のすごさを改めて感じました。

え？　佐倉の話は賢丸兄様のことであり、甘藷を育てたのは村の者だと？　いいえ、賢丸兄様に知識をもたらしたのも、甘藷の育て方を指南したのも安十郎兄様なのですから、実質自らなされたことと同義ではございませんか。付いてきて良かったです。

しかし、そんな楽しい気分を打ち消すように現れた、空に映る不気味な赤い光。最初は近隣の村で火事があったのかと思いましたが、そうではない様子。なれば凶事の兆しではと怯える私を安十郎様は抱き寄せ、落ち着くようにと頭を撫でてくださったのです。

何があっても私を守ると仰ったあの力強さと、頭を撫でる手の温かさ。そして、異様な光景を目の前にしても臆《おく》せず動じず、冷静沈着なあの胆力に私は驚きました。

大人ですら慌てふためく者も少なくありませんでしたのに、どうしてあのように落ち着いていられたのかがどうしても知りたく、その夜、侍女に無理を言って安十郎様を寝所に招きお話を伺いました。

『あの……種が寝付くまで側にいてはもらえませんでしょうか』

いえ……別に私、そこまで求めたつもりはございませんでしたのよ。ただ、賢丸兄様と一緒に居ては危険かと思いまして。とはいえ起きて話を続けるには夜も遅いので、一緒に眠りながらお話しできればいいかなと思ったまでのことで、他意はございませんのよ。

安十郎様も遠慮されておりましたが、私の側にいてくださるのですよねと可愛くお願いすると、仕方ないですねと一緒の床に就いてくださったのです。

そこであの光が、自然の中ではごく希に起こり得る現象であること、安十郎様が勉強なさるのは世の民を一人でも多く救うためと聞きました。とても壮大で難しいお話でしたが、幼い私にもこの方はいずれ大業を成す御方なのではないかと感じられました。

その方の側にいるために、何を為すべきなのか考えました。同じ目線で物を見ることが出来るよう、私も見識を深めなくてはいけないのだと……

そこで江戸に戻ってからの私は、以前にも増して学びに力を入れるようになりました。

しかし、習うのは書や歌、お茶や琴などの稽古《けいこ》ばかり。実学など女子が学ぶものではないと言われ、その間にも安十郎様は甘藷の流通をはじめ、牛の乳から食品を作り出したり、今は蘭書の和訳に取りかかるなど、私の想像を遥《はる》かに超える速さで活躍の場を広げていくではありませんか。

「お父様、安十郎を当家から手放してはなりませぬ」

このままその名が世に知れ渡れば、どこぞの家から婿養子にと声がかかってもおかしくありません。私ではない誰かがお兄様の側に侍《はべ》るなど考えられないと、お父様にそう訴えたのですが、「手放すわけがなかろう。いずれどこかの旗本に養子入りさせ、治察の側近とする」と見当違いなお言葉。

そうではありません。田安のお家から離さぬには、一番確実でこの上ない方法がありますでしよ。

身分？　そのようなもの、私がお慕いする心の前では無力です。安十郎様に近付く女狐《めぎつね》は、私が悉《ことごと》く狩り尽くして差し上げますわ……

【第1章登場人物まとめ】

（注）人物名の後の数字は史実の生没年です。話の都合上、それより長生きする人がチラホラ……

○徳山安十郎（とくのやま　あんじゅうろう）
1758―？

本作主人公、旗本徳山貞明の八男。中身は令和のちょっと博識なサラリーマン。

ピンポイントでこの時代に詳しいというわけではないが、安十郎少年として勉強する内容に、元々持っていた未来の知識をちょっとひとつまみ加えることで、歴史が少しずつ変わり始める。

実は後世に名の残る人物だが、マイナー過ぎて本人はまだ気付いていない。

○徳山貞明（とくのやま　さだあきら）
1716―1775
旗本徳山家分家当主。通称は小左衛門。官位は従五位下甲斐守。安十郎の成長が楽しみな親馬鹿。

○青木昆陽（あおき　こんよう）
1698―1769
魚屋の息子が学問に目覚め、後に御家人に取り立てられて、甘藷先生と呼ばれるようになり、現代では神社に祀《まつ》られて神様に。安十郎の学問の師として、後の彼の飛躍のきっかけを作る。

○前野良沢（まえの　りょうたく）
1723―1803
豊前中津藩医。蘭学を志し、昆陽に師事。安十郎の未来の語学知識によって、史実よりオランダ語習得が早まったようである。

○徳川宗武（とくがわ　むねたけ）
1715―1771　※本作では存命中
安十郎によって長生きしちゃう人その1。
八代将軍吉宗の次男、田安徳川家初代。初対面のときの官位は従三位《じゅさんみ》左《さ》近衛《こんえの》権《ごんの》中将《ちゅうじょう》兼右衛門督。翌年から権中納言に転任。安十郎の才を知り、その良き理解者であり庇護《ひご》者となる。史実では才がありながら、長幼の序を守るために表舞台に立つことは無かったが、この世界では色々とやってくれそう。

◯徳川治察（とくがわ　はるあき）
１７５３－１７７４
安十郎によって長生きしちゃう人その2。
宗武の五男、田安徳川家第二代。史実では病弱で早死してしまったが、安十郎と関わったこの世界では、立派な後継ぎとして将来を嘱望され始める。はるさとという読みもあるらしいですが、本作でははるあきとします。

◯辰丸（たつまる）
１７５７－１８０４
宗武の六男、明和五（１７６８）年に伊予松山久松松平家の世子が夭折《ようせつ》したため、養嗣子となる。弟が大嫌い。ついでにその手下（？）の安十郎も憎たらしい。

◯賢丸（まさまる）
１７５９－１８２９
宗武の七男、西暦だと年がずれるが、和暦だと安十郎と同い年（宝暦八年十二月二十七日）になる。名前の通り賢い若君。安十郎に色々と教わったおかげで先進的な考え方も習得し、さらにパワーアップする。
実は第1章の登場人物の中では、後世で一番有名な人物になるのだが、幼名で呼んでいるせいで安十郎はそのことに気付いていない。

◯種（たね）
１７６５－１７９４
宗武の七女、あざとい少女。史実では将軍家治の養女として、紀州《きしゅう》藩主徳川治宝《はるとみ》の正室になるのだが、この世界では安十郎大好き少女だからどうなることか。ついでに言うとちょっと思い込みが激し……あっ、ムグムグ……何者じゃ……

○**渋井太室**（しぶい　たいしつ）

1720－1788

堀田家二代に仕え、藩政を補佐した儒学者。藩の利益になると見込んで、安十郎の甘藷栽培や白牛飼育に協力する。

○**堀田正順**（ほった　まさあり）

1745－1805

徳川家光《いえみつ》に重用された堀田正盛《まさもり》の子孫。最初は正盛の長男が佐倉を治めていたが、後に改易。別家を建てていた三男の子孫があちこち転封を繰り返しながら、正順の父の代で佐倉に帰還した。幕末に開国交渉の中心を担った老中堀田正睦《まさよし》は正順の弟の子である。

ちなみに今の佐倉城址には国立歴史民俗博物館が建っている。作者が日本で一番好きな博物館かもしれない（どうでもいい情報）。

第2章　実録！　蘭学事始

第1話　本所の麒麟児、蘭書に挑む

――時は少し戻り、明和八年三月五日（1771年4月19日）

「長崎はいかがでございましたか」

「とても得るものが多い毎日でした。その分、仕事もせずに遊び歩いておると同僚には陰口を叩《たた》かれておったようですが」

年が明け、前野良沢さんが江戸に戻ってきた。

豊前中津藩主、奥平昌鹿《おくだいらまさか》公は蘭学に理解があり、そのおかげで長崎留学を果たせたようで、口ぶりから充実したものだったことが覗《うかが》える。

「それで、本日の御用向きは」

「実は長崎でこれを手に入れまして」

前野さんが見せてくれたのは、オランダ人から手に入れたという書籍だった。

この時代、西洋では既に活版印刷が実用化されており、大量製本のおかげで一般市民層でも知識を得る機会が格段に増えた。ルネサンス期の三大発明の一つであり、後の産業革命の礎となった一方、我が国の本は未《いま》だに木板印刷。木の板に文字や絵を彫って、インクを付けて紙に写す、要は木版画である。

漢字、ひらがな、カタカナと、西洋に比べて使う文字数が多すぎるし、草書で文字と文字がくっついている和文に活版印刷が不向きなのは分かるが、木版画で大量印刷は難しいし、版木が壊れたら一からやり直し。物によってはそこで絶版、後は写し取るしかないということになってしまうので、本は非常に貴重で高価なものだった。だからこそ貸本屋という商売が成立したわけでもある。

「これは……骨、人の絵でございましょうか」

「左様。人体を解剖した絵図と、その部位の解説書にございます」

ああ……これは間違いなく、ターヘル・アナトミアってやつだろうな。歴史の教科書でしか見たことがないけど……へえ〜、実物はこんな感じだったんだ。

「しかし、何故これを私に?」

「実はこの解読を始めることになりまして」

「なんと……」

前野さんは昨日、千住にある小塚原《こづかっぱら》刑場で罪人の腑《ふ》分けを見聞したそうだ。

そこに立ち会ったのは、前野さんのほかに杉田玄白・中川淳庵《なかがわじゅんあん》の両名を含めた医師のお仲間たち。そこへ杉田さんも同じ本を持ってきたらしく、中に描かれている図が、解剖された内臓の実物と見比べて寸分の違《たが》いもないことに感銘を受けたようで、是非翻訳してみないかと誘われたそうだ。

「杉田殿は三人で翻訳を始めようと申しておったが、私以外の二人は全くオランダ語を解さないものですから少々不安で……」

前野さん以外の二名はオランダ語を読めない。よくそれで翻訳しようと決意したものだと思うが、もしかしたら前野さんをアテにしていたのかもしれない。

実際は前野さんも単語を少し知っていただけだから、苦難の連続だったようだが、聞く限りこの世界の彼の語学力は史実を遥《はる》かに超えているはず。簡単ではないだろうが、上手《うま》く行くのではないだろうか。

それこそ、「蘭学事始《らんがくことはじめ》」に書かれた有名な場面だね。

「そこで徳山殿にも参加してもらえないかと」

「私がですか？　私は医者では……」

「ご謙遜《けんそん》なさらず。その語学力、長崎の通詞も驚いておりました」

長崎に留学した前野さんは、昆陽先生と同じように出島の通詞たちに教えを請い、話を聞くらいならと会ってくれた通詞がその知識に驚いたとか。

彼らは江戸にオランダ語を解す者などいないと思っていた。それがどうだろう、文章の解読こそ覚束ないが、平易な単語の意味だったり初歩の文法を前野さんが理解していることを知り、誰に教わったと聞かれ、昆陽先生、そして俺の教えのおかげだと言ったらしい。

「それが元服前の子供と聞き、さらに驚いておりましたよ」

「ですがそれは、私の功績ではございませんでしょう」

俺もオランダ語が読めるわけではない。覚えていた英語やドイツ語の知識がヒントになればと、それとなく推論したフリをして、考察として披露しただけだ。前野さんの語学力が俺の知る歴史より遥かに上をいっているのは、その後の彼個人の努力によるものだと思う。

「されど、その道筋を付けていただいたのは徳山殿の教えのおかげにござる」

「そこまでのことは……」

「昆陽先生亡き今、江戸で蘭学と申せば徳山殿以外になく、何卒《なにとぞ》お知恵をお借りしたい」

「……そこまで仰せならば、どれほどお役に立てるか分かりませんが」

「ありがたい！　早速明日より我が家にて翻訳を始めますゆえ」

「明日から!?」

いや急でしょ。今日の明日からって……


「ほほう、蘭書を和訳するか」

結局押しの強さに負けてしまい、その日のうちに田安邸へ向かい、顔を出す回数が減ることをお知らせすると、賢丸様が興味深そうに話を聞いてきた。

「もし和訳が成れば医術の向上に寄与することになりましょうな」

「出来るのか」

「早くとも数年はかかります」

「それほどか」

賢丸様も吉宗公が蘭語習得を命じたことは知っている。ただ、それが今どこまで進んでいるかは知らないから、年単位の時間がかかると聞いて驚いているようだ。

実際解体新書も、三年とか四年くらい、もっと長かったか……とにかく数年かかったはずだし……

「医術自体が難しきものにて、難解な言葉も多くあると思われます。我が国の言葉で書かれた医術書ですら読み解くのに時間がかかるのですから、異国の言葉で書かれているとなると……」

「たしかに難しいな。まあ、そなたであれば上手く成し遂げそうな気もするが。何しろ今や江戸で一番の蘭学通だからな」

「そう簡単にはいきませんよ」

「なんだなんだ、本所の麒麟児《きりんじ》と呼ばれる男が随分と弱気だな」


本所の麒麟児。旗本の部屋住八男坊でありながら、昆陽先生に師事してその才を賞賛され、さらには田安公や堀田公の知遇を得て甘藷《かんしょ》の栽培を認めさせた天才少年……と世間では俺のことをそう呼んでいるらしい。

あれだ、未来でも期待される人にあだ名を付けることあるじゃん。〇〇の巨大怪獣《ごじら》とか〇〇の二刀流《おおたに》みたいに言うやつ。〇〇二世とか〇〇王子みたいな言い方もあるよね。

他には婆州《ばあす》の再来……は若手じゃないからちょっと違うか。むしろアレは呪いの言葉だな……

とにかく、そういうフレーズを付けるのが好きなのは今も昔も変わらないってことよ。

言われる方はむず痒《がゆ》いんですけどな……


「お初にお目にかかる。若狭小浜《わかさおばま》藩医、杉田玄白でござる」

「同じく中川淳庵にござる」

「旗本徳山甲斐守《かみ》が八男、安十郎にござる」

築地鉄砲洲《つきじてっぽうず》の中津藩中屋敷。前野さんの住まいがあるここで、今回の蘭書和訳に携わる面子《メンツ》が一堂に会した。

年の頃で言うと、前野さんが最年長で五十の手前、杉田さんが四十くらいで中川さんが三十ちょっと。最年少はもちろん俺で、今年数えで十四歳。未来なら中学生になるかならないか、ちょうど小学校を卒業したくらいだと思う。だからなのだろうか、どうも杉田さんと中川さんの表情から、「え？　この子が和訳なんて出来るの？」みたいな雰囲気を感じる。

「良沢殿、少々よろしいか」

「淳庵殿、何か？」

「こちらの少年を参加させると？　まだ年端もいかぬ様子ですが……」

案の定中川さんがそう聞いてきた。前野さんから事前に聞いていているはずだが、いざ元服前の子供を目の前にしては、そう思うのも致し方ないかもな。

「中川殿の懸念はごもっとも。某《それがし》、昆陽先生の下で蘭語の手ほどきは受けましたが、今では長崎で学を修めた前野殿のほうが余程蘭語には詳しいでしょう。それに医術の知識もありませんので一度は固辞したのですが」

「何を仰《おつしや》る。某が長崎で通詞と話ができたのも、徳山殿に教わった下地があればこそ。淳庵殿、余計な口出しは控えていただきたい」

「これは……失礼した」

年上、ということもあるのだろうが、どうやら前野さんは他の二人から怖がられているように見える。

嫌悪というわけではない。たしかに頑固というか、こだわりが強い方ではあるから、その語学に対する修学の姿勢のようなものを畏怖《いふ》されているのだろう。

その方が、息子のような年の俺に対して最上級の礼をもって相対しているという事実が、相対的に俺の価値を高めているようだ。

「徳山殿が蘭学に造詣《ぞうけい》の深いところを知れば……そうだ、オランダのことをこの二人にも教えてやっては」

「オランダのこと？」

「国の名前がどうとか、以前教えてくださったではありませんか」

ああ、あれですね……以前、前野さんに教えたのを覚えていてくれたんだ。


「では僭越《せんえつ》ながら……ご両人はどうしてオランダという国名なのかご存じですか？」

「国名？」

「オランダはオランダでございましょう？」

「違う。長崎で聞いたところ、彼らは自国のことを『ネーデルラント』と呼ぶ。オランダも間違いではないが、厳密には『ホラント』が正しい」

「良沢殿、それは真《まこと》か？」

長崎でそれを確認してきた前野さんが事実だと話すと、二人はとても驚いていた。なんでオランダなのと聞かれれば、昔からオランダはオランダでしょとしか言いようがないもんね。

「で、では、何故オランダという名前で広まったのでしょう」

「ホラントとはオランダと我々が呼ぶ国の中の一つの州、この国で言うところの藩のようなものですが、それが語源のようです」

安十郎になるより前、テレビでオランダ政府が「ホラントって呼ぶのやめて」みたいなことを正式に発表したというニュースを見たんだよね。

それまではネーデルラントの英語名「ネザーランズ」のほかにホラントも通称として認めていたんだけど、それはあくまでもホラント州のことであり、オランダ全体のことを指しているわけではないとかなんとかってのがその理由。

そもそもホラントがオランダ全体を指していたのは、スペイン植民地時代の名残り。当時一番栄えていたホラント州＝そのエリアの植民地全体みたいな扱いだったのだと思う。

なのでポルトガル語ではオランダのことを、ホラントの後ろにａが付いて「ホランダ」と呼んでいたのが、この国に伝わってオランダになったらしい。頭のＨを発音しないとかフランス語かよ。って言っても、この国では俺以外に理解できないジョークだな。

「では、我々もその、ねえでら……」

「ネーデルラントです」

「そうそう、その『ねでえるらん』と呼んだほうがよいのでしょうか」

「……いや、もうオランダで通じてますので、今更変えると余計な混乱を起こしますからそのままでもよろしいかと」

先ほどの「ホラントって呼ぶのやめて」のときも、国際的な場ではそれで統一してほしいが、日本国内での呼称はもうオランダという名で習慣付いているという理由で、そのままで構わないと言われたらしい。

しかもこの時代は、海外情報をペラペラと触れ回るだけで捕まる可能性があるから、余計なことをする必要も無い。なのでわざわざ変えなくてもと思う。

「……若輩と侮り失礼なことを申してしまった」

「いえいえ、ご理解いただければなによりです」

「では、疑念も解けたところで読み始めるとしようか」

前野さんが促すと、他の二人も頷《うなず》いて机の周りに集まって本を開き始めた。

史実より若干一名多いけど、これが蘭語和訳の歴史の第一歩。さしずめここに集う面子を名付けるならチーム解体新書だな。

解体新書という名前はまだ決まっていないのだが、「チーム解体新書の栄光」とか、どっかの映画みたいなタイトルでカッコいいじゃん。

さて、俺も読み始めるか……


どれどれ……

フムフム…………

おーん…………

これは…………………!


……分からん。


いやいやいやいやいや、想像はしていたけど全然読めねえ〜。分かる部分もあるけれど、雰囲気的にさほど重要ではなさそうなところだから、そこだけ読めたってだから何？　ってレベルだな。

これは参ったね。前野さんはどうだろうか……

……ダメだ。そう思って前野さんの方を向いたら、向こうも同じ事を考えていたようで、俺より先にこっちを見ていた。

いい年したおっさんに、捨てられた子犬のような目をして縋《すが》られても可愛くもなんともないっすよ。

「徳山殿……」

「これは中々厳しいですね」

意気揚々と本を開いた我々だったが、思いっきり一行目から大コケである。

いやね、ＳＶＯＣみたいな文法、これが主語かな、これは動詞だなみたいなのはなんとなく分かるんだけど、肝心の単語の意味が分からない。

昆陽先生に教わり、前野さんの自習にも付き合わされた俺の語彙《ごい》力は格段に上がっていたと自負して……自惚《うぬぼ》れもいいところだったな。

日本語でも医学用語は難しいなんて考えれば分かること。英語ですら出てくる臓器なんて、肝臓《レバー》に舌《タン》、あとは心臓《ハツ》、胃《ミノ》……って、それは焼肉だな。心臓はハート、胃はストマック。パッと出てくるのはそれくらいだ。難しいに決まっている。

上手い例えが見つからないが、英語の文章和訳問題で、読めない単語も発音はなんとなく分かるから文章を読むことは出来る。でも日本語訳が出てこないから、頭をひねって何とか答えを書いたけど、多分間違いだろうなと最初から分かっているときの徒労感、それを数倍にした感じだね。

漫然と読んでいても一向に訳は進まない。どうしたらいいのか……

「まずは単語の意味を解読しないと、どうにもならないよな」

文章を読むにはまず単語の意味を知るしかない。それがあって次に文法。文章を読むなんてその先の先だ。単語が分からなければ、いつになっても読めはしない。

俺も英語が得意だったわけではない。それでもこの時代の人間より外国語の学び方については一日の長があると思っているし、未来では万人がそうやって英語や他国語を学んでいた。

もちろんそのせいで変な発音で覚えるというリスクもあるし、読解力《リーディング》重視の勉強法だから日本人は英会話が出来ないなんて批判もあるけど、今回は本を読むための勉強なんだから特に問題は無いだろう。

「ちなみに……杉田殿と中川殿がご存じの単語はありますか」

「アルファベットを……十語ほどなら」

「……申し訳ない。それすら知りませぬ」

マジか……オランダ語を読めないとは聞いていたが、そこまでとは……よくそれで読もうと思ったもんだね。

「ならば、まずはオランダ語に慣れるため、各自で写本を作りましょう」

原書は貴重なので、読んでいる最中に破ったり汚しては大変だから、学習のためにそれを用いる場合、多くは写本したものを使用する。

ここで今回大事なのは、杉田さんと中川さんにオランダ語の文章に慣れてもらうこと。意味が分からなくても書き取りをしていると嫌でも頭に入るはず。そこが狙いだ。

「その後、原書に出てくる単語を全て書き写します」

「書き写す？」

「ＡＢＣＤ《アーベーセーデー》と、頭文字のアルファベット順に文字を別の紙に転記するのです」

そして既に知っているものは和訳を記す。他にも和蘭文字略考のほか、俺や前野さんが過去に書き記していた単語帳も含めて、現時点で分かる範囲の単語を二人には覚えてもらおう。

「残りの単語は読み進めながら解読します」

「どのようにして？」

「他にも蘭書はあります。それらも読みながら意味を探ります」

どんな種類の本でもいい。知っている単語が載っていれば、そこから意味を類推し、解読出来たものを単語帳に記す。これの繰り返しだ。

たしか史実でもそうやって翻訳したとか。フルヘッヘンドという単語を、色んな本の記述から推測して、「堆《うずたか》い」と訳したという話が蘭学事始にあったと聞いたことがある。

もっとも、この本にはフルヘッヘンドという単語は載ってなくて、大変さを誇張するために杉田さんが創作したものだという話らしいけど……

「単語が分かれば、文章全体は無理でも雰囲気で意味は摑《つか》めるかもしれません。そして後に単語帳を更に細かくアルファベット順に並べ替えれば……」

「なるほど、他の蘭書を和訳するにも役に立ちますな」

「ええ。今日この日が、我が国における蘭書解読の始まり。一つ一つの単語の意味を記して字引とすれば、後に見返すことが出来ます。手間のかかる仕事ですが、元より何も読めぬ状況から始めるのですから、後世のために少しでも多くの物を残していきましょう」

もしこの本にオランダの慣用句みたいなものがあったら、絶対に意味がおかしくなるが、とにかく今は直訳するしかない。地道に積み上げる以外、他に上手い方法は無いと思う。

「だが、私も前野殿も若くない。のんびりやっているわけには……」

「杉田殿、そうは申しても他に方法は無さそうだ。私は彼のやり方を信じるよ」

「……まあ、前野殿がそう仰るなら」

杉田さんは身体が弱いようで、早くしないとと焦っているのだと思う。ただ、実はこの人意外と長生きだったはずなんだよね。今それを言っても信じないだろうけど……


「では、まずは皆で写本から始めましょうか」

「ところで……この本は何と呼びましょうか。やはり題名はあった方がよいかと」

「そうすると、これでございますかな」

中川さんの疑問に対し、杉田さんが扉絵に書かれた文字を指した。

……ってかこの絵、よく見たら怖いな。今から解剖するのか手術するのか知らんけど、メスというにはデカすぎる刃物を持った医者（？）がカメラ目線でちょっと笑っているように見える。吹き出しを付けるなら「今からスパッといっちゃうよ～」みたいな。部屋の中にガイコツ居るし、マッドサイエンティストにしか見えないよ。

っと、そんなことはどうでもいい。題名は……「TABULÆ ANATOMICÆ」

えーと……このAとEが合体したような文字は何？

オランダ語にもドイツ語で言うウムラウトという上に点が二つ付くやつはあるけど、こんな文字は……俺が知らないだけか？

「前野殿、ご存じか？」

「いいや、オランダ語ではなさそうですな」

だよね……あ、もしかしたらだけど、中世のヨーロッパはラテン語が知識人の公用語ってのを教科書か参考書で見たことあるな。医学書だからあり得るか。

「なんと発音するのでありましょう……」

よく分からんけど、AとEだから、アェみたいな……

「アェ」

「ア、アェ」

「アェ……オェッ……徳山殿、慣れぬ言葉にて気持ち悪くなります」

うーん、日本語では発音しない音だからな……Aの部分は前の文字に付ける感じにして、タブラエ・アナトミカエ……語呂が良くない。両方「エ」で終わると間が抜けた感じでイヤだ。そうだな……

「タブラエ・アナトミカ、はどうでしょう」

「タブラエ・アナトミカ……よろしいのではないでしょうか」

「では、本日よりこの原書の名はタブラエ・アナトミカといたす。各々方、それでよろしいか」

この日、ターヘル・アナトミアという名前が後世に残る可能性は消滅した……

第2話　西洋の足音

「なるほど、中々難儀しているようだな」

「それでも何も知らぬところから始めたにしては進みましたよ」

タブラエ・アナトミカの翻訳を始めてから半年ほど経った。写本からの単語の抜き出しと下準備に時間を費やしたものの、ようやくその成果が出始めてきている。

最初は一語解読しただけでも天下を取ったかのような喜びようであったものが、時が進むにつれ、一行、数行、調子のいいときはもっと多くの文章を解読できるようになってきた。

この急激な進歩には理由があって、参考にした他の蘭書の中に、オランダの百科辞典みたいなものがあったんだよね。

辞典だから当然難しい事柄を平易な言葉に置き換えて説明しているので、文中にいくつも知っている単語が出てきて、そこから類推することが出来たんだ。面白いもので一つ分かると、次々と意味の分かる部分が増えていった。

まあ……読める単語のほとんどは、前野さんが長崎で学んできた知識によるもののおかげなんだけど、俺も英語と似たスペルの単語を見つけては、推測で読み当てたりしているから、一応貢献はしてるよ。

ともかく、最初の絶望を思えばかなりの進歩だと思う。

ちなみにタブラエとは英語でいうテーブル、図表のことであり、アナトミカは解剖学のことらしいので、この本は「解剖図表」ということになる。うーん、安直。

「では全て和訳出来る日も近そうだな」

「それが……そう簡単には……」

訳せるようにはなってきたが、全ての単語とまではいかない。言ってみれば今は全文が、「藪《やぶ》からスティック」みたいなルー語状態。オールのワードがジャパニーズになったわけじゃないんだ。

ピーチ太郎のオープニングで言うなら……『ある日、ｇｒａｎｄｐａは山へｔｒｅｅｃｕｔに、ｇｒａｎｄｍａは川へｗａｓｈｉｎｇに行きました』みたいなフィーリングよ。メニーメニーのワードのミーニングがアイキャントアンダースタン《わかりません》ですよ。

今頃ユーのブレインではルー〇柴のヴォイスがエコーしているはずだ。だけど苦情はノーセンキューだぜ。

だけど、これくらいならかわいいものさ。え、急に変わるなって？　ずっとルー語はキツい。

真面目な話をすると、意味の分からない単語は杉田さんが〝くつわ十文字〟っていう、丸の中に十字のマーク、薩摩藩島津《しまづ》家の家紋みたいなのを付けるんだけど、文節の中で十文字マークの方が多いのなんてザラにあるんだよね。下手をしたら、「これは、（以下全てオランダ語）」みたいなのもある。

そこから一つずつ単語を新しく解読していくしかないのよね。例えばさっきのピーチ太郎だと、ｇｒａｎｄｐａとｇｒａｎｄｍａは対になることがなんとなく分かる。俺が提唱した上下左右理論だね。

この場合ｐａ《パパ》とｍａ《ママ》の意味が分かれば大きな前進だ。もっともｇｒａｎｄを大きいと訳すと、直訳「大きいパパと大きいママ」になってしまうが、とにかく日本語にするのが先決だ。


「失礼いたします。賢丸様、安十郎様、殿がお呼びです」

「父上が？」

賢丸様に蘭語和訳の話をしているところへ、宗武公の側仕えが現れて俺たちを呼んでいることを告げた。

「何でございましょうか」

「分からんが、呼ばれた以上は行くしかあるまい」

そうして部屋へと向かうと、中では既に治察様と御家老も待っていた。

アレ……なんか深刻そうね。

「来たか。まあそこへ座れ」

「父上、何用で」

「正確には安十郎を呼びたかったのだが、お主を差し置いて一人呼ぶわけにもいかんからの。ちょうどいいから一緒に話を聞くがいい」

宗武公が目配せすると、御家老がおもむろに用件を話し出した。

「本日、城にて聞き及んだのですが……」


その話は今年の六月、とある外国船が阿波《あわ》国に漂着したという話であった。

当地を治める徳島藩蜂須賀《はちすか》家は上陸を許さず、水と食料を提供してこれを追い払ったのだが、それから船が奄美大島《あまみおおしま》に流れ着いたところで長崎のオランダ商館長宛に書簡を送ったらしく、その内容がとんでもないものだと言う。

「カピタンがそれを解読したところ、ルス国と申す国が、近く蝦夷《えぞ》地を占拠するため軍船を送り込む準備をしているとか」

「なんと！　……安十郎、ルス国とは何ぞや？」

賢丸様……知らんのに驚いたの？　って、俺に聞かれても……いつ行ってもあそこのお宅は留守なんですよ～、だからルス国……なわけないよな。

蝦夷地に攻め込むってことは、その向こうの大陸からだろうけど、そこは清国……あ、もう一つあるな。さらにその北にルーシ族の建てた国が。

――RUSSIA《ロシア》だ……

「……安十郎は〝おろしや〟のことまで存じておるのか」

俺の口からロシアという単語を聞いた途端、宗武公がパッと目を見開いた。

あら……これは余計なことを言ってしまったか……

「父上もご存じで？」

「うむ。あれは三十年以上前の話だが、おろしやの船が我が国に来たそうだ……」

宗武公の話によると、元文《げんぶん》年間に日本各地に異国船が現れたのだとか。そして上陸した船員たちが、民との間で食料や嗜好品《しこう》と金子《きんす》を交換、つまり売買したそうで、入手した貨幣を幕府が出島に照会したところ、ロシアの通貨であることが判明した。

このときが、我が国が初めてロシアという国を認識した瞬間だという。

「それが攻めてくると申すのですか？」

「手紙にはそう書かれておるそうです」

たしかにロシアという国は、コサックが遠征してきたのを皮切りに、どんどん東へと領土を増やしていたはず。

それが今で言うところのオホーツク海やカムチャツカ半島まで到達したのがいつ頃かは分からないが、仮に日本近くまで来ていたとして、いきなり攻めてくるかな？　ロシアというと、どうにも油断できない相手に思えるところは否定しないが……

それ以前に俺がロシアを知っていたことについて誰もツッコんでくれない。コイツならそれくらい知ってると思われているのなら、俺という存在に慣れすぎだと思うよ……

「そのような国があったとは……」

「ちなみに、その手紙の主は何者なのですか」

「えーと、たしか弁五郎と聞き及びました」

べんごろう？　日本人？

絶対に違うな。音で拾うから言葉が変わるのはよくあったことで、だからイングリッシュは英吉利《エゲレス》と変換されて英国だし、アメリカンを米利堅《メリケン》と変換したから米の国になったわけだ。

「本当にべんごろうという名前でしょうか」

「そう聞いております。たしかにはんべんごろうという名だと」

おいおい……名字まで付いてきたぞ。べんごろう、オマエ何者じゃ。

「しかし……六月の話が今になってとは、もう秋も終わりかけですよ」

「老中たちが他言無用と秘匿していたらしい」

「ということは？」

「何も対応しないということだ」

おいおい……それはいくらなんでも事なかれ主義過ぎではなかろうか……

◆◆　人物解説　◆◆
はんべんごろう　こと　モーリッツ・ベニョヴスキー（1746－1786）
ハンガリー出身（らしい）
流刑地として送られたカムチャツカ半島で、反乱を起こした末に停泊中の船を奪って、1771年5月に脱出。南を目指したら日本へと辿《たど》り着いたとさ。
ちなみに捕まった理由は、ポーランドでロシア相手に抗戦活動していたからとか、若い頃から詐欺や殺人など悪事を繰り返していたためとか諸説あり。手紙の真意もロシアに警戒しろと本気で忠告したのか、それとも面白がってホラを吹いたのか、それも今となっては誰にも分からない。ちなみに手紙を翻訳したオランダ商館の人がその名を「ファン・ベンゴロ」と書いたのが「はんべんごろう」になって江戸に伝わったらしい。

「はんべんごろう……」

阿波国に漂着したという外国船の船長からもたらされた、蝦夷地侵略計画の一報。事実なら一大事だけど、はんべんごろうという奇妙な名前に全部持って行かれてしまうな……

話を聞く限りの容姿からすると、西洋人なのは間違いない。ただどこの国の人かは分からない。

「一旦《いったん》情報を整理したいな」

歴史は結構得意な方だと思っていたが、それでも元文年間に来たロシア船のことや、はんべんごろうのことは知らなかった。宗武公に思うところを述べよと言われたものの、中途半端な記憶を頼りに適当なことを言うのも良くないと思い、考えをまとめてから改めてということで今日はお開きとなった。

ただ、そう言った以上は何らかの知識や意見は出さないといけないよな。

しかし……明和八年というのは西暦だと何年なのだろう？　１７００年代くらい……なのはなんとなく分かるけど。

「あ、計算すりゃいいのか」

太陰暦と太陽暦の違いはあれど、和暦と西暦はほぼイコールのはず。となると、年号を覚えている出来事から数えていけば……

「江戸幕府が１６０３年、黒船が１８５３年……やべえ、その間の年号が全然分からん」

　仕方ない、元号を順に追うしかないか。えーと、１６０３年が慶長《けいちょう》八年、最終年は次の元号の元年と重複するから……元和《げんな》、寛永《かんえい》、正保《しょうほう》、慶安《けいあん》、承応《じょうおう》、明暦《めいれき》、万治《まんじ》、寛文《かんぶん》、延宝《えんぽう》、天和《てんな》、貞享《じょうきょう》、元禄……やっと元禄かよ。

　宝永《ほうえい》、正徳《しょうとく》、享保は吉宗の改革時期、で、元文、寛保《かんぽう》、延享《えんきょう》、寛延《かんえん》、宝暦……やっと来た。そして明和。長《なげ》え……

　計算が間違っていなければ、今年は１７７１年、年が明ければ１７７２年か。

　ということは……アメリカ独立が１７７６年だからもうすぐだし、フランス革命が１７８９年。世界が大きく変わる時代がもうすぐ来るわけだ。俺、大学受験は世界史だったから、そっちの年号は意外と覚えていたな。

　異国船打払令なんてものがあったくらいだし、黒船以前にも外国船が来ていたのは知っていた。ただ、それは１８００年代に入ってからのことだと思っていたんだが、それより百年以上昔から来ていたという事実。でも、よく考えたらオランダ船が来られるんだから他国だって来るよな。情報が少ないとはいえ、日本の位置はなんとなく分かっているだろうし。

「日本橋からオランダまで境なし……だったか？」

　どこで聞いた話か覚えていないが、江戸時代の人の言葉だったはず。上手いことを言うものだと思う。海に関所は無いわけで、日本の港という港に外国船が来る可能性はあるのだ。長崎にしか来ないと考えるのは、いささか視野が狭すぎる。

「では、来る可能性のある国と言えば……」

　ヨーロッパのどの国にも可能性は考えられるが、第一に考えられるのはこの時代の覇者イギリスか。

もうすぐアメリカに独立されるはずだが、それでもこの時代一番の海軍力を誇っていたのはあの国だし、フランスやオランダ相手にあちこちでバチバチやっていたはずだ。

たしかアジアでも、イギリスの東インド会社がフランス、オランダからインド国内で多くの権益を奪い始め、徐々に一強になり始めた頃だったと思う。

「そうすると、オランダの通商を妨害するために日本へやってくる可能性はあるな」

中国とは既に貿易をしていたはず。だからちょっと足を延ばせば、九州はすぐそこだ。オランダに代わって貿易を担う、もしくはオランダ船を駆逐するためにやって来る可能性はあるな。


「あとはロシアか……」

1700年代も後半なら、ロシアが既にシベリア方面に進出しているのは間違いないが、太平洋側に大規模な艦隊を常備出来るのは、沿海州《えんかいしゅう》を清国から奪い取ってからだろう。この時代に関しては、まだそこまでの規模で艦隊をそろえるのは難しいはず。

実はべんごろうの言う通り、既に大艦隊が配備されている可能性もあり得るが、実際に歴史でロシアとガチバトルしたのは日露《にちろ》戦争だから……百年以上先。やはりガセネタの可能性が高いかな。

なにしろこの時代はまだ鉄道も開通していないだろうから、移動手段は馬車とかソリだろう。ヨーロッパ側と頻繁に行き来は難しいだろうし、今のところそこまで開発は進められていないのではと考えるのが筋だろう。

それでも巡視船とか警備艇くらいはいるかもしれないが、艦隊が攻めてくるとは考えにくい。

未知の相手にいきなり喧嘩《けんか》を売るよりは、交易を行う方がよほど有益だということくらいは、考えれば分かるだろうし。

「シベリアを開発するのに、交易を求める可能性は十分にあるな」

あの極寒の大地が天然資源の宝庫なのは確定事項。開発がいつ頃から始まったかは知らないけど、実際に極東開発に日本の支援ってのは未来でもあった話だから、十分に考えられる。

「漂流者を送り届けたって小説もあったしな」

あれはたしか……そうだよ大黒屋《だいこくや》。金券買取でいつも世話に……のほうじゃない、大黒屋光太《こうだ》夫《ゆう》のお話だ。難破してアラスカの方へ漂着して、なんだかんだでペテルブルクまで行って皇帝エカチェリーナ２世に会って、日本に帰ってきた船乗りの話。

「エカチェリーナ２世ってこの時代の人間だな……」

今はフランス革命のちょっと前だから、ロシアはエカチェリーナ２世の時代だわ。となると、光太夫の話は近い将来のことか。

「だな。たしか松平定信《さだのぶ》が出てたから」

映画で見た話だから本当かどうか知らんけど、松平定信も登場していた。田沼《たぬま》の次の老中なんだから、もう少し先の話にはなるが、思い返してみればこの時代も外国船が日本に来るという事例はあったんだよ。

「それでも日本が開国するのは今から八十年以上先の話……」

実を言うとこの時代に来て驚いたのは、鎖国という言葉を誰も使っていないこと。一般市民層は海外との交流なんて知るよしも無いから当然として、蘭学に触れた知識人も、幕府でも鎖国という言い方はしていない。

たしかに海外との交流を絶ったわけではない。日本人が海外に行くことは禁じていたが、長崎でオランダと清国、対馬《つしま》で朝鮮、薩摩で琉球《りゆうきゆう》、松前《まつまえ》でアイヌやその先の山丹《さんたん》人とつながっており、そこを窓口に幕府の管理下で貿易を行っていた。民間の自由な貿易を禁じ、国家が貿易を管理する「海禁政策」というやつである。

だから後に自由な貿易をさせろとペリーが黒船に乗って、「国を開けなさーい」と、交渉という名の恫喝《どうかつ》に来たわけだが、それよりもずっと前からオランダ以外の西洋も日本に迫っていたのだ。貿易交渉みたいなこともあったのかもしれないが、それにどうやって対応していたのか。

「日本史も思い出してみるか。そのへんはあんまり記憶に無いけど……」

現時点で日本は、田沼意次《おきつぐ》の改革が徐々に動き始めたというあたり。

彼の改革の肝は、享保期の緊縮財政を引き継ぎつつ、米本位の農産による収入構造を改め、資本主義経済を導入しようとしたことだ。

これまで年貢に頼るしかなかった税収を、様々な商品生産や流通に広く浅く課税して収入を増やす。そのために株仲間を奨励し、商家の安定的な運営によって経済の発展を促しながら、営業権のような名目で幕府に金を納めさせたほか、蝦夷地の開拓だったり、印旛沼の干拓によって農地を増やそうとしていたと記憶している。一方で、汚職政治家みたいな言われ方もされて……というか現時点でそんな風評が聞こえてきたりしている。

実際は賄賂《わいろ》なんて以前から横行している話。お願い事の成否は積んだ金の額次第なんてのは、この時代を生きていると小僧の俺ですら嫌でも分かる。田沼が政権を握ってから急に賄賂が増え始めたわけではない。

おそらくは資本主義経済の推進や下位層からの人材登用など、これまでの常識とかけ離れた政策によって、自身の権益を侵されると危ぶんだ守旧派の妬《ねた》み嫉《そね》みも少なからずあるのだろう。主導しているのが、六百石の旗本から今や二万五千石の大名にまで出世した男であるから尚《なお》のことかもしれない。

新しいことを始めると弊害は必ず生まれる。資本主義が先行しすぎて社会保障が追い付かなければ、貧富の差はますます拡大することになるし、史実では本当にそうなったようだが、やろうとしていたことは概《おおむ》ね間違いではないと思う。

ただ、時代が悪かったのだ。この後、農作物が軒並み不作になって……そう、天明《てんめい》の大飢饉《ききん》が発生するんだ。その大きな要因が浅間山《あさまやま》の噴火。実はフランス革命の遠因の一つとも言われてるんだよね。

革命の原因は色々あったらしいけど、折からの凶作で民衆が食べるものに困ってというのもその一つ。食料を求めた民衆のデモに対して言った、マリー・アントワネットの「パンがなければお菓子を食べればいいじゃない」は有名だよな。

実際はお菓子じゃなくてブリオッシュだったみたいだし、さらに言えば権力者の傲慢《ごうまん》さを表すための作り話で、本人にとっては謂《いわ》れの無い風評被害だったようだが、結局国王夫妻はヴェルサイユからパリまで引きずり回され、後にギロチンにかけられることになったわけだ。

凶作の原因は火山の噴火によって空に舞った灰で、日の光が遮られたことによる日照不足。そんな世界規模で凶作になるような大噴火ってあるのか？　と思ったが、その頃は世界の各地で火山の噴火が相次いで発生したらしい。その中の一つが浅間山なのだ。

「それで餓死者が大勢出て……」

日本ではそれ以前から何年もの間、悪天候や冷害が続いていたらしい。今は宝暦期の飢饉からようやく脱したかに見えているが、実際はそこまで楽観的な状況ではなかったのだろう。そして火山の噴火がそれにトドメを刺すわけだ。

そして各地の惨状が伝えられ始めると、田沼のやり方に反発する敵対勢力が一斉に噛《か》み付いた。商いばかりを重視し、農業を疎《おろそ》かにしたせいだとして、全て田沼の責任だと攻撃したのだ。

「言いがかりも酷《ひど》いもんだよな」

天災は防ぎようがない。強いていうならここ数十年に何度も凶作を経験しておきながら、防災・備荒対策を疎かにした各地の領主の怠惰が原因であり、田沼がそこまで言われる筋合いは無いと思う。

それでも後世、彼が悪く言われたのは、後に権力を握った者が自身たちを正当化したいがために悪者に仕立て上げたから。政権交代すると前政権を悪し様に言うのは昔から変わらんな。

「しかし……あと十年くらいで浅間山がドカンと……シャレにならんな」

飢饉の対策はまだまだ研究段階のものが多く、すぐに動けるのは今のところ甘藷とジャガイモ、あとはアワやヒエといった昔からある穀物くらいだ。フランス革命が１７８９年で今が１７７１年だから、残り十八年。いや、火山の噴火はそれより何年か前だろうから、実質あと十年くらいの間にどうにか……なるかなあ？

「俺の立場も田沼と似たものだし……」

二代にわたる将軍の信頼を後ろ盾に政治を行う田沼と、宗武公の後ろ盾で色々と試すことが出来る俺。立場は違えど状況は似たようなものだ。西洋の新しい技術や考え方と称した俺の提言を受け入れてくれるのは、後ろに宗武公や治察様がいらっしゃるからであって、この先世間一般にその考えを広く流布しようとすれば、虎の威を借る……と思う者も出てくるのは想像に難くない。

「松平定信とかそういうの嫌いそうだもんな……あの人たしか朱子学以外認めなかったし」

もう少しして蘭学が広まり始めると、いわゆる西洋知識に傾倒する者は蘭癖と言われ、守旧勢力からは忌み嫌われたと聞くし、定信なんかはその最たる者のイメージがある。

俺なんか蘭書は訳すし、新しい食べ物は導入するし、外国と交流するのもそんなに問題ないと思うし、税収を増やすなら資本主義経済しかないでしょと思っているから、そんなこと知られたら真っ先に嫌われそうだわ。

「たしか陸奥白河《むつしらかわ》の藩主だったよな」

天明の飢饉で東北諸藩が大打撃を受ける中、その陣頭指揮のおかげで領内では餓死者をほとんど出さなかったとか。その功績を見込まれて老中に抜擢《ばってき》されたんだから、才能はあったんだろう。

幕府建て直しのための政策、いわゆる寛政《かんせい》の改革があまりに厳しすぎて、『白河の清きに魚も棲《す》みかねて～』と民衆の評判は今ひとつだったみたいだけどね。白河のが治めていた土地にかけて定信のことを指しているんだよな。

「そして白河藩は久松松平家、つまりあの辰丸様の縁戚《えんせき》になるわけだ。嫌われる予感しかしない」

もちろん辰丸様は養子だから定信と血のつながりは無いわけで、性格が似ているとは……あれ？　なんか思い出しちゃったかも……

「もしかして……松平定信って、賢丸様のことじゃね？」

灯台もと暗し。ずっと一緒にいて幼名で呼んでいたから気付かなかったが、よく考えたらそうだよ。松平定信は田安家から養子に入った人だ。治察様は既に跡継ぎと決まっているから、この先養子に行く可能性があるのは賢丸様しかいないじゃん。

だけど、その後すぐに治察様が亡くなって、田安の跡を継ごうにも養子に入ってしまった自分にはその資格が無くて、一橋から養子が来て田安家は乗っ取られたんだ。だから養子縁組を持ち込んだ田沼を恨んで敵対した……みたいな話を聞いたことがある。

「マジか……」

これは……もしかしなくても、俺と賢丸様って……水と油だよな……？

なんか、顔を合わせるのが怖いな……

第3話　未来を変えるための提言

「異国船が訪れるのは交易が目的とな……？」

「かの蒙古《もうこ》とて臣従の要求でしたが、最初は使者を寄越《よこ》しておりますれば」

「いきなり攻めてはこないと」

「おそらくは……」

数日後、俺の考察を宗武公以下、田安家の方々に披露した。

正直に言ってどこまで話せばいいか迷った。ロシア太平洋艦隊なんてものはまだ存在しないと言っても論拠を示せないから、いきなり攻めてくる可能性が薄いことを論理的に説明するに留《とど》めた。

さらに詳しく話すのを躊躇《ためら》ったのには、賢丸様が進化すると松平定信になるという事実に気付いたことも少なからず影響している。

定信というと、どうしても朱子学に傾倒して、身分に煩《うるさ》いイメージがあるから……

そして寛政の改革と言えば、農村の立て直し、緊縮財政と備荒対策、風紀の引き締めを目的とした学問、風俗の統制など、簡単に言えば旧来の体制に基づいて国を立て直そうとする、ガチガチに縛り付ける対策という印象がある。

一方の俺の考えは田沼意次の政策に近く、産業の奨励と商業振興による税収増が柱。甘藷やじゃがいもの栽培だって単なる飢饉対策ではなく、商業の拡大に併せて多種多様な農産を進めるための布石と考えている。

そして商人に誤魔化されないよう、財政や経理に明るい人材を登用しなくてはならない。たとえそれが下級の武士であっても、才能次第で取り立てるべきだと考える。

米作以外の第一次産業、そして第二次、第三次産業を育成しよう、そのために身分を問わず優秀な者を登用しようというのは、音楽バンドが解散するときによく言う、「方向性の違い」なんて屁《へ》でもないくらい、真逆の思考ではなかろうかと思ってしまう。

彼がそういう考え方に至ったのには田安家の御用人であり、自身の養育役でもある大塚孝綽《おおつかたかやす》殿という儒学者の教えも大きく影響している。

大塚殿からは賢丸様共々、俺も朱子学の講義を受けていたので知っているが、この方は徳川の世を支えるには朱子学の振興が絶対であり、それと異なる考え方の国学を宗武公が保護していることをかなり案じていた。

そして、賢丸様はその薫陶《くんとう》を遺憾《いかん》なく受けて学問に親しみ、既に為政者としての心構えについての私見まで記しているのだから、やはり身分制度や政治体制には一家言あると考えるべきだ。その辺の子供とはわけが違う。

勿論《もちろん》俺と関わったことで史実と異なる未来が生まれている可能性はあるが、ここで外国との交流だのと意見を出して、それは違うだろなどと言われては、田安家の庇護《ひご》を受けにくくなる。なので全部を話すのは時期尚早と判断した。

「しかし、どうして然様《さよう》な不毛の地をロシアは欲したのであろう」

「おそらくは珍しきもの、例えば獣の皮や、鉱山のようなものがあるのではないでしょうか」

それでも、知ってもらわなければ未来にはつながらないと、シベリアに関する考察、そして外国船来港の可能性に絞って話を進めている。

「故に彼の地を開発するのに、我が国と交易を求めるは十分に考えられます。いずれ我が国に来るという可能性は否定できません」

「しかし、異国との交易は朝鮮、琉球、清国、オランダのみ。これは祖法であるぞ」

「そうは仰せでも海に関所はありませんし、来るつもりであれば、港という港は全て容易《たやす》く訪れることが可能です。我が国がオランダ以外と貿易をしておらぬは彼らも重々承知でしょうが、来るとなれば止める手立ては……」

なんでかと言えば、この国には組織だった海軍も無ければ、港湾を守る砲台も無い。逆に襲われる危険の低い長崎には砲台があるというのにね。

日本人が異国に渡ることを禁じられていたこの時代、外洋を渡るという発想が無く、船と言えば穏やかな近海内海を港から港へ頻繁に寄港を繰り返すものだ。

故に和船には嵐に遭ったときの備えが少ない。経済性を考慮してマストは基本一本だし、荷を多く積むために甲板も無い。というか、大型船の建造を幕府が禁じたから、大きな船を造るという発想に至っていない。

これまで幕府にとって敵は内、つまり外様《とざま》大名たちで、戦うとすれば陸戦であり、近海での船戦はその延長線でしかなく、海外のように大砲を何門何十門と搭載した軍艦が必要無いことも大きいと思う。

故に迫り来る艦隊を海上で迎え撃つとか、シーレーンを守るみたいな発想も生まれないのだ。

「最初は通商を求めて来航するでしょう。しかし、我々の外に対する備えが薄いと知れば……私がおそらくと申したのは、その懸念が拭《ぬぐ》えぬゆえにございます」

「しかし我々も大砲や火縄は持っておる。攻めてこようとそう簡単には……」

「百年以上前の技術にございます」

幕府の政治は、それまで仮想敵としていた者たちの財力を弱めるためのもので、それが結果的に百年以上大きな戦を起こさなかった要因であることは認める。

しかし、それがゆえにこの国が保持する兵器は、戦国時代の技術からほとんど進歩していない。戦の無い平和な世なのだからそれはいいことなのだろうが、外から別の勢力が来るとなればそうも言っていられない。

「百年という時の間に、人の暮らしも目覚ましく進歩しております。西洋の多くは他国と陸続きゆえ、その間に数々の戦を経験しており、兵器の技術も相応に進んでいるかと。骨董《こっとう》品で勝てる相手ではありません」

「戦う前から勝てぬと申すか」

話を黙って聞いていた賢丸様が俺の言葉に噛み付いた。誇り高き武士がおめおめと夷狄《いてき》に負けると言われては黙っていられなかったのだろう。

「異国が我が国をその目で見たとき、易々と攻め込める相手ではないと示さねばならないのです。しかし軍船も無く、兵器も旧時代の遺物では、それは厳しいと言いたいのです。決して攻めるための軍備ではなく、この国を外から守るための備えにございます」

「難しい話であるな。来るかどうかも分からぬものに備えるというのは」

「……それは重々承知しております」

「相分かった。今日のところはここまでにしよう。安十郎、ご苦労であった」

「勿体なきお言葉」

こうして、その日の話は終わったかに思えたが……


「安十郎」

座を辞して帰ろうと廊下を進んでいた俺を、後ろから賢丸様が呼び止めた。

「いかがなさいましたか？」

「お主、まだ何か言いたいことがあったのではないか」

まるで考えを見透かしているかのように、賢丸様の視線が俺を捉《とら》えて離さない。

「何のことにございましょう」

「とぼけるな。あそこまで異国船の可能性に言及しておきながら、お主に何も策がないとは思えぬ。大方……あまりにも突拍子もない話で、父上や兄上に申すのを躊躇ったのであろう。隠し立てとは水臭いの」

「そのようなことは……」

「続きは私の部屋で聞いてやる。ぽてちでも食いながらゆっくり語り合おうではないか」

ああ、こりゃまいったね。安十郎くん、破滅へのカウントダウンが始まる……のか？


（種姫視点）

ふっふ～ん♪　そろそろお父様たちとのお話は終わった頃かしらね。

「あっ、あんじゅ～うろうさ……おあん？」

安十郎様の姿を見かけたからお声がけしようと思ったのに、後ろから賢丸兄様が……

無理やりに部屋へ連れ込んで……まさか、これは安十郎様の危機……!!


「（パリパリ……）商いの奨励だと……。そなたは金儲《もう》けに走れと申すか」

賢丸様に連れられて、先程の話の延長戦が始まった。

黙っておくべきだと考えたが、賢丸様は俺が無為無策であのような話をするとは露ほども思っていないようで、ここだけの話だからとして、俺の意見を言えと仰る。

「（ポリポリ……）さにあらず。国を富ませるにも、兵を養うにも、金は必要と言いたいのです。そして、そのためには商いが盛んにならなくては、金は、世の中は回らないと申したいのです」

軍備の増強はさて置いて、財政を立て直すには商業の活性化が必須という俺の意見に対し、賢丸様は金儲けという言葉を使ったが、それは少し違うと思う。

商人がいなければ、米や野菜を作った農民はどうやって買ってもらうか？　まさか自分で町まで持って来て売り捌《さば》くのか。着物は、装飾品は？　まさか職人が製作から販売まで担うのか。あまりにも非効率で、経済規模は小さいまま成長せず、増収も見込めない話だ。

「製造、買付、運送、販売。それを各々が分担するからこそ、物の流通が成立し、金が循環するのです」

「(パリパリ……)だが、私は金金金とがめつい商人どものやりようは好きになれぬ。それに奴らは自分の懐ばかり潤し、奢侈《しゃし》に流れている。綱紀が乱れるばかりではないか」

「(ポリポリ……)その商人に金の流れを任せているのは、他でもない我ら武士です」

かつて、武士と商人は持ちつ持たれつの関係だった。古くは戦国期よりも昔から、有力な大名は銭の源となる商業地を押さえ、そこに集まる富を元に国を栄えさせた。時には武力で言うことを聞かせることもあったが、基本的に商人の力を上手く活用していたように思う。

それがいつの頃からか分からないが、少なくともこの時代では、物を生み出すこともせず、右から左へ動かすだけで利ざやを稼ぐ卑しき者と、武士はハッキリと商人を下に見ている。

「身分が下だからといって、才能が無いわけではありません」

金を稼ぐのも才能次第、決して頭の悪い者や勘の鈍い者は大成しない。しかもそうやって大店《おおだな》を築いた商人は利に聡《さと》い者たちばかりなので、武士が彼らを見下して統制が追いつかぬうちに、どんどん商いを広げて金を貯め込んでいくのだ。

「彼らをそうさせたのは我ら武士です。身分制度に胡坐《あぐら》をかいているうちに、武士と商人の財力はとうの昔に逆転しています。現に多くの大名や旗本御家人が、商家や札差《ふださし》から金を借りているのが良い証拠かと」

札差とは、旗本御家人に支給される蔵米の受け取り・運搬・売却を代行し、売却益から得た手数料をもって生業《なりわい》とする者たちのこと。幕府の最大の米蔵は浅草にあって、その西側に米問屋や札差が軒を連ねていることから、その一帯は蔵前《くらまえ》と呼ばれている。未来の東京でも残る地名だ。

元々は大勢の武士が給与日に直接米の売買を一斉に行うと面倒だからと生まれた商売であるが、今では後に手に入る予定の蔵米を担保にして武士に金を貸す、所謂《いわゆる》高利貸しとしての利潤の方が圧倒的に多いらしい。

「馬鹿にするならすればいい。下に見るならどうぞご自由に。でもその者から金を借りているのはどこの誰ですかね？　と、それくらいの認識だと思いますよ」

身分では武士＞商人だが、保有資産で言えば商人＞＞＞＞＞武士であり、それは言い換えれば、米作を中心とした農業本位のあり方は商業経済中心の社会に後れを取っているということ。

現に札差や大店の主《あるじ》の中には、大名より豪奢な生活をしている者もいると聞くしね。

と言っても、俺は農業を軽視する気はない。食い物は育てなければいけないので、国の基幹産業の一つであることは間違いないのだが、あくまで経済の中の一つの要素としてだ。他の産業と合わせてバランスよく発展させるべきと考える。

だが、日本という国はどうも米を神聖視しすぎる。米の取れにくい土壌や気候の場所でも、どうにか田んぼを作って米を植えるから始末に悪い。他の作物にすればもっと収穫量は上がるだろうという土地はいくらでもあるのだが、幕府が前時代的な米本位の考え方を改めないから、下の者は従わざるを得ない。

収穫量が不安定な米に収入源を頼っているのに、その価格は商人に握られているとあっては、これ以上収入が増えることはないだろう。

「米だけ作っていればいいという時代は終わったのです。商いが盛んになったのであれば、我らもその流れに乗り、売れるものを作るべきなのです。実際に甘藷でそれは証明されたかと」

実は昨年十三里が大人気となって、小売を担う木戸番たちよりも先に食いついてきたのは、甘藷の売買を求める商家であった。

米より単価は安いが、同じ面積で米の十倍以上の量が収穫できたので、実入りは米より増えた。売れると見込んだ商人はすぐこれに食いついてきたが、一方で教えを請いに来た武家の者はいない。今の経済力の差はそういうところなんだよと思う。

「商業の発展は国のために必要なものです。賢丸様が憤るのはごもっともなれど、それは金の稼ぎ方と使い方に問題があるからであり、お上がその動きを制御し、正しい金の流れと使い方を作り出せば良いのです」

「結局我らが金儲けを行うということではないか」

「いえ、直接汗を流すのは商人の役割。我らはそれを監督するのです」

阿漕《あこぎ》な商売をする者は多い。特に飢饉の際は物を買い占め、売値を釣り上げる者も少なくないから、庶民の感情は良くないだろう。

ならば公儀が物をすべて管理し、直接売買を取り扱えばいい。そうすれば価格も自分たちで決められるわけで、物価も安定するだろうという賢丸様の考えは一理ある。

だけど、それは後に言う社会主義、共産主義みたいなものだ。

戦時中のような混乱期であれば、権力者が資本を管理して分配するという方法は、余計な混乱を防ぐ手立てとしてあり得るが、実際にはそれも上手くはいかなかった。俺の認識の中では失敗と言わざるを得ない経済体制なのだ。

ただ残念なことにその思想は、この時代では未だ提唱すらされていない。後にその思想が生まれ、それに基づく国作りをした結果がどうなったかを知るのは俺だけだ。

「お上は商人たちが阿漕なことをしていないか、そして売上額や運上金《うんじょうきん》を誤魔化していないかを厳しく調べ、価格に関するお触れを厳密に守らせることで、正直者が正しく利を得て、正しく税を納めるようにし、その上で国庫を潤すべきなのです」

「しかしあまり厳しく締め付けては、商人どもが意欲を失ったりはしないか」

「だからこそ新しい産業を育成するのです。それを餌に彼らを動かすのです」


「産業の育成……甘藷のようなことをするというのか」

「はい。方法は様々ありましょうが、新たな産業、産物をお上の主導で生み出し、以降の取扱いは商人たちに行わせるのです」

文化の成熟は産業の発展と経済活動の活発化にリンクする。元禄文化もそうだし、ルネサンスも東方貿易でイタリアが潤っていた時代の話だから、間違いではないと思う。

新しい物が生まれやすい下地、それを意図的に生み出すのだ。後の世のお役所主導の意味が無い振興策ではなく、本気で経済の発展を促す施策をだ。

そのために幕府が持つ金を、新たな産業の育成に投資する。後に儲かる、上手く行くと見込めば、商人たちは必ず食いついてくるだろうから、あとはプロである彼らに任せればよい。お上のお墨付きで生まれた商売のタネなんだから、彼らも処罰を受けるリスクが無いと判断し、躊躇うことなく導入するはずだ。

「上手くいけば海外への輸出にも使えます」

「貿易に使うというのか」

「ええ、向こうに買わせて財貨を得るのです」

元々海外貿易では、支払のために金銀を用いていた。さすがにそのままだと国内の金銀が尽きてしまうので、かなり前から生糸だったり俵物だったりと、金銀に代わり交換材料となる商品を作るようにはなったが、ここに加える商品のラインナップを更に増やそうというわけだ。

これに関しては未来の知識になってしまうが、明治維新の頃も一番の輸出品は相変わらず生糸だったようだけど、他にも磁器や着物、工芸品なども売れるのではないかと思う。高級品は勿論のこと、普段使いする市販品レベルの品でも商材になると思っている。

例えば浮世絵。後世では大変な価値が付けられた作品もあるが、実は日本ではポピュラーな、大衆の風俗画だ。どうして海外で人気になったかというと、輸出品の陶磁器を包む紙として浮世絵が用いられていたからだ。国内では包み紙に使っても構わないと思われる程度の価値しかなかったのかもしれないが、それを見つけた西洋の人には、見たこともない不思議な絵だと感じられたのだろう。

つまり、日本国内での価値と海外での価値はイコールではないのだ。国内では安価で製造・流通出来る商品でも、売り方次第で十分商材になる可能性はある。

殖産の他に既存産業のブラッシュアップも経済の発展には重要だし、それで外貨が獲得できるのなら尚更のこと。海外貿易は幕府が管理しているのだから、ここにテコ入れすれば増収の道筋が見えるというものだ。

「産業を生み出すのはいいが、タダで商人に譲り渡すのか」

「まさか。取引材料にするのです」

勿論タダで商人に餌を与えはしない。取り扱うのであれば、運上金、冥加金《みようがきん》という形をとるか、もしくは経理帳簿を毎年提出させて売上に応じた税を課す。こうすることで新たな財源が確保出来るはずだ。

「彼らが無茶をしないか厳しく監視しなくては意味がありませんが、租税に占める米の比率を落とし、銭による収入を増やせば財源が安定します」

物納というのは結局現金化するしかないから、どうしても相場に左右されてしまう。しかし商いを奨励し、未来で言うところの税金と同じ形で納めさせれば、収入額は安定するし、産業が振興すれば税収は増えるはずだ。

「そして、増えた収入で産業をさらに富ませ、国力を高めていくのです。決して自らの奢侈のためではなく、国を守り民を守るという武士の本分のためにです」

考え方としては富国強兵策だ。軍事力を強化するにも、まずは経済の発展が必要。外敵という脅威に晒《さら》された明治期の日本が、列強に追い付け追い越せと遮二無二努力した結果、この国はアジア一の強国となったわけである。

しかし、それまで太平の世で平和ボケもいいところだった国が列強の力に怯《おび》え、その反動で急激な変革を迎え、分不相応な軍備増強に特化した結果どうなったか。それを知る者としては、同じ歴史は繰り返してほしくないと思う。

とはいえ今はまだ、外国船が通商交渉に来たわけではない。たまたまロシアの話になったので色々と考えた末の私案であり、現時点でこれを本気に取る者はいないだろう。

でも、このまま農本位の政策を続ければ、間違いなく同じ未来、同じ結末が来る。開国という道を歩むにしても、もう少し軟着陸《ソフトランディング》出来れば、違う未来があるかもしれないことを、この時代の人間に一人でも多く伝えられれば……

と、偉そうなことを言っているが、それが本当に正しいかは分からない。あくまで未来で起こったことを防ぐためにどうしたらいいか、俺が考えたたられればであり、政策のプロフェッショナルではない素人の進言によって、却《かえ》って悪い結果になる可能性だってあるから難しい話だとは思うし、結局その策を採るか採らないかは為政者の判断次第だからね。


「安十郎、いくつか聞いてもよいか」

「何なりと」

俺が少し先走った話をしたかなと思っていたら、賢丸様が難しい顔をして聞いてきた。

「まず、全ての商家を監視するのは無茶な話ではなかろうか」

「常に監視しろとは申しません。調べようと思えばいつでも調べられる、と思わせれば良いのです」

未来でも税務署が全部の会社を毎年査察しているわけではない。それでも急に抜き打ち検査があるから、企業は常日頃から経理に関する帳簿を整えているし、それを疎かにした会社は摘発されて良い見せしめとなっている。

「基本は商家の申し出た帳簿を信じると」

「はい。基本は金の出入りが明確なればそれで良しとして、偶《たま》に精査すればよろしいかと」

「そうなると勘定方の仕事が増えすぎるな。役人に賄賂を贈って誤魔化す者も増えるかもしれん」

雲を摑むような話であるのに、賢丸様は明確に懸念点を感じておられる様子。こんな話を持ち出しておいて言うのもおかしいが、もう少し？が浮かぶかと思ったが、やはり頭の切れる御方だ。

「その懸念は然《しか》り。されば勘定方と目付役の定員数を増やせばよろしいかと」

「簡単に申すな。どこにそんな要員がいる」

「無役の旗本御家人がおります。禄《ろく》を与えているのですから、労働という目に見える形で奉公させるべきです」

高禄の旗本は寄合《よりあい》、それ以下の者は小普請《こぶしん》という役が付いているが、それって実質無役なんだよね。奉公は必須ということから、上納金を納めてこれに代えているが、無駄飯喰《ぐ》らいの集まりなのだ。

「そこに有為の人材がおらねば、部屋住の次男以下から才ある者、意欲ある者を登用すればよろしいかと」

無役の者たちは役目が無いのをいいことに、フラフラと市中を遊び歩き、学問に対する意欲も低い者が多い。一方で次男以下の部屋住は、独立のために身を律している者もいるので、必要ならばそれを活用すればいい。

「当主やその嫡男以外にまで役を与えると申すか」

「役職を増やせば俸給も増えます。それ以上に収入を増やすためには、能力のある者を登用せねばなりません」

こと今回の仕事は、海千山千の商人たち相手だ。算術はもとより、頭の切れる人材でないと良いようにあしらわれてしまうから、当主かそれ以外か、旗本か御家人かなどを理由にして、才ある者を登用できないのでは意味が無い。

未来でも親も議員だったから跡を継いだだけという、無能な政治家はたくさんいた。家格に胡坐をかいて惰眠を貪《むさぼ》る者より、身分は低くとも志高き者を登用すべき。簡単な話ではないが、間違ってはいないと思う。だけど……

「それはややもすれば、身分制度の否定と見られると思うが」

やはり賢丸様はそこを懸念されているようだ……

賢丸様の仰る身分制度とは、武士とそれ以外の身分差という話だけではなく、武士の中での格差、いわゆる家格のことも含まれるのだろう。

厳然たる身分によって就く職が変わる制度は、俺からすれば極めて成長力の無い社会と思えるが、かつて己の力一つで成り上がることが可能な社会であった結果が、下克上とそれに伴う無法の戦乱の世であり、当時の人々が安定を求めた末に導き出した制度だと考えれば、未来人の思考だけでそれを否定するわけにもいかない。

「安十郎。其方《そち》なら知らぬわけがあるまい」

「大義名分論。朱子学の教えでございますな」

そんな社会に利用されたのが朱子学。そこで唱える大義名分論は、天の理《ことわり》が人間の社会においては身分の上下として現れる。だから主君の、親の言うことは絶対で必ず従わなければいけないという思想。為政者が身分統制を司《つかさど》るのに大変都合の良い考え方だ。

が……儒教ってのは本来、仁・義・礼・智・信という五常をもって、人間関係を正しく維持しましょうという教えであるはず。朱子学が本来説く君臣関係だって、君主に過ちがあり、諫止《かんし》して聞き入れられなかった場合は君臣関係を破棄するのも止む無しという考え方であるが、忠孝を大切にねって部分だけを切り取って都合良く使いすぎなのだと思う。

それに四書の一つ「大学」にある、格物致知《かくぶつちち》という言葉について、物事の道理や本質を深く追究し理解して、知識や学問を深め得ることと解説していたりもする。

どういうことかと言えば、立派な人物になるには学べってこと。聖人になるためには学ぶことを疎かにしてはダメだよと説いていて、なるほどと頷ける点もあるのだが、残念ながらそっちはあまり守られていないようだ。いかに都合の良いところだけを使っているかという証《あかし》だな。

「君臣、父子の別を弁《わきま》え、敬うという本質に異論は唱えません。さりながら、それを盾に学びを疎かにする者が、家督を継ぎ禄を食《は》むのは如何《いかが》なものかと。一方の教えは遵守し、他方は軽視では示しが付きませぬ」

民を安んじるには、君は教え導くために学ぶべきであり、主を支えるためには、臣も学びを得た上でこれを補佐し、誤りがあれば諌《いさ》める。そうして互いをリスペクトすることもまた、儒教の理念ではないかと思う。

俺の拙い知識に基づくイメージだから、正確かどうかは分からないけど概ねそういうことだろう。

とはいえ全員が理念通りに動くわけがないし、努力したって叶《かな》わないことがあるのが世の常というもので、理想論ではあることは分かっているけれど、だからと言って都合のいい部分だけ切り取って使うのも違うだろう。

「主に能《よ》く仕えんと欲するならば、どうして己を律するを厭《いと》いましょうか。私は朱子学の教えというよりは、自分に都合の良い教えだけを拠《よ》り所に、怠惰を貪る無学の者を否定するのです」

「……ったく、お主は口ばかり良く回り……いや、口だけではないな。身をもってそれを示しておればこその言葉であるな。否定するは無学の徒か、物は言いようだな」

意外と賢丸様の口調が穏やかである。もっとこう……激高してふざけるな！　とか言うかと思ったのだが……

「どうした？　呆《ほう》けた顔をしおって」

「お怒りになりませんので？」

「怒る……私が？」

「今までの制度や政策を否定する考えですし……」

「な……何を今更!?」


そう言うと、賢丸様は急に吹き出した。まさかそんなことが理由かと、ヒイヒイ言いながら笑い転げておられる。いや、どんだけ俺が節操無しだと思っていたのであろうか。

「ああ腹が痛い……こんなに笑ったのは生まれて初めてだ。今更そのようなことを気にしておったとは」

「賢丸様は吉宗公を崇敬しておられますので……」

賢丸様は祖父である吉宗公を尊敬している。後に松平定信となって行った寛政の改革も、基本理念は吉宗の享保の改革と同じく、初代家康の政治を理想にしたものだと覚えている。

つまり旧来の姿を取り戻すための政策なわけで、俺の意見は言ってみれば、「お前の祖父《じい》さん間違ってたぜ」と受け取られかねないもの。父祖を大切にする賢丸様の心象を悪くするだろうなと思って言わなかったんだよ……

「だから私が不届き者と怒ると？」

「尊敬する方を貶《おとし》めることを申せばさすがにお怒りになるかと」

「たしかに安十郎の考えはこれまでとは違う。されど根っこは民を安んじ、国を保つための策ではないか。どうしてお祖父様を愚弄《ぐろう》することになろうか」

俺が気にしていた理由が自分にあると分かったからか、賢丸様が穏やかに語りかけてきた。

曰《いわ》く、身分の話を申すなら、俺の師である昆陽先生も取り立てられた者の一人であり、人材登用の策である足高《たしだか》の制も吉宗公の時代の話。そもそも身分を煩く言うのなら、宗武公も自分も俺を受け入れてなどいないと。

「それに……お祖父様も、もしかしたらこれまでのやり方に限界を感じていたのやも知れぬ。蘭書の導入を認めたのも、西洋の知識に見るべき物があれば取り入れよという思《おぼ》し召しであったのだろう」

「では先程、身分のことを仰せになったのは」

「其方の身を案じての話よ」


身分制度が確立して百数十年、今や上の人間は安定した身分を守ることに固執し、能力のある下位の者が現れると、自らの権益を侵す不埒《ふらち》者と排除の力が働くのが当たり前の世の中になった。未来の民主主義社会ですら、格差の是正を拒む有象無象の力が働くのだから、厳然とした身分が存在するこの時代では言わずもがなであろう。

老中格となった田沼様ですら、成り上がり者と軽んじる者は少なくない。五百石取りの旗本の部屋住である俺が、田安家に重用されることを面白く感じない者がいるのは想像に難くないだろう。今は賢丸様の学友という自然な形で収めているが、甘藷の件で俺の名が知られるようになってからは、宗武公や治察様の耳にもそれとなく届いているらしい。

「お祖父様が蒔《ま》いた蘭学の種から、ようやく徳山安十郎という花が咲こうとしているのだ。実が生《な》るも枯らすも、為政者のさじ加減一つ。今ここで其方を散らすわけにはいかぬ」

もちろん俺自身もこの時代の大多数とは異なる考えだと分かっているから、時と場合は考えているが、おそらく賢丸様は俺が考え無しに知識をひけらかしているのならば、自分が手綱を締めるというつもりで試したのだろう。

「私がその身分制度に守られた存在であることは良く分かっている。だからこそ、民を導き国を良くするべく精進している。だが多くの者は安十郎の申すとおり、朱子学の悪い面ばかりを尊重し、それが都合が良いからと信奉する者も多い。今はまだその時ではないのだ」

賢丸様がスススッとにじり寄り、俺の肩に手をおいて耳元で囁《ささや》く。

「私や治察兄上が今より力を付けたら、そのときは存分に力を奮ってもらう。今はその苗床を準備する時だ」

「それは田安家のためにですか？」

「馬鹿を申せ、天下万民のためじゃ」

互いに何が言いたいのかよく分かるから、ニヤリと笑みが溢《こぼ》れる。どうやら俺の存在は、想像以上に松平定信の思考を大きく変えてしまったようだ。


「念のために聞くが、この話は他には……」

「賢丸様以外には……と言いたいのですが、どうやらもう一人聞こえてしまったようです」

「何？」

「あちらに……」

「種、そこで何をしておる？」

俺と賢丸様が身を寄せてヒソヒソと話し始めてから、どうにも窓の外から妙な気配を感じたので目を向けたら、庭からこちらをジッと見つめる種姫様の姿があった。

「あら……お兄様ごきげんよう」

なんだろう。たまたまそこに居たという雰囲気の割に、普段のニコニコした雰囲気ではなく、ほの暗《ぐら》い、一言で言うならダークサイドに堕《お》ちちゃった感じなんですが……

第４話　田安家の悩み事

「私が無体なことをするか心配だっただと？」

「お兄様が難しい顔をしておられたので」

「なんでそれを種が気にするのだ」

「安十郎様に酷いことをなされるようであれば、私が懲らしめて差し上げようかと」

俺たちが議論していたのをそーっと覗《のぞ》き見していたことがバレた種姫様が、何をやっているんだと賢丸様に怒られる。

どうやら姫は俺が部屋に連れ込まれたのを見て、すわ一大事と様子を探りに来たらしく、俺に賢丸様が迫ってきたのを見て、手にかけられるのではと身を乗り出してきた様子。

実際そうではなかったと知り、怒られているにもかかわらず表情にはどことなく安堵《あんど》の色が見られ、目の光も取り戻したようだ。どうしてダークサイドに堕ちていたのかは分からないけど……

「馬鹿馬鹿しい。私が安十郎を邪険にするわけがなかろう」

「それならよろしゅうございます。安十郎様は田安の家になくてはなりませんから」

「お前に珍しい菓子の作り方を教えるためではないぞ」

そう、最近の種姫様はお菓子作りがマイブーム。俺が未来で言うぽてちや干し芋、芋けんぴの原形になるものを作っていることもあって、「私も新しいお菓子を作る！」と意気込んでいるのだ。

本来炊事は女中の仕事だから、姫が厨房《ちゅうぼう》に入るなどあり得ない話であるが、「新しき食材で新しき料理を作ると家の益になるのですよね？」と言って聞かない。しかも本来やるべきことをしっかりやって、習い事でも結果を出しているものだから、「そんなヒマがあるなら勉強を……」というのも通用しないんだ。

そこで宗武公も、それほど言うならやってみなさいとお認めになり、最近はヒマがあれば俺と一緒に厨房で怪しいお菓子作りをしている。

「そういうことでお話が終わったのならば、安十郎様をお借りしますわ」

「種、安十郎は蘭書和訳で忙しいのだ。また今度にせよ」

「そうはまいりません。今日はお義姉《ねえ》様のためにご相談に乗っていただきたいのです」

「お義姉様？」

種姫様の実の姉上は既に全員嫁に出られているから、彼女がこの屋敷の中で姉と呼ぶ人物はただ一人、治察様の御正室因子《よりこ》様のことだ。摂政近衛《このえ》内前《うちさき》卿のご息女という、まさにやんごとなき姫君である。

年は治察様の一歳下で、御年十八歳。宗武公の御簾中《ごれんちゅう》（正室）通子《みちこ》様は内前卿の姉なので、二人は従兄妹《いとこ》ということになる。

この縁が結ばれたのには理由があって、一橋家も清水家も当代――治察様の従兄弟《いとこ》にあたる一橋徳川治済《はるさだ》公と清水徳川重好《しげよし》公の御簾中が親王殿下の娘、つまり王女を嫁に迎えられていたことが大きい。

当然田安家も同格の姫君がいいのだが、生憎《あいにく》と近い年の王女は既に降嫁したか尼僧になられたかでほとんどおらず、残るは年の離れた幼女ばかり。

宗武公も若くないし、出来れば早めに子を生せる年齢と考え、どこかの親王に嫁がせるという話もあった姪《めい》の因子様を、通子様がたっての頼みとして迎えたのである。近衛家は藤氏長者《とうしのちょうじゃ》になる家格を持つ摂家の中でも、一条《いちじょう》・九条《くじょう》・鷹司《たかつかさ》・二条《にじょう》の上に立つ筆頭家。そこの姫君なら家格としては十分だからね。

「それで私に何のご相談でしょう」

「お義姉さまのために新しき菓子を作りたいのです」

治察様と因子様はぶっちゃけ政略結婚、というかこの時代のお偉方が迎える正妻なんて全部そうなのだが、話を聞く限りとても人間の出来た御方のようで、お二人の仲もそれほど悪くはなさそうに聞こえる。義母が同じ近衛家の出身ということも大きいと思う。

それでもこの時代、嫁に来るというのは子供を儲けるのがその大きな役割である。京から江戸への嫁入りなんて片道切符でやって来て、もうすぐ二年経とうというのに子を生す気配がないとなると、少々焦りもあるのかもしれない。

俺からすればまだ高校生くらいの女の子なんだから、焦ることはないと思うのだけれど、周囲がそうは見てくれないのだろう。

「少しでもお慰みになれればと」

「ぽてちや甘藷ではいかんのか？」

「お兄様、たしかにぽてちも干し芋も十三里も美味《おい》しいのですが、美味しいのですが……風流かと言うと」

「……とは言えませんな」

この時代になってからの物は見たことが無いけれど、いわゆる京菓子と呼ばれるものは、宮中行事や茶の湯で供される中で洗練されてきた、雅《みやび》で風流なイメージがある。

目で楽しむとか味を楽しむとか、なんか五感で感じるアートの世界だよね。それを知る姫君なれば、芋ばっかりというのはちょっと嫌なのかも……

「そうではないのです。普段は十三里も美味しいと仰せで、ぽてちや干し芋も喜んでお召し上がりなのですが、人前では……」

「なるほど……人前でも堂々と食せる、雅な感じの甘藷のお菓子を所望ということですな」

ならば……早速作りましょうかね。


（ここからちょっとイケボな安十郎の脳内です）

皆さんどうも、徳山安十郎です。

安十郎の調理場《anjyuro's kitchen》、今日は佐倉編、田安家編に続いて第三回。田安家編その二なんですけれども、こちらのお便りをご紹介したいと思います。

筆名マサと夕ネさんからのお便りです。ありがとうございます。

——安十郎さんこんにちは。

はい、こんにちは。

——私たち兄妹《きょうだい》の一番上の兄のお嫁さんについての相談です。

料理番組で人生相談ですか……さて、何でしょうか。

——お義姉さんはとても遠いところからお嫁に来ました。不慣れな土地で大変なのに、いつも明るく元気で兄との仲も良好なのですが、結婚して二年、子供が生まれないことをとても気にしています。

それぱっかりは授かり物と言うしね……

——両親も兄も気にすることはないと言っているのですが、お義姉さんが少し気に病んでいるようで、元気になってもらいたくて美味しいお菓子を作りたいと思ってます。

そうですね。甘い物を食べると元気になりますから。いい妹さんですね。

——そこで安十郎さんに、今まで誰も食べたことのない新しいお菓子を教えてもらいたくてお手紙を書きました。

ほほう、これは中々難しい依頼ですね。ただ、お義姉さん想いのマサとタネさんのために……今日は甘藷を使った安十郎特製のお菓子を……紹介しちゃいます！

その名は蜜甘藷《みつかんしょ》。西洋ではスイートポテトと呼ばれるお菓子なんです……ウソです。日本発祥です、またパクリました。

では、始めていきましょう。安十郎の調理場、開始です！

◆◆　人物解説　◆◆

近衛因子
史実では閑院宮美仁親王《かんいんのみやはるひと》（閑院宮第三代当主・光格《こうかく》天皇の異母兄）の御息所《みやすどころ》（正室）であるが、

親王との間には子はいなかったようなので、健やかに成長した治察くんの正室にしてみた。
決してNTR《ねとられ》要素は無い。

さあ、今日使う材料はこちら。

・甘藷
・砂糖
・牛酪
・卵黄
・胡麻《ごま》

これだけ。本当は生乳を使えればもっと滑らかな舌触りになるんだけど、牛が佐倉にしかいないものですから、今は牛酪しか手元に無いんだよね。まあこれだけでも十分美味しいから大丈夫でしょう！

じゃあ、順番に作っていきたいと思います。

一　甘藷を茹《ゆ》でる
これはね、柔らかくなるまで煮込んでください。固いとすり潰《つぶ》すのが大変になっちゃいますから。

二　茹で上がった甘藷をすり潰す
このときにどれくらいすり潰すかで食感がかなり変わってきます。滑らかな舌触りが良いなら念入りに裏ごししてほしいし、ちょっと粒が残るくらいでもそれはそれで食べ応《ごた》えのある食感になりますのでお好みで。
三　熱いうちに砂糖、牛酪、卵黄を混ぜる
砂糖、そして佐倉牧から送られた特製の牛酪、卵の黄身を入れ、全体によく馴染《なじ》むように混ぜ合わせてください。
四　形を作る
混ぜ合わせた甘藷を一口大に分けます。形は好みでいいですけど、あまり大きすぎると火の入りが悪くなるし、細いと焦げやすいんでね、その辺は上手く調整してください。そして、出来上がった物を陶器の平皿に乗せます。
五　卵黄を塗る
さ、ここからが安十郎流。この状態で焼いてもただの焼き芋、十三里の変わり種にしかなりません。ここでもう一度卵黄に登場してもらいます♪

では、卵黄を高いところから垂ら……しません。刷毛《はけ》で表面に塗ってください。こうしてから焼くと、表面に綺麗《きれい》な焼き色が付いてとても洒落《しゃれ》た出来上がりになるんですよね。

おお〜良い感じですねえ〜。そしてこの上に胡麻をこう……パラパラッと振りかけます。
六　あらかじめ熱を入れておいたかまどで焼く
火が強すぎると焦げてしまいますから、予熱をしっかりしていれば、そんなに火は焚《た》かなくても大丈夫です。焼き時間はそれぞれの家のかまどによって変わりますから、何度か作ってみてちょうど良い時間を確かめてみてください。

さて……焼き上がりました。いい焼き色ですね。

食べてみましょう……うん、これはね、もうこの国の人がまだ誰も食べていない逸品です。

今日のおやつはこれで決まり！　皆さんも是非作ってみて下さい。

安十郎の調理場、またどこかでお目にかかりましょう！


「これは美味しいこと。京《みやこ》でもこのような菓子はございませんわ」

「お喜びいただき何よりでございます」

早速出来上がった菓子を因子様に献上する。本来俺はお目通り出来る立場にはないが、賢丸様と種姫様のお供という形での拝謁である。

「安十郎とやら、其方には礼を申したかったのです」

「私にでございますか？」

因子様がフフッと微笑んだ……ように見えるが、正直に言うとよく分からない。目こそ笑ってはいるが、扇子で口元は隠しているし、顔は白粉《おしろい》を塗りたくっているから表情筋の動きとかも見えづらいんだよね。

この時代は「色の白いは七難隠す」と言って、色白の女性が美しいともてはやされているので、貴人の女性は皆、顔から首筋から、とりあえず着物の上から見える地肌部分は全て白粉で真っ白にしている。

今でこそ慣れたけど、最初はちょっとカルチャーショックだったよね。未来だとそういうのは歌舞伎や舞妓《まいこ》さんみたいな伝統芸能の関係でしか見たことがなく、それ以外だと……「チッキショー！」って叫ぶ芸人くらいかな。

因子様に関して言えば、まだ年の頃は高校生くらいだし、都でも屋敷の中で大事に育てられていたから、化粧なんかしなくても十分白くてピチピチのお肌……いかん、「見た目は子供、思考はおっさん！」のセクハラ発言になってしまう。

とにかく……勿体《もったい》ないなあと思うわけですよ。

「田安のお家はみな、其方のおかげで健康だとな。治察様が仰っておりましたよ」

「呼んだか？」

「治察様？」

「儂《わし》らもおるぞ」

「これは……」

呼んだ覚えはないのだが、治察様に続いて宗武公と通子様までやってきた。

「兄上に、父上と義母《はは》上まで……いかがなされましたか」

「いかが……ではないぞ。また怪しいものをこしらえたようではないか」

怪しいものではなく蜜甘藷《おいしいイモ》のことだな。さては匂いで察知しましたね。

「ダメですよ。これはお義姉様のためにと私が安十郎様にお願いしたのですから」

「つれないのう」

「種様、よろしいではありませんか。皆で食べた方が美味しいですわよ」

年相応の子供らしく、種姫様が「これはあげないもん！」と言うところを、因子様がお姉さんらしく宥《なだ》めて、皆に茶と菓子を振る舞うようお付きに命じると、一家団らんのティータイムが始まった。

中々珍しい光景だよな。奥方様なんて御簾中様、御簾《みす》の中の方と言うくらいだ。身内とはいえ、こうやって一家勢揃いというのは他の家ではそうそう見ることは出来ないだろう。

「うむ。甘くて美味いの。これは牛酪を入れておるのか」

「はい。牛酪は菓子に混ぜると滑らかさが増し、味に深みが出ます。滋養に良き効能がございますゆえ、今回の種姫様のご依頼にはうってつけかと」

「ありがたいことです。このようにお気遣いいただいているというのに、だからこそ未だ子を生せぬのが口惜《くちお》しい……」

因子様が悲しそうな顔をされた。良かれと思っての行いまでそう受け取るとなると、相当悩んでいるようだね。

「安十郎、オランダの医学でどうにかならぬものか？」

「え……？　いやぁ、それは少々……」

宗武公に問われたものの、解剖書一つ訳し終わっていないのだから、何とも言いようがない。そもそも子供が出来やすい薬とかあったら、今頃大金持ちですわ。人工授精だって数百年後の話だし、オランダ医学をもってしてもね……

あー、だけどメンタル的な話ならいけるか。

「されば、西洋ではストレスという考え方があるそうです」

「すとれす……？」

「人は他人からの悪意を受けると心を乱されるものですが、普段暮らしている中でも、周囲から重圧のようなものを感じると、それが善意からの言葉や行動であっても、同じように心が乱されることがございます。これをストレスと言うのだそうです」

「なるほど。過度な期待をされると、気負いすぎて却って悪い結果になることは往々にしてある話だな」

　この時代、乳幼児の死亡率が高く、子供は早くから産めるだけ産めという考えなので、妊娠を期待する声は当たり前に聞かれるが、優しく言葉をかけられたとしても、それが何度も何度も続けば圧に変わるというものだ。

「それこそ子供は授かり物と申します。滋味溢《あふ》れる田安のお家の食事をいただき、心安らかに毎日をお暮らしいただければ、いずれ子は授かりましょう。お二人はお若いし、なにより仲睦《むつ》まじいご様子でございますれば、今からそう心配しなくても大丈夫かと」

　皆がそういう物の見方もあるのかと感心しているが、この時代にストレスという考え方が既に存在するかは知らずに言っている。とりあえず西洋医学と言っておけば信じるかなと思ったまでで、嘘も方便というやつです。

「そうか、知らず知らずに期待を背負わせてしまっていたのかもしれんのう」

「いいえ。お義父様にもお義母様にも普段から良くして頂いておりますれば。私も気負いすぎていたのかもしれません」

「ええ。美味しい物を食べて健やかにお過ごしいただければ大丈夫です」

「安十郎よ、其方の知恵にまた助けられたな」

　助けるというほどのことでもないと思うが、そう言われたのであれば有難く賞賛は受けましょう。

「そうじゃ、其方にはこれを授けよう」

「これは……？」

「聞けばそのすとれすとやらは、悪意に晒された場合も起こるようだからな。それを打ち消すための一助じゃ」

「……という次第にて」

「田安公のお墨付き、心強いですな」

年が明けて明和九（1772）年。ここ数年は比較的世情も落ち着いてはいるものの、世間では語呂《ごろ》合わせで「迷惑な年」にならなければ……なんてブラックジョークも飛び交っている。そんな中、タブラエ・アナトミカの翻訳は今年最初の読み分け会が始まったところだ。

その冒頭で宗武公に、「一日も早い蘭語和訳の成就を期待する」と有難き言葉をいただいたことを三人に伝えると、皆感激しているようであった。

（だけど……迷惑な年ってどこかで聞いたことあるんだよな。何かが起きて本当に迷惑な年になったような記憶があるんだけど……何があったんだっけ？　思い出せない……）

「徳山殿、それで公から褒美にとそれを賜ったのですか？」

「え？　あ、ええ、この扇子を拝領いたしました（パサッ）」

「はっ……ははーっ」

ん？　俺が扇子を広げたら、三人が平伏しているのだが？

「徳山殿、それ、閉じて……」

前野さんが恐る恐る言うので、「あっ」と気づいた。扇子に記されていた、未来人にもおなじみのあの御紋に平伏しているんですね。

あれだ、「ええーい、頭がたかーい！　控えおろう！」って、助《すけ》さんだか格《かく》さんだかが高々と掲げるのと同じアレですわ。

あの日、家に帰ってからもらったのを報告してブツを確認したら、親父殿がビックリ仰天で平伏してしまい、「それを不必要に見せてはならん！」と厳命されていたんだが、ボケッとして言われるままに見せてしまった。ちょっと反省。

「前野殿、これはすごいことですよ」

「そうだな。将軍家ご一門が我らに期待を……」

「それだけではございません。蘭書和訳がお咎《とが》めを受ける可能性が少なくなったのです」

杉田さんが不安視していたのは、蘭書和訳が法に触れないかということ。

何しろ海外事情は公儀の秘匿情報だ。吉宗公の命だと言っても当の本人が亡くなっているわけで、これを和訳して巷間《こうかん》に流布するとなれば、そのときの法の番人の解釈次第では罰せられる危険性が十分にある。宗武公のお墨付きには、それを打ち消すための十分な効力があると言えよう。

おそらく公は、あのときストレスのことを仰っていた。蘭学の有用性を疑問視する漢方医、その他大勢の外野から投げかけられる要らぬ声に俺たちが邪魔されないよう、自分が後ろにいると明確に示してくださったのだと思う。有難い話だ。

この流れなら、あの話を聞けるかな？　宗武公の頼みとあれば断ることも出来ないだろうし、一応三人共医者だから何か知ってることがあれば……

「そのご恩返しではございませぬが、実はお三方にお伺いしたいことが………」

「稚児《ややこ》を授かるには……ですか」

「難しい質問ですね……」

俺は妊娠とか出産に関する知識は持ち合わせていないので、医師である彼らの知見を頼ろうと思ったが、この時代の産科はいわゆる産婆さんが扱うもので、三人の話から医学としては未発達の分野ということが分かった。

一応妊娠しやすいという方法は聞いたが、どうにもこの時代によくあるオカルト的な民間療法の域を脱しないものであり、それならばおそらく因子様も試しているだろうから、あまり役には立ちそうにないな。

「ではもう一つ質問を。女子《おなご》は何故化粧をするのでしょうか？」

「化粧ですか？　それはまあ……美しく見られたいというのは女子なら誰しもそう思うのではないでしょうか」

「ええ、それは分かるのですが、あそこまで白粉を塗りたくる必要性なのです」

妊娠という方面では貢献できそうにないことが分かったので、次に普段の生活においてストレスが軽減出来ないものかと思い、化粧のことに質問を転換してみた。

女性にとって化粧は身だしなみというのは分かるが、この時代ほどの厚化粧ではない未来においても、化粧というのはとても手間のかかるものであり、会社で女性社員と話になったときも、誰とも会わないのであればスッピンでいる方が楽に決まっていると断言された。

よって、あの化粧をしなくてもいいのであれば気が楽なのではと思ったのだが、皆さんの意見を聞くと、この時代の色白信仰はほぼ絶対のように感じるので、中々難しいところなのかな……

「あの白粉でないとダメなんですかね」

「はい、はふには安価な上にのびがよくて落ちにくいですからな」

「はふに？」

全く知識がなかったので杉田さんに聞いてみると、白粉の原料というのは色々あるそうで、昔は水銀から出来た軽粉《けいふん》というのもあったらしいが、今は清国から入ってきた「はふに」と呼ばれる、鉛から出来た粉、鉛白《えんぱく》というものが主流なのだそうである。

その作り方はというと、酢を入れた鍋《なべ》の上に鉛板を並べて樽《たる》形の容器で全体を覆い、鍋の下から炭火で長いこと加熱すると鉛板の表面が白く変化するのだとか。それを削って粉にして白粉に使っているらしい。酢で酸化させているということなのだろうか。

しかし、鉛って危険じゃね？　酸化しているとはいえ鉛は鉛だよな。

「危なくはありませんか」

「そうですかね？」

「されど、鉛の欠片《かけら》や削りカスを毎日食べられますか？」

「それは……たしかに嫌ですな」

「だが、塗るだけで口にしているわけではござらぬ」

「膏薬《こうやく》のように肌から薬効を染み込ませる療法があるのです。それが毒物であれば、同じように毒素が肌を通して体内に取り込まれるのではないでしょうか」

「そう言われればその通りですね」

世の中には必要なミネラルってものはあるが、それは食品中に自然に含まれるものを摂取すればいいわけで、必要以上に摂取すれば毒になる。鉄分が足りないから鉄粉を直《じか》に食うのか？　ミネラル補給のために亜鉛を塊で食うのか？　という話だ。俺は食べたくない。

まして鉛は亜鉛とは似て非なるもので、完全に有害だったはず。元素記号はＰｂとＺｎだったかな？　どっちがどっちか忘れたけど、そんなものを肌に塗りつけていたらデトックスが追いつかず、体内に有害物質が溜《た》まり続ける一方だろう。

無論、鉛や水銀などの有害物質が自然界に普通に存在することは承知している。しかし、それは体内に取り込んでしまっても、適切に排出が可能な量しか存在しないから問題とならないだけの話。足尾《あしお》銅山や水俣《みなまた》で発生した公害病は、本来存在し得ない量の有害物質が自然界に放出され、汚染された水や食糧を人々が摂取し、排出されずに体内に残った有害物質が身体に悪影響を及ぼしたのだ。鉛白を使った白粉を肌に塗るという行為は、これら公害病のメカニズムと同じだと言っていいだろう。

明治や昭和の時代ですらその原因を掴むのに時間がかかったのだから、江戸の世でそれを理解しろと言う方が難しいのは良く分かるけど、分かっていてそれを防がないというのでは、俺がこの時代に生きる意味がないだろう。

もしかしたら、子供の生存率が低かったり、身体が生まれつき弱い子が多いのは、母胎にそうやって毒素が溜まっていることも原因かもしれないし。

美人薄命って実はこれも原因だったりして……もう少し確証が欲しいところだな。

「和訳でお忙しいところ申し訳ないのですが、皆様に調べていただきたいことがございます」

——明和九年二月二十九日（1772年4月1日）

「白粉が……毒なのですか」

「正確には白粉に使われている鉛白が危のうございます」

正月明けに前野さんたちに依頼したものの結果をまとめ、通子様や因子様など、田安家の皆様に鉛白を使った白粉の危険性について説明を始めると、皆一様に初めて聞いたという顔をしていた。

「皆様は鉛白の実物をご覧になったことがございますでしょうか」

「いえ……出来上がった白粉でしか見たことは」

「こちらが鉛白、そしてその元となる鉛板にございます」

危険性を説明するために、事前に用意した鉛白を手に取り、カリカリと削り取って見せる。

「これを元に白粉は作られるのです」

「しかし、真に毒なのでありますか」

「元がこの鉛でございますれば、これを口の中に入れようと思われますでしょうか」

「そう言われると、あまり身体には良くなさそうですね」

「鉛白を塗ることの危険性は二点ございます」

一つ目は塗っている女性本人への影響。膏薬などにより、肌から薬効が染み込むことは誰もが承知している話なので、逆にそれが毒物であってもその効果が体内に取り込まれると説明すれば、それを否定する声は出てこない。

「このことにより毒素が体内に蓄積され続けると、身体に異常をきたす可能性が高くなります」

「その異常とはいかなるものか」

「多くは臓器の不良による体調の悪化や慢性的な手足の痺《しび》れなどです」

そして二つ目、こちらの方がより問題なのだが、子供に対する影響だ。

女性は白粉を首筋から胸元まで塗っている。そのため、赤ん坊がお乳を飲むため乳房の周りを舐《な》めると、自然と口の中に鉛白が取り込まれてしまうのである。

「口から直接取り込む場合、さらに悪い影響が出ます。また母の体内に鉛の毒素が溜まっておれば、腹の中にいるうちから栄養と共にその毒素まで渡され、生まれながらに鉛の毒に冒されていることになります」

大人になってからの中毒は症状が出ないものも多いし、出ても軽症であることがほとんどだが、子供の場合最初から脳に障害を持ったり、臓器に障害を持ったりするため、多病になることが多いようだ。

「元より赤子は身体が弱いもの。一つ病を得ただけでも大事に至りますのに、それが身体の中に溜まっているとなれば……」

「亡くなる子供が多いのは……」

「それだけが原因ではないでしょうが、小さいうちに命を落とす一因ではあるかと」

「それは……どのようにして調べたのでしょう」

今までそのようなことを考えた者がいないのだから、通子様が疑問に思うのはもっともだ。だから俺はその根拠となるものをこの二ヶ月弱調べていたのだ。

「蘭書和訳に携わる医師たちに頼んで、死因を調べてもらいました」

杉田さんと中川さんが持つ医師同士の交友関係を用いて、白粉を普段から常用する者、例えば歌舞伎役者、吉原《よしわら》の芸者や遊女、そして大名旗本などの奥方たち。これらの病歴や死因などを調べてもらったんだ。前野さんは……ああいう方だからあまり交友関係が広くないのよね。しかも先日娘さんが亡くなってしまって、それどころじゃなかったんだ。

結果、似たような症状に悩まされる者が少なからずいたこと、そして大名旗本などの奥方たちから生まれた子の死因でも鉛中毒と思しき症例が、白粉をそれほど使用しない庶民に比べて比率が高かったことが数字で証明されたのだ。

「無論全てが鉛のせいだとは言い切れませんが、これだけ似た症例があるとなると、そう考えてもおかしくはありません」

「……まさか、兄上もそうだったのだろうか」

宗武公が呟《つぶや》いた兄上とは、九代将軍家重公のことである。

俺も聞いただけの話だが、家重公は生来虚弱の上、言語が不明瞭《ふめいりょう》なせいで、その言葉を解すのが幼い頃から近侍していた、ごく僅《わず》かの家臣のみだったという。だからこそ壮健であった宗武公を後継者にと推す声があったわけだしね。

虚弱体質に言語障害となると、鉛かどうかはともかく、中毒症状による障害だという可能性は否定できないな。

「鉛白の使用を止めれば防げるのか」

「それが出来れば最上にございますが、公の場では白粉を使わぬというわけにはいかないでしょう。ですから、せめて鉛白の入っていないものを使うこと。そして赤子に乳を与えるときには決して肌に白粉を塗らぬこと。全部とは申せませぬが、これだけでも改善は出来るかと」

「鉛白の入った白粉は使い勝手が良いのですがねえ」

「そうは申しても死ぬよりは良かろう」

こうして田安家では鉛白不使用の白粉のみを使うことが決定した。


「安十郎様」

鉛白の話が終わり、種姫様が俺の戻りを待ちかねていたかのように姿を見せた。

「姫様、いかがなさいましたか」

「安十郎様が白粉を使うのを止めるよう進言したと聞きまして」

「えーと、白粉は使いますよ」

あくまで鉛白を使ったものがダメなのだと言うと、姫様はあからさまにガッカリした様子である。

「えー、白粉を塗るのは嫌なのです」

姫様はまだ幼いこともあってあまり化粧をする機会は無いようだが、白粉を塗るときは息苦しくてたまらないのだと言う。

まあ……あれだけ塗りたくったら、毛穴が呼吸できなそうだもんね。

「化粧をするのは苦手なのです」

「姫様は化粧など無くとも十分に白くてお綺麗でいらっしゃいますからね」

「……今、何と仰いました？」

ん？　お世辞だよ。

「もう一度お聞かせ下さいな」

「姫様は化粧など無くとも十分に白くてお綺麗ですよ」

「も、も、もう〜、安十郎様ったら口がお上手ですわ」

直接の主従関係ではないが宗武公は俺の主みたいなものだ。その娘に対してお世辞を言うくらい、口の上手い下手にかかわらずやると思いますが？

まあ……姫様はかわいいからお世辞ではなく、本当にそう思っていますけどね。

「も、もう一度」

「姫様はお綺麗ですよ」

「フフ……ウフフ……安十郎様はそう思ってくださるのですね」

姫様が顔を赤くしてクネクネしている。

えーと、人の腰を指でつついてグリグリしないでもらえませんかね……

――カンカンカンカンカン！！！

種姫様がモジモジしながら俺に本を読んでもらえないかと言うので、それに従って部屋に向かおうとしたら、遠くから半鐘が激しく乱打される音が聞こえてきた。

早鐘……火事か。

「火事でしょうか」

「その様ですな」

屋敷の外に目をやると、南の空が赤く燃え上がっているのが見える。城の向こう側のようだが、空が随分と赤い。結構近いのかも。

「安十郎！」

「賢丸様、いかがなされました」

「大火事じゃ。城の南側が火の海だ！」

「……！　これか……」

外で響き渡る早鐘に騒然とする邸内。そのときようやく思い出した。

――明和の大火、別名・目黒行人坂《めぐろぎょうにんざか》の大火。

江戸時代でも最大級の火災であった明暦の大火、そしてこれより後に起こる文化《ぶんか》の大火と並ぶ江戸三大大火と呼ばれるものの一つであり、その災禍により明和九《めいわく》な年を象徴するものとして、後に改元の一因となった大火災。これはその始まりであった。

二月二十九日の昼過ぎ、目黒行人坂にある大円寺から出火した炎は、折からの南風に乗ってまたたく間に燃え広がり、白金台《しろかねだい》から麻布《あざぶ》にかけての町を焼き、今は虎《とら》ノ門《もん》から外堀を越えて桜田《さくらだ》門南側の武家屋敷にまで迫っているらしい。

「目黒って……江戸の端だぞ……」

未来の東京なら山手《やまのて》線の駅があるくらいだから都心にほど近いイメージの目黒も、この時代では江戸という街の枠内に入るか入らないかというギリギリの縁端部である。

〝目黒のさんま〟という落語話にも出てくるが、あそこは鷹《たか》狩りとか遠乗りで向かう場所だから、江戸市中に住む人間にはとても遠い場所。実際に城からは二里（８㎞）ちょっとの距離がある。

そこで出た火が街を焼き続けているという事実に、田安家の面々も容易ならざる事態だと認識しているようだ。

しかも運の悪いことに今日はよく言う春の嵐なのか、風がかなり強く吹いていた。

「坤《ひつじさる》の方角からか……」

南西から風が吹くということは、火は北東に向かうということ。火が風に煽《あお》られ、その先に燃えやすい建物が密集していればどうなるか。目黒で出た火が虎ノ門にまで来ているというのは、まさに風の吹く方向へ向かって延焼が続いているということだ。

「安十郎様、こちらに火の手が及ぶのでしょうか」

「城の近くまで火は来ているようですが、風向きからして東側に延焼するのではないかと」

種姫様が心配そうな顔をしている。外堀の南側を越えれば桜田門、そして西の丸。本丸もすぐ先だ。北の丸にある田安邸は少し離れているとはいえ、気が気でないとは思う。

ただ、城は内堀の水で守られているし、旗本で構成された定火消《じょうびけし》が必死に火の手が及ばないよう防ぐはず。燃え広がるとすれば、木造家屋が密集する街の方だろうと思っていたら、案の定続報を持って駆け込んできた方の報告で、桜田門から北東、内堀と外堀の間に密集する武家屋敷、そしてその東に位置する江戸の商業の中心、京橋《きょうばし》や日本橋の界隈《かいわい》に火が燃え移っているとのことだ。


「火消は一体何をしているのだ」

「火の勢いが強すぎて追いつかないのでしょう」

未来を生きた俺からすると、消火とは放水だったり、消火剤を撒《ま》き散らすことで火の勢いを殺すことが主体であるが、この時代は、建物や構造物など燃え種となるものを破壊・撤去して延焼を防ぎ、消火につなげる破壊消火がその方法となる。

江戸の町にある長屋などは、火事で焼け落ちることを前提で家造りがなされており、すぐに壊せるようあまり太い木材などを使用していなかったりする。すぐに壊せる分、焼け落ちた後の再建も早急に出来るわけだ。

ただ、それでも家屋を壊すというのは相当な労力を要する。火の勢いが強く、家屋の破壊がままならぬうちに延焼が広がっているのだと思われる。

「竜吐水《りゅうどすい》、竜吐水は」

「あの程度の水量で火は防げませんよ」

竜吐水とは明和のはじめ頃、町々に給付された手押しポンプの放水具のこと。消火に役立つ道具と期待されたが、実はメチャクチャ見かけ倒しで役に立たない。

俺も実物を見せてもらったことがあるが、大人が数人がかりで必死に腕木を上下させて、ようやく庭の水まきが出来る位の水量しか出ないのだ。せいぜい建物や火消の装束を濡《ぬ》らして延焼を防ぐとか、最後に燻《くすぶ》っていた火を完全鎮火させるくらいの役割しかなく、燃えさかる炎に向けて放っても何の効果も無い。それだったらさっさと建物を壊して火除《ひよ》け地を作った方が早いとなってしまう。

「火事と喧嘩は江戸の華と言うが……」

この時代の江戸は世界でも有数の大都市だったと聞いたことがある。しかも未来の「多和萬《たわまん》」のように縦に空間を増やすことは出来ないから、敷地内の居住人数も限られ、建物同士が密集する状況。しかも地方から出てきた男が一人暮らしをする率が高く、寝たばこなどの火の不始末も後を絶たず、火事はあちこちで頻繁に発生している。

そんな状況だからか、江戸に住む者は家が焼かれるのは織り込み済み。「宵越しの銭は持たない」なんていう、江戸っ子の粋な気性を表す言葉があるが、それだって実は、どうせ銭なんか次の日には日雇いで稼げるから、焼け出されて無に帰す前にさっさと使ってしまえ。という事情があったりするんだよね。

ある意味防災意識が高いとも言えるが、焼ける度に再建するというのはちょっと無駄ではなかろうかと思う。それがゆえに大工や職人に仕事が回り、材木問屋の商売が成り立つ側面もあるが、火事の度に多くの命が失われ、親を亡くした孤児が街に溢れるという弊害から目を逸《そ》らしてはいけないだろう。

とはいえ、俺は都市計画や建築の専門家ではないからなあ……元々知っていた知識で甘藷の栽培を広めるところまでは良かったが、それから蘭学に経済学に外交と、未来の義務教育の貯金《アドバンテージ》で知恵を出してはいるけれど、全部中途半端な知識だから、そこまで守備範囲は広くない。機会があれば考えてはみたいけど、今は難しいな……


「このままだとかなりの地域が焼け落ちるな」

「雨でも降ってくれればよいのですが」

「そう言えば、お主の家は大丈夫なのか？」

しかめ面をしていた賢丸様が、ふと思い出したように俺の家族の安否を気遣われた。

「家は本所にございますれば」

本所は隅田川、この時代では大川《おおかわ》と呼ばれる川の東側にあり、元々は江戸の郊外という位置付けであったものが、百年以上前にあった明暦の大火を機に、人口の増大に伴う新興住宅地として開発された場所。そのため、日本橋や神田など、元から江戸の市街地として成立していた地域の面々からは、今もなお田舎者扱いされている。要は未来で言う「ちばらき」「ださいたま」「グンマー帝国」みたいなものだ。

「しかしこれから帰るのは少々危ないな」

話が聞こえたのか、治察様が後ろから声をかけてきた。

ここから家に帰るには、田安門を出てから真っ直ぐ東へ、神田ナントカ町と呼ばれる一帯、未来で言う都営新宿線のルートに近い道を行く。そして日本橋馬喰町《ばくろちょう》まで出れば、その先は大川の西岸、両国広小路《りょうごくひろこうじ》だ。そこに架かる両国橋を渡ると本所側に入る。

何が問題かといえばその道のり。途中神田・日本橋を横切るということは、今から延焼するかもしれない地域に足を踏み入れるということ。いつ火の手が及んでくるか分からない上に、避難する人の流れに逆らって進むのは危険だからと、治察様がしばらく屋敷に留まれと仰る。

「甲斐守には後で遣いを送るゆえ、一晩くらいなら問題なかろう」

「それは名案。かの名軍師諸葛孔明《しょかつこうめい》もかくやの神機妙算、治察お兄様の慧眼《けいがん》には恐れ入りますわ」

「……それは褒めすぎだろう。そもそも種はどうして諸葛孔明の名を知っているのだ？」

「安十郎お兄様に『三国志演義《さんごくしえんぎ》』を読んでいただきました。折角ですから今日は続きを聞かせて下さいな」

俺が答えるよりも早く、種姫様が決定事項のように仰るものだから、断りようが無くなってしまった。


うーん、大災害の予感……

第５話　オランダ商館長

※本話で『　』内のセリフはオランダ語による発言となりますが、安十郎たちは内容を全部理解しているわけではないので、通詞経由で伝えられたものとご理解ください。

目黒行人坂の大円寺《だいえんじ》から出火した炎は風に乗って北東へと広がり、麻布から芝《しば》、京橋、日本橋など、江戸城南側から東側の武家屋敷や町々を焼きながら、ついに神田や千住まで燃え広がった。

夕刻にはようやく千住小塚原付近で鎮火したものの、夜になって本郷《ほんごう》で再び火の手が上がり、小石川《こいしかわ》から駒込《こまごめ》一帯を燃やした後、風向きが南へと変わり、根岸《ねぎし》、浅草、そして再び日本橋を焼いて、完全に鎮火したのは二日後の三月一日であった。

大火の日、前野さんたち三人は俺抜きでいつものように和訳に取り組んでおり、やはり早鐘で火事の発生を知ったらしい。

中津藩の中屋敷がある築地は無事だったものの、杉田さんや中川さんの住まいは日本橋、つまり火が燃え広がる先にあったため急いで戻ったところ、火がすんでのところまで迫っていたという。日本橋でも川に近い一番東側だったので、どうにか延焼は免れたようだ。

そして俺はと言うと、実家のある本所は大火の被害が一切及ばなかった。時折火の粉は降ってきたようだが、それにさえ気をつければ川が炎の行く手を阻んでくれるからね。まさに対岸の火事というやつである。

だが、当の本人は川のこちら側にいたわけで、混乱に巻き込まれないようにとその日は田安邸で厄介になった。これが原因で、対岸の火事ではない修羅場に追い込まれることになろうとは、誰が思っただろう……。

あの日、俺が泊まることを一番喜んでいたのは種姫様だった。そしてあろうことか、「火が燃え広がってこないか心配で眠れそうにないので、今日も安十郎様にお側に居てもらいたい」と宣《のたま》われやがりあらしゃいましたでございますことよ、こんこんちきの畜生め。

その言葉に「今日も……？」と食いついた宗武公、それを受けて何かを悟ったのか、能面みたいな顔になる通子様。自身の発言の不始末に気付いた種姫様は目が泳ぎ、賢丸様は「あちゃー」

という表情。事情は良く分からないが面白そうなことが始まるのではと感じている治察様と因子様。

そして……それらに囲まれた俺。地獄絵図ってこういうことを言うんだろうなと思った。一瞬、「父上、先立つ不孝を……」って思ったわ。

どういうことかなあと聞いてくる宗武公は、穏やかな表情だけど目は笑っていない。さてさてどうやって切り抜けようかと思っていたら、「普段から構ってもらっているから、今日も寝るまで話し相手になって欲しいということでしょう」と賢丸様がどうにか誤魔化してくれたので難を逃れたが、また借りが出来てしまったような気がする。なるべく早く返済しないと利子が高く付きそうだ……

——日本橋本石町《ほんごくちょう》

「やはりこの辺りの被害は相当のようですな」

火事から半月ほど後のこと。俺たちは日本橋まで足を運んでいた。今でも焼け落ちた家屋の廃材がそこかしこに転がり、焦げた匂いが漂う町中のあまりの惨状に、喪中で久しぶりの外出だった前野さんは驚いているようだ。

それでも人の営みが絶えたわけではない。道端では物の売り買いが活発に行われ、家々を立て直す大工や職人たち、資材を運ぶ者たちで往来はごった返しているし、これから向かう所にも既に仮住まいが建てられていた。

今日の目的地は本石町三丁目に店を構える長崎屋《ながさきや》。ここは長崎に入ってくる海外産の薬用人参《にんじん》、通称唐人参の江戸での販売を独占する唐人参座に指定された薬種問屋なのだが、もう一つ大事な役目があって、それはカピタンが江戸参府する際の定宿としての役割だ。

カピタン。出島のオランダ商館長のことをそう呼ぶが、要は英語で言うところのキャプテンだね。なんか、某公共放送の子供向け番組に出てくる着ぐるみキャラの名前っぽいが、語源はポルトガル語だ。

オランダ語だとオッペルホーフトと言うらしいが、言いにくいし、元々ポルトガルとの交流が最初にあった我が国では、商館長と言えばカピタンで定着してしまっていたので、今も変わらずそう言われているのだと思う。

オランダ人が日本にやって来たのは慶長五年、関ヶ原《せきはら》の戦いの年だから西暦だと１６００年のこと。当時は独立を果たしたばかりで新興貿易国として歩み始めた時代のことである。最初は難破船の漂着という形ではあったが、話を聞いてみると、ポルトガルやスペインと違い、布教は二の次で貿易がしたいという姿勢だったため、キリスト教への対応に苦慮していた家康公に気に入られて重用されたと聞く。

有名なのは横須賀《よこすか》にあるお墓が地元の駅名にもなっている三浦按針《みうらあんじん》ことウイリアム・アダムスと、住んでいた屋敷の場所が、後世その名から八重洲《やえす》になったヤン・ヨーステンの二人だな。後に言う鎖国体制が整って以降、長崎出島が唯一とも言える西洋との窓口だ。

その長であるカピタンの任期は基本的に一年。秋頃に積み荷と共に日本へと来航し、今度は前任者がその船に日本からの輸出品を積んで帰るというサイクルなのだが、その任期中の一大イベントとも言えるのが江戸参府である。

一月の中頃に長崎を発《た》った一行は、四十日前後の行程を経て江戸に到着し、三月の一日もしくは十五日に将軍に目通りする。簡単に言えば、「貿易認メテクレテ、アリガトゴザイマース」というお礼参りだ。

それが済むと半月から一ヶ月ほど後に長崎へと帰るわけだが、それまでの間は長崎屋に滞在し、諸大名や幕臣、民間の学者など大勢の日本人と面会して、通詞を介して交流を深めているのだとか。

元々オランダ人との接触は御法度だったらしいけど、今は幕府の許可を取れば面会は出来るらしい。今日来た目的はまさにそのためで、翻訳の成果を通詞に見てもらい教えを請うため。可能であればカピタン付きの医師にも話を聞ければ、一番効率が良いかもしれない。

「徳山殿、何やらお疲れでございますか？」

「ええ……少々」

とは言うものの、中川さんに言われるまでもなく心的疲労が溜まっている。先程オランダ人との接触は幕府の許可を取れば……と言ったわけだが、今回その手順を踏んだのは俺……経由で田安家にお願いした。

年明け前からカピタンが来たときに……という話はしていたが、同衾《どうきん》疑惑の渦中でそれを切り出すのは勇気が要った。それでも話を通せたのは賢丸様のおかげ。

「私もカピタンに会ってみたい」

という一言で、今日この日、俺たちの面会時間が設けられたわけだ。つまりどういうことかと言えば、賢丸様も同席するのだ。そのために知る限りのオランダ語も教えていた。

和訳と蘭語教授、あとはお菓子作りと救荒食研究。大火以降、田安家と築地の往復で本所の家には帰っていない。心身共に休まる暇が無いというやつだ。

これぞまさにブラック企業。未来の俺の仕事の方がもう少しホワイトだったぞ。決して真っ白とは言えなかったけど……

「しかし、田安家の御曹司が蘭語に興味があるとは……」

「私も意外でしたがね。あ、噂をすれば来ましたよ」

長崎屋の前で到着を待っていると、お供を連れて賢丸様がやって来た。お忍びらしく、随分と質素な出で立《た》ち。俺に合わせてきたようである。

お忍びだから目立つ格好を避けろとは言ったが、それはそれで警備《セキュリティ》は大丈夫なのかと思ってしまう。あまり開明的な考え方を植え付けすぎるのも考え物かもしれない。まあ……今回に関しては止めても聞かなかっただろうけど。

「安十郎、待たせたな」

「いえいえ。ではいざカピタンに」

「会うとしようぞ」

なんだろう。賢丸様の雰囲気が、ヒーローショーを見に行く子供とか、握手会に向かうアイドルファンみたいな雰囲気だな。

「前野殿、久しぶりにございますな」

「吉雄《よしお》殿もご健勝でなによりにございます」

長崎屋に入ると、今回の江戸参府に同行した通詞である吉雄幸左衛門《こうざえもん》殿が出迎えに来ていた。

通詞にもランクのようなものがあるらしく、カピタンに従って江戸に赴く通詞は、通訳で齟齬《そご》があってはマズイので一番上級の者が交代で務めているらしい。

そして今回その役に就いた吉雄殿は今いる長崎通詞の中でも最上級の大通詞を務める一番の実

力者であり、通詞のかたわらオランダから伝わった医学をはじめとする様々な学問を修めているそうで、実は俺の師匠である昆陽先生も、そして前野さんも彼からオランダ語を習っていたのだ。

……だったら貴方《あなた》が蘭書を訳せばいいんじゃね？　と思うのだが、蘭語和訳はとても労力が要る。自分がやっているから良く分かる。

かつて、西善三郎《にしぜんざぶろう》という通詞の方がいて、オランダ語の辞書の和訳、言うなれば蘭日辞典を作ろうとしたらしいが、編纂《へんさん》中にお亡くなりになったそうで、その後手付かずなのだとか。

まあ……オランダ人が目の前にいて話す能力があれば、直接聞けばいいんだし、下手に和訳に手を出して誤訳に気付かれれば自身の名折れになると恐れて、誰も手を出そうとしなかったというのが真相のようだが。さて、吉雄殿の実力はどんなものかね。

「さて、それで本日はいかなる御用向きで」

「実は長崎で手に入れた例の蘭書を和訳しておりまして、吉雄殿に校閲していただきたく」

「蘭書の……和訳ですと⁉」

前野さんがおずおずと切り出した言葉に、吉雄殿は想像もしていなかったようで言葉を失っている。

しかし、それはとても困難なことに挑む者に対する憧憬《しょうけい》というより、「は？　何言ってんだコイツ」みたいな若干呆《あき》れたような視線だ。

「……前野殿、たしかに貴方が長崎にいらっしゃったときの語学力に驚きはいたしましたが、それでも我ら通詞とは比べるべくもなかったのですよ。その我らですら、文章を読み解くは容易ではございません。如何《いか》にして蘭書を読み解こうと仰せなのか。杉田殿とて、かつて西先生に諭されたと聞きますが」

「杉田殿、そうなのですか？」

「お恥ずかしい話ですが……」

実は数年前、杉田さんは生前の西さんがカピタン付きの通詞として江戸に来たときに面会したそうで、そのときに蘭語和訳の困難さを滾々《こんこん》と説かれ、一度はオランダ語習得を諦《あきら》めたらしい。

たしかに和訳をしていても一人だけ蘭語理解の進度が遅いようなので、向き不向きを見極めたという意味では正解だったのかもしれない。

だけど……だからと言ってそんな言い方はないだろう。ちょっとムカつくわ。

「かつて青木殿も長崎まで参られ、色々と尋ねられはしましたが、あまりはかばかしくはありませんでしたな。今日の御用向きも読めぬ文を我らに訳してくれと、そういうことでよろしいか？」

あ……このヤロー、俺の師匠まで馬鹿にしやがった。大通詞だかなんだか知らねえが、言っていいことと悪いことがあるだろうが……

「まあまあ、学ぶ意思があるというのは良いことです。我らが江戸にいるうちに少しでも多くの……」

『クソ野郎……』

「……！！！　今、何と仰った！」

あまりに頭にきたので、オランダ語で罵倒《ばとう》してやった。発音が正しいか自信は無かったが、吉雄殿がそれに反応したということは、どうやら通じたようだ。そして、前野さんも目を見開いてこっちを見ているから、俺が何を言ったのかは理解しているね。

「あ、安十郎？　今のは……」

「ええ、オランダ語でちょいと罵倒してやったんです」

「これは面白い。何をもって某をそのように仰せか」

「教えを請いに頭を下げてきた者に対し、吉雄殿はいつもその様な態度で接しておられるのか？　それが教え導く者の姿勢であるとお考えなら、馬鹿も馬鹿、大馬鹿者。罵倒したくもなります」

たしかに昆陽先生は何も知らぬところから教えてくれという状態だっただろうから、教える方も面倒だったかもしれない。

だけど藁《わら》にも縋る想いで来た者に対しあまりの言い様だ。今日は訳してみた文が正しいかどうかを判定してくれと申し出ているんだから、読んでから判定しても遅くはなかろうに。

「本当は前野殿は来たくなかったんです」

「徳山殿、それは……」

「本当は拙い訳文を大通詞である吉雄殿に見せるは忍びないと。それでも、この蘭書の和訳が我が国の医学の進歩に役立つならと、恥を忍んで校閲をお願いしているのです。馬鹿にするなら、せめて訳文を見てからにしていただきたい」

見てから馬鹿にされても気持ちの良いものではないが、こちらは教えを請う側だ。多少の恥辱は我慢できるさ。

だけど見もしないで、どうせ出来るわけがないと言われるのは心外だと抗議した。俺がオランダ語で罵ったのも、こちらの習熟度を示すため、そして小僧の戯《ざ》れ言と一笑に付されぬため。そのおかげか、吉雄殿も自身の発言の拙《まず》さに気付いたようだ。

「……君の言うとおりだ。あまりにも突拍子もない話ゆえ、少々口が滑ったようだ。ご容赦願いたい」

「では、吉雄殿……」

「ええ、前野殿や皆様の力作、とくと拝見いたそう」

……

…………

……………

それからどれくらい時間が経っただろうか。吉雄殿は蘭書の本文と、我らの訳文を見比べては唸《うな》り、また見比べては頭をひねり、遂にはため息混じりで書を机に戻した。

まだ訳が足りなかったか……？

「前野殿」

「はい」

「お見事でござる」

吉雄殿が机に手を付いて頭を下げた。長崎の大通詞――おそらく日本人で一、二を争うオランダ語のエキスパートが訳文の出来映えを認めた瞬間である。

曰く、自身の文章読解力をもってしてもこれ以上の訳は作れないと。

「いや、恐れ入った。これほど精緻《せいち》な訳文が江戸で作られていたとは……前野殿、お見事でござる」

「いや、こちらの徳山殿のおかげです」

「そうか……君が徳山殿か。前野殿から話は聞いていたが、まさか本当に年端もいかぬ少年だったとは……」

ああ、そういえば長崎で誰にオランダ語を教わったのかと聞かれて、俺に教わったと前野さんが言っていたらしいな。

本当に子供だったと知って、吉雄殿が驚いているところを見ると、話半分で聞いていたんだろう。

「徳山殿、無礼なことを申した。改めてお詫《わ》びいたす」

「いえ、こちらもカッとなって失礼なことを申しました」

「しかし、どこで教わったかは分かりませぬが、その言葉、オランダ人に言ってはなりませんよ」

「肝に銘じておきます」

吉雄殿が頭を下げてきたので、お互い様とこちらも頭を下げ、そこからは分からない文章についての質問攻めが始まったのだが、解読不明な単語については、吉雄殿の知識でも判別出来るものはほとんど無いらしい。

「我らは日常会話であればそれなりに知っておるが、医学用語となるとな……」

オランダ人に医学を教わってはいるが、厳密に言えば吉雄殿は医者ではないから、専門用語には疎いようだ。そりゃそうだよな。

『吉雄さーん、オランダ語が聞こえたようだけど？』

『ダメですよ。勝手に部屋を出ては』

『堅苦しいことを言うなよ。そんなんだからクソ野郎とか言われるんだよ』

吉雄殿を中心に議論をしていたら、奥の部屋から現れた一人の男性……ｎｏｔ日本人。つーか、クソ野郎って単語が耳に入ったな。聞いてたんかい。

「吉雄殿、こちらは……」

「ええ、カピタンのフェイト殿にござる」

『ホーイ、フェイトだよ。ヨロシク』

随分と陽気なおっさんだことで……


吉雄殿に色々と教示してもらっても、やはり医学の専門用語は通詞殿でも難しいらしく、思ったほどの収穫は無かったのだが、そんな中、部屋に一人のオランダ人が現れたのだ。

『ホーイ』

商館長《カピタン》、アレント・ウィレム・フェイトその人であった。んーと、ホーイって軽い挨拶《あいさつ》だったよな。ええと、ええと、それに対して答えるとなると……普通に返せばいいか。

『こんにちは』

『……！！　オランダ語を話せるのか？』

『簡単な挨拶くらいなら』

『クソ野郎？』

『そうです』

『ハッハッハ、面白い。で、吉雄さんは彼らと何の話をしていたんだ？』

フェイト氏が俺たちの話の内容に興味があるらしく、吉雄さんに事の次第を確認していた。

『なるほど。ならばこういうのはどうだろう……』

「カピタンが医官に話を聞いてみてはどうかと申し出ております」

これは望んでいた展開だ。直接話せるかどうか分からなかったけど、オランダ人の医師に話を聞ければこれ以上の成果はないだろう。

「杉田殿、是非にも」

「おお前野殿、ありがたい話じゃ」

「では早速医官殿のところへ……」

「えーと、徳山殿はこのままで。カピタンが是非お話ししたいとのことなので」

おっと、これまた急な話だぞ。なんだかカピタンがワクワクした顔をしているな。なまじオランダ語を話してしまったから変に期待されているのだろうか。

正直、自己紹介と、こんにちは、さようなら、ありがとう、クソ野郎くらいしか喋《しゃべ》れないんだけど……

「徳山殿、大丈夫でござる。こちらはオランダ語の意味さえ分かれば、杉田殿でも話は通じますから」

「前野殿、手厳しいですな……」

俺がどうしようかと前野さんを見たら、大丈夫だと念押しされた。たしかにオランダ語の意味が分かるのなら、俺より医術に明るい杉田さんたちの方が和文に意訳するには適任だろう。

「安十郎、折角だからカピタンと話をしてみよう。西洋のことなど聞いてみたいことは色々あるからな」

「賢丸様がそう仰せならば」

こうして、前野さんたち三人は小通詞と共に医官のところへ向かい、俺と賢丸様は吉雄殿の通訳により、フェイト商館長と会談することになった。

『さあさあ、適当なイスに座って下さいな』

フェイト氏に招かれて入った部屋は、まさに異国という感じだった。家具や調度品などを見ても、言うなれば中世から近世のヨーロッパといった、クラシカルな雰囲気を感じる。

この時代では、これが流行の最先端のデザインなんだろうけどね。

そして壁には、長崎屋の入口にもあった赤・白・青のオランダ国旗……をベースにしたオランダ東インド会社の旗が掲げられていた。

国旗と何が違うかというと、真ん中の白地部分に入ったVの字の両辺にOとCが乗っかったようなロゴ。オランダ東インド会社――Vereenighde Oost Indische Compagnie の紋章である。

「ヴェレーニヒデ・オースト・インディヒエ・コンパニー……」

『……！！！　発音は少し違うようだが、ちゃんと読めているね』

ボソッと呟いた発音がフェイト氏の耳に入ったようで、目を見開いて驚いている。さすがオランダ人、目がデカいわ。

発音は適当だったけど、英語ならイースト・インディア・カンパニーってことだろう。読みが似ているからそこは理解出来るが、最初のヴェレーニヒデは完全にフィーリングで発音した。無論意味は知らない。

「吉雄殿、最初の単語はどういう意味なのでしょう」

「連合とか団結という意味ですね」

どういうことなのかとフェイト氏に尋ねると、元々各州の連合体であったオランダでは、個別に貿易会社を設立していたのだが、イギリス東インド会社が国王から独占を認められた特許会社として発足すると、これに対抗するために連合して一つの会社に統合されたのだとか。連合とはそういう意味であり、つまるところヴェレーニヒデとは、ユナイテッドみたいな意味なのかもしれない。

『ムチャクチャな学び方だな……よくそれで習得できたものだ』

席に座って会話を始めると、フェイト氏は俺たちがどうやってオランダ語を学んだのかに興味があるらしく、習得方法を聞いてきたので、蘭書から知っている単語のみで類推してきたことを正直に伝えると絶句していた。まあ……普通に考えたらムチャクチャもいいところだよな。

「そこまでしてどうしてオランダ語を学びたいのか。と聞いております」

「我が国は我が国で独自の文化を形成してきましたが、西洋に比べて劣っている部分も多く、オランダや西洋の知識を出来る限り習得したいのです」

『それを快く思わない者もいるのでは？』

「どうしてそうお考えで？」

『見ていれば分かります』

日本にいる間、彼らの行動は監視と制限の下にあった。交易を唯一認められた彼らも、バタヴィアから来た船が帰るまでの間を除く半年以上、ごく僅かの同胞と共に、長崎では出島の外に出ることを許されず、江戸に来れば長崎屋の中に缶詰めだ。海外の情報が伝わらないよう、この国の政府が情報統制を敷いている。彼らがそう考えるのも無理はない。

しかし他方、長崎では通詞を中心にオランダの学問を導入し、江戸に来れば知識人階級と思しき日本人が、彼らと交流を持とうとしているし、店の外では一般市民がオランダ人を一目見ようと、軒先に人だかりを作っている様を見れば、興味がないわけではないということもまた明らかだろう。

　お上は統制を求め、下々は自由を欲する。相反する二つの考えが同じ日本人の中に混在するのを見て、彼らがどう思うか。オランダは日本との交易量を増やしたいと聞いているから、俺たちのような存在は歓迎するところなのだろうが、反面、行きすぎて弾圧の対象になって、自分たちが唆したのでは？　と、疑われることを危惧《きぐ》しているのかもしれない。

「それについては心配無用。この安十郎は我がお祖父様の命で蘭語解読をしているのだからな」

「お祖父様……？」

「我が名は賢丸。田安中納言の七男じゃ」

「田安公の……」

　機を見て紹介するつもりだったのだが、賢丸様が吉宗公の話を出してしまったので、隠していても仕方ないと自ら名を明かし、ここだけの話として、フェイト氏との会話を続ける。

「我が祖父、吉宗公は洋書の禁を緩め、実用的な学問の導入を図った。言わば安十郎は公儀の命によって学を修めておる。何も問題は無い」

『それは、この国の政府の意向と考えてよろしいのか？　私たちとの交流を深める意思があると見てよろしいのか？』

「今はまだそこまでの域には達しておらぬが、いずれ海の外に目を向けねばならぬ日も来よう」

『良きお考えかと。この国を取り巻く外の状況は知っておいて損はありません』

　そう言うと、フェイト氏は紅茶を口にして一拍おくと、こう切り出した。

『西洋の各国は世界の至る所に艦隊を送り、新たな領土として切り拓《ひら》いております。近い将来、この国にもその波が押し寄せてまいりましょう』

「我が国に波が押し寄せてまいる……つまり、攻め込んでくる国があると？」

フェイト氏の言葉に賢丸様が反応する。

外の世界を実際に見ていない（ということになっている）俺の言葉では、どうしても推測の域を脱しないものであるが、それがカピタンの言葉となると、俄然《がぜん》現実味を帯びて聞こえるのかもしれない。

『私が懸念しているのは、この国の北に点在する島々のことです』

日本の北にある島……蝦夷地のことだろうか。

『このままではモスコヴィアに奪われますぞ』

「吉雄殿、モスコヴィアとは？」

「オランダの北東に位置する大国だそうです」

吉雄殿の言葉を待ってから、フェイト氏が広げたヨーロッパ地図の一点を指し示すと、そこにはＭｏｓｃｏｖｉａという国名が記されていた。

未来の世界地図に比べ正確性は劣るものの、見る限りそれはロシアのことであろう。スペルは全然違うが、この時代の西洋ではロシアをそう呼んでいるらしい。

字面から考えると、それはもしかしたらモスクワのことなのかもしれない。元々モスクワ大公国と呼ばれていた国だし、未だにその名残が残っていると考えればあり得る話だな。

『彼らは東へ東へと領土を拡張しています』

ロシアの主要な輸出品は動物の毛皮。これらを西欧諸国に売って収益としていたわけだが、乱獲により動物の数が減ってくると、毛皮を求めて次第に東へと進んできたらしい。

当然そこには現地の人が治める国やコミュニティがあったのだが、それを武力によって併合していった。そういえば、なんとかハン国とかが征服されたみたいな歴史があったな。コサックがそれに大きく貢献したとか。

こうして中央アジアの各国を支配しながらロシアが進んだ先は清国。さすがにこれと本気でぶつかるわけにもいかず、両国の国境線を確定する条約を結ぶと、それ以上南下出来なくなったロシアが選んだのは、さらに北東へと進む道であった。

それによってロシアのシベリア支配は進み、現時点でユーラシアの東端、そしてカムチャツカ半島までその勢力は及んでいるらしい。

「ロシア人が既に蝦夷地に足を踏み入れている可能性は？」

『既に彼らは海を越え、アメリカ側に足を踏み入れたとも聞きます。確証はありませんが、蝦夷地に来ている可能性は高いでしょう』

今から数十年前、ロシアのベーリングという冒険家が、カムチャツカ半島から出港し、シベリアとその先の大陸、つまりアメリカとは海峡を隔てて地続きではないことを発見したそうだ。

だからあそこは未来ではベーリング海、ベーリング海峡と呼ばれるのか。納得。

そう言われてみると、アメリカの拡大の歴史かなんかで、アラスカは元々ロシア領だったものをアメリカが買い取ったというのを学んだ記憶がある。つまりこのくらいの時代から、ロシア人がアラスカまで進出していたということなのだと思う。

……ってことは、こちらにその手が及んでくるのも時間の問題。というか、既に来ている可能性が高いか。アラスカよりこっちの方が近いしな。

ちなみに言うと、未来の認識では＝北海道というイメージが強い蝦夷地という名称だが、この時代は北海道本島のみならず、千島《ちしま》列島や樺太《からふと》を含めて蝦夷地であり、太平洋側と千島列島を東蝦夷、日本海側と樺太を西蝦夷と呼んでいるから、フェイト氏が言うロシア人の蝦夷地上陸というのが北海道本島のことであるかは不明だ。

「しかし、蝦夷地を管理する松前藩《まつまえ》からそのような報告は聞いたことがない」

そしてその蝦夷地は、松前藩が支配権、交易権を幕府から公認されて統治を担っている。公式ルートの話であれば、たしかに賢丸様の仰るように接触した形跡は無い。

『絶対にそうと言い切れますか？』

「それは……」

しかし、フェイト氏の言葉に明確に返すことが出来ないのは、確実に管理しきれているとは言い難いから。

支配権を認められているとはいえ、実際にこの国の領土として明確に収まっているのは、松前とその周辺くらいで、それ以外は実質アイヌが昔ながらの営みを続ける地であり、各地で運上屋《うんじょうや》を通じた交易で日本人が姿を見せることはあるものの、直接彼らを主権下で統治しているかと言われると、微妙な部分も多い。

それに、アイヌの人たち全員に、「お前、ロシア人と会ったことある？」なんて聞いたわけではなかろう。仮に調べていたとしても、アイヌの人たちだって馬鹿正直に言ったら何をされるか分からないから、「うん、会ったことあるよ」とは答えないだろうし。

『明確に主権を主張しなければ、危ないと思います』

フェイト氏の言葉は、そこに確たる主権国家が存在しなければ、易々とロシア人に征服されてしまうと言いたいのだろう。蝦夷地は確実にこの国の支配が及んでいるとは言い難い現状であり、モタモタしていれば北海道本島まで奪い取られると警告しているのだと思う。

『昨年の夏、シベリアからこの国に船がまいりました。その際、我々出島のオランダ商館に手紙が届きました』

……あれ？　それってもしかして。

「安十郎。もしかして、はんべんごろうのことでは？」

「おそらく」

『その通り。手紙を訳した者が名前を間違ったようでね、江戸にはファン・ベンゴロと伝わったみたいだが、正確にはモーリツ・フォン・ベニョヴスキーと言う男です』

フォンってのはドイツの貴族なんかに付く名前だよな。ドイツ人？　なんでシベリアから？

『おそらく経歴を偽っているのだとは思いますが』

……経歴詐称かい。こっちが相手のことをよく知らないからと、身分を高く見せようとしたのか。と言っても、日本人は西洋の身分形態なんて知らないんだから、何の意味も持たない行為だな。互いに互いのことを知らないと、そういう齟齬が発生するんだな。

「昨年からみた来年、つまり今年、ロシアが蝦夷地に攻めて来ると」

『そうですね。手紙ではそう警告しています』

「フェイト殿はそれが真か否か、どうお考えか」

『おそらくデタラメでしょう。既に要塞《ようさい》を築いているなど、内容があまりにも突飛すぎて信じるに値しない』

そうか。やはりガセネタだったか。

『しかし、絶対とは言い切れません』

攻めて来る可能性はないだろうと言うフェイト氏の言葉に、ひとまず安堵の表情を浮かべた俺と賢丸様だったが、続く言葉に再び色を失う。

曰く、ヨーロッパの国々は長い航海の末に見つけた新たな土地を次々と自分の領土とし続けている。仮に現地民の抵抗があれば武力で排除しようとも。

アフリカ、アメリカ、そしてアジア。そのアジアの中でも、最もヨーロッパから遠いであろうこの国にもそれは迫っているのだと。

『先程のお話でお分かりのとおり、この国から一番近いヨーロッパはモスコヴィアです。ベニョヴスキー然り、貴方たちが目にしていないだけで、他にも多くの船がこの国の近くまで来ていることでしょう』

……そう言われれば、元文の時代にロシア船が来ているのだ。それから数十年、一隻も来ないという可能性は低い。

『残念ながらこの国の偉い方は、出島だけを窓口とお考えのようだが、今一番警戒すべきは北、モスコヴィアでございますぞ』

長崎屋では色々な収穫があった。

まずは蘭書和訳。不明な部分について、オランダ商館の医師に話を聞くことが出来たおかげで、かなりの進捗《しんちょく》があったようだ。

これの多くは、漢方医学とは認識が異なる部分に関する事項や新事実が多く、どうやって和訳に落とし込むかはこれからの課題だが、その辺は意訳次第というところだろう。

おかげで杉田さんと中川さんはホクホク顔で帰って行ったのだが、前野さんだけは浮かない顔をしていた。

分からないことが理解出来るようになったのは僥倖《ぎょうこう》だが、この先不明点があってもオランダ人を通じなければ知ることが出来ないという事実に、やや落胆していたのだと思う。

何しろ蘭書の内容に関し、日本人で一番オランダ語を知っているはずの吉雄殿ですら、ほとんどの疑問に明確な解を出すことが出来なかったのだ。

会話という点では彼ら通詞が一枚も二枚も上手であろうが、和訳、こと医学書のそれに関して言えば、俺たちチーム解体新書の語彙力は彼らを凌《しの》いでいるということにほかならない。

他人を当てにすることの出来ない課題ではあったが、それでもオランダ通詞なら知っていることがあるだろうと思っていたものが、フタを開けてみれば俺たちの方が読み解けると分かったんだ。もう誰にも頼ることが出来ないと改めて感じたのだと思う。

そして俺と賢丸様はというと、フェイト氏から海の向こうの動きをこれでもかと教示された。大航海時代から続く拡張の歴史。その波がこの日本にも、確実に押し寄せようとしている。それは以前、俺が田安邸で話した内容をさらに具体的に示したものであった。

俺が話した内容は未来の知識で知る事実に沿ったものだったが、安十郎としての俺の口から言う以上、推論だとしか言えなかった。だが、外の世界を知るフェイト氏の口からそれを聞けば、賢丸様もそれが容易ならざる事実なのだと認めざるを得ないようだ。


「安十郎」

「何でございましょう」

「カピタンの話、真であろうか」

フェイト氏はしきりにロシアの脅威を唱えていた。アフリカを回ることなくアジアへ到達できるヨーロッパで唯一の国であり、かつ、日本人が半ば当たり前に考えていた、「西洋人は南から海を渡ってやって来る」という常識を、全く真逆の方向から否定する国だ。

これまで海外との関わりは南や西にばかり目を向け、北方はおざなりどころか、なおざりと言ってもいいであろう状況でロシアが来ればどうなるか。フェイト氏の言いたいことはその一点に集約されていた。

「カピタンの言を借りれば、どうにもロシアとは粗暴な国のように思える。これまでも現地の者を征服して領土を拡大しているのであろう」

賢丸様の懸念はもっともである。これまで侵略を続けていた国が、この国に対してだけ態度を翻して仲良くしましょうと言ってくる画《え》は浮かびにくい。

「その点についてはカピタン殿の言に賛同する部分もございますが、半分は本当で半分は誇張であるかと思います」

「何故そう思う」

「彼らは幕臣でも、ましてやこの国の民でもございません。彼らの本質は、あくまで己のために利を求める商人にございます」

カピタンは賢者でも聖人君子でもない、世界の中では数多くいる船乗り商人の一人に過ぎない。出島だって、言ってみればオランダ東インド会社の一支店である。

そこの長というのなら、未来で言えば支店長、本社待遇でも係長か課長くらいの役職ではないかと思う。オランダの中では決して高い身分ではない一市民だろう。

それでもこの国の誰よりも西洋の事情に明るいから、知識人のようなイメージはあるが、彼らもそこまでロシアのことに精通しているわけではないはず。その助言にはこの国のことを思う気持ちのほかに、それがオランダ、自分たちにどういう影響を与えるか加味された言葉だと、多少割引いて考えるべきだ。

日本との貿易は、オランダ東インド会社の中でそれほどシェアの大きいものではなかったと聞いたことがある。それでも彼らがこの国と貿易を続けるのは、対日貿易は彼らが独占しており、継続することが得策だと考えていたからだと思う。

そして今、貿易のテコ入れを行おうとする老中田沼意次が現れ、多少明るい兆しが見えてきたところにロシアが現れるとなると、オランダにとっては危機感を抱かざるを得ないはず。

バタヴィアから長崎、シベリアから北海道では航海する距離が違う。しかもロシア側が望む物は金銀財宝よりも食料や日用品など、シベリアで調達しにくい物品である可能性が高い。北方での貿易が活発化すれば、オランダにとって死活問題と言える。

だからロシアは危ない、我々は安全だと強調し、近づかないように釘《くぎ》を刺す思惑もあったのではないかと思う。

「つまりカピタンは、己の利権を守るためにロシアの脅威を誇張したと？」

「そう思います。もっとも、その根底にはロシアが油断ならない相手であるという事実があって、その上での警告であると思いますので、無下には出来ません」

半分はフェイト氏の誇張であるにしても、火の無いところに……というやつだ。彼は商人であるからこそ、己の利益を第一に優先するが、一方で取引相手である日本人に対して少なからぬ友《ゆう》誼《ぎ》を感じており、少し厳しい言い方でないと我らが話を聞かないだろうと思っての発言だったのだと思う。

たしかにロシアが虎視眈々《こしたんたん》とアジア進出を企んでいたのは、後の歴史が証明している。不凍港を求めて南下政策を推し進めると共に、アジアから太平洋側に直接出ようともしていた。

それを警戒した米英が日本を焚《た》き付けてロシアとガチバトルさせたわけだし、その前段であった樺太千島交換条約というのも、千島列島を日本領とすることで、ロシアが太平洋に容易に出られない環境を作るというイギリスの思惑があったらしいし。

「ロシアと付き合うにしろ、対峙《たいじ》するにしろ、蝦夷地の支配権をもっと明確にすべきであるという点でフェイト氏の言葉に賛同します」

「蝦夷地か……」

長崎は既に仕組みが出来ており、これ以上の統制を強いずとも、オランダが無体な真似をするとは思えないし、イギリスもそう簡単に侵入は出来ないだろう。となれば今、目を向けるは北方。それは間違いないだろうな。

「しかし、松前が何と言うかのう」

「フェイト氏の言葉を聞くに、ロシア人が蝦夷地に足を踏み入れている可能性は十分にありますから、御公儀の手で調べを進める必要があるかと。それでもし、アイヌがロシアと接触しているのを知りながら、松前が偽りを申しているようであれば……」

「領地を召し上げるか……安十郎にしては随分と過激な発言だな。お前はもう少しやんわりと事を進めるかと思ったが」

「松前の報告が嘘偽り無ければ問題ない話でしょう」

……とは言うが、フェイト氏の言葉を聞くに、今の時点で限りなく黒に近いグレーだろうなとは思っている。

世界は広い。我々はそれに対するにあまりにも知識も経験も無く、備えも薄い。まずは出来るところから確実に潰していくしかないだろう。

「相分かった。今の話、屋敷に戻って父上や兄上にも報告せねば」

「それは私も一緒……にでしょうか？」

「お主がおらねば始まらんだろ」

「ですよねー」

……今日も田安邸に缶詰めだなこりゃ。


「いやしかし、知らぬことを見聞するというのはためになるの」

「そうですね。ただ、私が今日一番驚いたのは……」

商館長《カピタン》アレント・ウィレム・フェイト、御年27歳だということだ……

「たしかに……」

「あの貫禄で三十手前なんて詐欺ですよ」

うん、世界は広いね。

第６話　体を解く新しき書

長崎屋でカピタンと面会して二月ほどが経ち、そのときの話はいつの間にか知識人階級に広まっていた。……と言っても、蘭語和訳のほうね。ロシアの話はトップシークレットなので。

なんでかと言えば、オランダ通詞の第一人者として知られる吉雄殿が、チーム解体新書の訳文の精緻さを見て「たまげた」から。それが人伝《ひとづて》に伝わったようだ。

前野さんに言わせれば、まだまだ粗すぎて恥ずかしい限りとのことだが、世間から見れば、吉雄殿の感想が正確な評価であり、それを聞いた方々が次々に読み分け会に参加し始め、今ではかなりの大人数となったのである。

「で、お主はもうお役御免と？」

「そうではございませんが、偶に顔を出せば十分でしょう」

既に図解の訳文は完了し、本論も大筋は読み通せるレベルにはなった。この先はそれをどうやって日本語に落とし込むかという作業が中心になるから、そうなると基礎的な医学知識に乏しい俺の出番は少ない。

とはいえ、前野さんが訳文の校正は繰り返したいらしく、俺が全く顔を出さないとそれはそれで困ると杉田さんに泣き付かれたので、頃合いを見て顔を出している。

実を言うとそちらに注力出来ない理由が他にもあるんだ……

「何か言ったか？」

「いいえ、で、今日はどのあたりをご希望で？」

「両国橋を渡り、向こうの町へ行ってみたいの」

「賢七郎《けんしちろう》殿、では本日は本所あたりを巡りましょうか」

「よろしく頼む」

……その理由がこの安田《やすだ》賢七郎殿、もとい賢丸様。

長崎屋にお忍びで行ったのが大層面白かったらしく、市井の暮らしを見るのも為政者の務めだと言って、あれ以来度々お忍びで市中を出歩いていた。

……当然、俺はそのお付きである。

ってか、お忍びで出歩くってホントにあるんだな。まあこの人はかの暴れん坊将軍の孫だ。祖父《吉宗》さんも藩主になる前はお忍びで紀州の城下に出ていたらしいし、血は争えないというところか。

どこかの当主になってからは難しいだろうから、今だけの特権だ。吉宗公も将軍になってからはさすがに出歩いていないだろうし。

「では、今日は両国橋から本所に参りましょう」

「おお、そなたの家の方だな」

――本所

「このあたりは何という町じゃ」

「松坂町《まつざかちょう》にございます」

「どこかで聞いたような……」

「あれです。赤穂浪士《あこうろうし》の……」

それを聞いて賢丸様がそうかと頷いた。

そうです。赤穂浪士が討ち入りした吉良《きら》邸があったところですね。

この時代では、話を室町《むろまち》時代のこととして、吉良上野介《こうずけのすけ》を高師直《こうのもろなお》、浅野《あさの》内匠頭《たくみのかみ》を塩冶《えんや》判官《はんがん》、大《おお》石内蔵助《いしくらのすけ》が大星由良助《おおぼしゆらのすけ》と名を変え、『仮名手本忠臣蔵《かなでほんちゅうしんぐら》』という題目で歌舞伎が上演されているわけだが、元ネタが分からないはずもなく、本所松坂町と言えば、『ああ、討ち入りね』となるわけだ。

「こちら側に来たのは初めてだが、民が生き生きとしておるな」

「大火の被害もありませんからね」


「ちょっと返してよ！　それはおっ母に渡してくれって言われてんだよ！」

「うるせー！　お前みたいな貧乏人には贅沢《ぜいたく》なんだよ！」

松坂町を抜け、東西に流れる竪川《たてかわ》に架かる三ツ目《みめ》橋を南へ。街の様子を見ながら賢丸様にあれこれと案内し、菊川町《きくかわちょう》の一帯に差し掛かった頃、路地裏の方で女の子の叫ぶ声がした。聞こえるに何やら揉《も》めているような気配だ。

「安十郎、こんな真っ昼間から追い剝《は》ぎか何かか？」

「あまり首を突っ込まない方が……」

江戸の町はこの時代にしては比較的治安が良い方ではあるが、それでも未来人の感覚でいたら、速攻で身ぐるみ剝がされるくらいには危ないところも多い。特にああいう表通りから一歩内へ入ったようなところはね。

どこで巻き込まれるか分からないから自重して欲しいところだが、賢丸様はどうにも気になるようだ。お付きの方に目配せすると、いざとなったらどうにかしますよといった感じで頷いたので、俺の後ろに付いてくるように言って声のする方に向かってみた。


「返してよ！」

「へへーん、取れるもんなら取ってみな」

そこでは種姫様よりもう少し幼いくらいの一人の町娘の周りを、これまた俺たちより少し年下くらいかと思うクソガキが取り囲んでからかっていた。

ガキどもは少女から奪ったと思われる包みを、彼女の手の届かない位置で人から人へと次々に回し、それを奪い返したい少女が右往左往している。

「武士の風上にも置けぬ……」

賢丸様の口元がグッとへの字になる。それはそうだろう、ガキどもはどう見ても武士拵《ごしら》えをしている。旗本か御家人か、はたまたどこかの藩の者かは分からぬが、確実に武士の子供ということだ。

「おうおう、侍の子供が白昼堂々追い剝ぎとは、世も末だな」

「なんだ貴様らは！」

「寄って集《たか》って幼子を苛《いじ》め、あまつさえ持ち物を奪い取るとは、盗人《ぬすっと》と呼ばれてもおかしくなかろう」

俺が啖呵《たんか》を切ったところに賢丸様が更に煽りに入ると、ガキどもは侮辱されたと思ったのか、ワナワナと震えてこちらを睨《にら》み付ける。

……だけど、事実だからしゃーないわ。

「どこの家中の者か知らぬが、見たところどこぞの三一《さんぴん》の倅《せがれ》であろう。邪魔だていたすと容赦せぬぞ！」

群れの中の頭と思われるガキがそう吠《ほ》えた。

何でそいつが頭と分かったか？　着ているものが他の奴より上質そうに見えるから、そこそこの身分の家の子供なのかなと思ったまで。さらに言えば、こちらを三一呼ばわりというのは身分を笠《かさ》に着ているということだろう。

たしかに今日の俺と賢丸様は目立たぬよう地味な格好ではある。だが、分かる者が見たらとても丁寧に作られた地味な服である。それが分からないのはまだ彼が坊やだからだろう。

「ほほう……どこの家の子か知らぬが、貧しき幼子から物を奪うが是と、それが貴殿の家の家訓か？　是非ともお伺いしたいな、どこの家だ？」

「なっ……このような貧乏人が贅沢品を持っておるのがけしからんと取り上げたまで。余計なことを申すな！」


「それを世間様では泥棒って言うんだよ」


クソガキたちと対峙していたところへ響く低音ボイス。見れば通りの奥から人相の悪い……というか、明らかに漆黒のオーラを身にまとった侍がこちらに向かってきた。

あ……やべえ人に見つかったぞ、こりゃ。

「何だ貴様は！」

「……!!　若、マズイです」

若と呼ばれたボンボンはいきり立っていたが、相手が誰なのか気付いた取り巻きが慌てるように耳打ちした。すると若様、途端に顔を青くした。……だろうな、下手したら死ぬぞ。

「ほう……その様子なら俺が誰だか分かったみてえだな。で、どうやって落とし前付けんのお前《めえ》ら」

男がゆっくりと近づいてくると、ガキどもはガタガタ震えている。見た感じはそれなりに身なりを整えた武家の格好だが、雰囲気がインテリヤクザのそれなんだよな。自分にそれが降りかかったら間違いなく漏らすね。

「お前らがどこの者《もん》か知らねえが、喧嘩は相手を見てからのほうがいいぜ。そっちの若いのは、今巷《ちまた》で評判の本所の麒麟児様だぜ」

……あー、俺のこと知ってる。そりゃ知ってるか、俺も向こうを知ってるし、なんなら顔見知りだし。

だけど人に麒麟児とか言われんの恥ずかしいわ。

「だから何だと言うのだ。俺は……」

「おっと、家名は言わぬが花だ。本所の麒麟児と言やあ、田安中納言様のお気に入りだぜ。そんな奴に怪我でもさせたら……な？」

なんかヤクザが優～しく諭すと言うか脅すと言うか、とにかくそんな感じで話をすると、彼らもようやく自分たちがヤバい状況に陥っていることに気付いたようで、さらに顔を青くしている。

「とにかく、その子から取り上げた物《もん》をさっさと返して……消え失《う》せろ！」

おー怖い怖い。もう妻子もいるというのに、本所の鉄《てつ》は相変わらずの暴れっぷりでございますこと……

◆◆　地名解説　◆◆
松坂町…現在のＪＲ両国駅の南側あたり。由来は近隣に松の木に縁がある町名が多かったとか、松平氏にちなんだとか、新興住宅地の本所にめでたい町名を付けたかったなど諸説あり。

竪川…隅田川と横十間川《よこじつけんがわ》を東西に結ぶ運河。現在は首都高小松川《こまつがわ》線が真上を走る。

菊川町…都営新宿線菊川駅のあたり。かつて町の近くを流れていた川が「菊川」と呼ばれていたことからその名が付いたとか。


「怪我は無いかい？」

「あ、ありがとう……」

クソガキどもを追い払うと、賢丸様が奪われた包みを拾って少女に手渡した。

「大切な物だったんだろ」

「うん、おっ母に食べさせてあげなさいって」

「食べ物か。乱暴に扱われていたが大丈夫か」

「割れたり崩れたりするような物じゃないから」

そう言うと少女は、包みを広げて中を見せてくれた。

「お武家様は知ってる？　これ、干し芋って言って、最近作られた新しい食べ物なんだって」

……あのガキどもは干し芋が珍しくて奪い取ろうとしたのか？

たしかに十三里なんかと並行して、甘藷周知のために干し芋作りも始めたが、なにしろ始めたばかりで流通量はそう多くない。考案者としては庶民の食べ物として広めるつもりなのだが、現時点では贅沢品という扱いも分からなくはないか……

「お嬢ちゃんに怪我がなくて何よりだ」

すっかりと威圧する雰囲気は消え、人懐っこそうな笑顔になった男がこちらに声をかけてきた。

「助太刀感謝します。鋳三郎《てつさぶろう》殿」

「おうおう、まだその名前で呼ぶんかい」

「お父上と混同しますから」

そういうと武士らしからぬケラケラとした笑い声で、男が「違《ちげ》えねえ」と返すのを見て、賢丸様が俺に知り合いかと聞いてきた。

「火付盗賊改方頭《ひつけとうぞくあらためかたかしら》、長谷川《はせがわ》殿のご嫡男です」

「父と同じく平蔵《へいぞう》と名乗っておる」

「どちらも平蔵殿か、それは混乱するな」


長谷川平蔵宣以《のぶため》殿。四百石取りの旗本の嫡男で、父の平蔵宣雄《のぶお》殿は現在火付盗賊改方頭を務めており、目黒大円寺に火を放ち、大火の原因を作った長五郎《ちょうごろう》という無宿者をつい先日捕えて、大手柄を挙げられた方だ。この長五郎という男はかつて大円寺で僧籍にあったが、素行がよろしくなかったのか破門されたらしく、それを恨みに思って仕返しのため寺に盗みに入り、ついでに火を付けたようだ。長谷川殿はその過去のいざこざから、長五郎が犯人ではないかとその行方を追いかけていたらしい。

で、その偉大な父の息子である平蔵の方はと言うと、お世辞にも素行は宜《よろ》しくなく、若いころから放蕩三昧《ほうとうざんまい》で「本所の銕」なんて二つ名を付けられた無頼漢である。

何年か前に将軍に御目見《おめみえ》して、長谷川家の家督相続人になり、昨年には嫡男も授かった妻子持ちなのだが、未だに遊び歩いているようで評判は良くないんだけど、腕っぷしだけは滅法強く、破落戸《ならずもの》がその名を聞けば裸足《はだし》で逃げるといった寸法なので、手が付けられないといったところである。

……長谷川平蔵と言ったらあれよな、「鬼平《おにへい》」だよな。親子揃って平蔵だから、モデルは父君の方だと思いたいのだが、たしか鬼平の諱《いみな》は宣以《のぶため》だったから、こっちの平蔵さんが御本人様だろうな。

あの話では松平定信が筆頭老中で出ていたから、年齢的に父君では年を取りすぎている。となると、この人も後に火盗改《かとうあらため》に就くのだろう。

おそらく若かりし頃の経験が鬼平としての観察眼、推理力の源なんだろうけど、実際にこの人を目の当たりにしてそのナリを見ると、鬼平のイメージダウンもいいところなんだよな。勝手なイメージをこっちが持っていただけなんだけど、思ってたんと違うみたいな感じだ。

「麒麟児、共連れで遊びにでも行くのか？」

「一緒にしないでください」

「かーっ、相変わらず小生意気なガキだね。何だったら御指南してやるぞ」

ほらね。これ見よがしに、指で作った輪っかに向けて人差し指を出し入れしちゃって下品なこと……

「安十郎、何の話だ？」

「賢七郎殿は知らなくていい世界です」

この人はすぐこれだ。どうせ今日もこの人は吉原に行く気なのだろう。昔っから俺をそっち方面には疎い初心《うぶ》な子供とからかってくるが、一応知識も経験もあるのです。

前世での体験だけど……

「っと、こんなところで油を売ってる場合じゃねえ。じゃあな若様、本所が生んだ天才少年を是非とも御贔屓《ごひいき》にってな」

さすがに俺をからかうのも飽きてきたのか、平蔵殿は行くところがあるからと言ってヒラヒラと手を振って去っていった。

「あやつ、私の正体を……」

「そういうところの観察力はあるんですよね」

脅し文句に中納言様の名前を出したこと、そして若様と言ったことを思えば、間違いなく賢丸様が田安の若君だと認識していたのだろう。ディープな世界に通じているとそういう嗅覚《きゅうかく》が運命を左右することもあるのだろう。

「ああいう旗本御家人は多いのか？」

「少なくはありません。ただ、平蔵殿は別格というか……」

「別格か。方向は違えど、お主と同じく別格か」

「一緒にしないでください」

たしかに考えとか行動とかが武士とはこうあるべきと皆が考える概念から外れているという意味では同じだけど、俺は吉原には行かないぞ。

「あ、あの……もう帰ってもいいですか？」

「おおすまない。ほったらかしにしてしまったな」

男たちの話が何のことか理解できないまま、そこに取り残された少女が恐る恐る俺たちに聞いてきた。

「安十郎、家まで送ってやろう」

「そんな、そこまでしてくれなくても……」

「いや、そのほうがいい。一人になってまたさっきの連中に出くわしてはいけない」

そう言われれば、少女も先ほどの出来事が怖くなかったわけはないので、遠慮がちではあるが、俺たちの言葉に従って一緒に家に向かうのであった。


「のう、安十郎」

「何でございますか」

街で助けた綾《あや》という少女を家に送った帰り、賢丸様が神妙な面持ちで俺に声をかけてきた。

「私は恵まれた家に生まれたのだな」

「それを言うなら私もです」

綾は生まれて間もなく父を亡くし、母一人子一人の暮らしであった。そして彼女を守り養うべき母もまた、先日の大火で大怪我を負い、今は床に臥《ふ》せる時間が長いらしい。

それでも勤めていた店の主人が人格者なのか、暇を出されることなく怪我が癒《い》えたら戻っておいでと籍を残し、幼い綾のことも時々面倒を見てくれているとか。干し芋もその主人にもらった物らしい。

「決して楽な暮らしではなさそうだった」

「それでも、店の主人が目をかけてくれているだけマシです。二親を失い、孤児となって街を徘《はい》徊《かい》する子供も少なくありません」

「国を治めるというのは、ああいう民草のこともよくよく考えて為さねばならぬと思い知ったわ」

「お忍びで街に出た甲斐《かい》がありましたな」

机上の学習だけではどうしても見えないものはある。大所高所から見下ろしたとき、地上がどうなっているかを全て知ることは出来ないだろう。

「基本的にそういうのは家臣に任せればよろしいですが、その言が真か否か、上に立つ者がよくよく目を凝らして見つめなければなりません」

「そういう意味では、あの平蔵とか申す者も耳目として役に立ちそうだな」

「使いどころ次第ですね」

遊び惚《ほう》けているようで、その筋に知り合いが多いというのは、街の様子を知る役には立つだろうな。本質は劇薬だから、俺はあんまり関わりたくないけど……

しかし、俺の知る松平定信とはえらい違いだ。何だか歴史を歪《ゆが》めてしまったような気がするな……


「ときに話は変わるが……あの母娘《おやこ》、我らで引き取ることは出来ぬものか」

賢丸様が突然そんなことを言い出した。実際にその目で貧民の暮らしを目の当たりにして、情が湧いたのだろうか。

結論から言えば、引き取ることは出来る。だけど為政者という観点から見れば、彼女たちだけを引き取ったところで何の解決にもならない。所詮《しょせん》自己満足のための情けでしかない。

「お主は冷たいの」

「私から言わせれば、賢丸様の変わりようの方が驚きです」

「分かってはいる。だが、あの娘は何だか捨て置けぬように思えてのう」

もしかして、賢丸様ってば……幼女好き《ロリコン》？

「そういうご趣味で？」

「違うわ！　種を相手に鼻の下を伸ばしておるお主と一緒にするな」

「私がいつ伸ばしましたか！」

「いいのか？　父上に知られても……」

「ひ……卑怯《ひきょう》なり！」

「で、どうにか成るや否や？」

「ああもう……私がどうにかいたしますよ」

「そうか、それは重畳」

ったく、こんなところで借りを返す羽目になるとは……まあ仕方ない。俺も打ち首は御免被るからな。

しかし、引き取ると言ってもどうしたものか。徳山の家でどうにかなるかな……


「この膏薬を毎日付けておれば、痛みも引くでしょう」

あれから数日後、杉田さんに綾の母親の治療をお願いした。

オランダ語はサッパリだけど、医術に関してはかなりの腕前のようで、杉田さん曰く薬をちゃんと使えば快癒するとのことだ。

「お武家様、治療代を返すあてが……」

「心配要らぬ。怪我が癒えた後は当家に住み込みで女中をしてもらう」

母娘の身の安全を図るという重大ミッション（？）を与えられた俺は、とりあえず父上に相談した。そうしたら、母娘住み込みでウチで奉公したらいいと快諾してもらえたのだ。

これが素性の分からぬ町人であれば、絶対に許可しないだろうが、賢丸様絡みのためか、父上にも何らかの打算があるのだろう。

　ともあれ、身の振り方が決まったところで、母親が勤めていたという店の主人に引き取ることを申し出ると、こちらも快諾であった。

　その店は江戸でも有数の菓舗であり、主人の菓子作りの知識は相当なものであったから、この先甘藷や卵を使った菓子作りで協力出来ることがありそうなので、思わぬ収穫であったことは付け加えておこう。

「私もお仕事するの？」

「そうだね。最初は仕事のやり方を学んで、もう少し大きくなったら、お母さんの手伝いをして働いてもらうよ」

「うん、がんばる！」

　詳しい事情が分かっているかは怪しいけど、自分たちの住む家と母の仕事が保証されたことは分かっているようで、綾も嬉《うれ》しそうな顔をしている。

　……賢丸様、こんなところでイイっすか？


「杉田殿、世話をかけました」

「なに、徳山殿には世話になりっぱなしですから、お役に立てれば何よりです。それに、こちらもご相談がありますので」

「何でしょうか？」

　診療所がある日本橋まで送ると、何やら蘭書和訳のことで相談があるとのことで、杉田さんに引き止められた。

「実は……そろそろタブラエ・アナトミカの訳本を刊行する準備に入りたいのですが」

「いよいよですか」

「ただ、前野殿が……」

「あ……相変わらずなのですね」

蘭語和訳の目的は、多くの人にオランダ医学を知ってもらうためである。

つまりゴールはその成果である訳本の刊行なわけだが、前野さんがあまりいい顔をしていない。

「職人肌と言いますか、訳文にまだ納得されておらぬようで、私から見れば大筋が理解できるところまで訳せているのだから十分と思うのですが……」

中にはどうしても訳しきれない単語もあり、「〇〇はオランダ語で××と読む。訳文は後世に託す」とぶん投げる形にしたものもあるが、そこは通詞ですら分からなかったのだから仕方ないと思う。

……というわけで、杉田さんは度々刊行の話をしているのだが、前野さんは納得出来るまで訳してから刊行すべきと言って譲らない。

「実は、知り合いの絵師に図解を描いてもらう手はずも整えておりまして」

「これはまた仕掛けの早いことで」

「以前にも申しましたが、私は多病で年も若くない。前野殿が納得出来ないのは重々承知してますが、早く世に出すべきかと。そこで、徳山殿の存念をお伺いしたく」

訳の拙さに目を瞑《つぶ》っても、まずはその知識を広めたい杉田さん。医学という人の命に関わる学びであればこそ、間違った訳は出せないと考える前野さん。どちらの言い分も筋は通っているが、この二つは相容《あいい》れない考えなのも事実。

……どちらかに肩入れってのは難しいな。

「とりあえず私も交えて前野さんともう一度話をしましょう」

「この訳ではまだ出せませぬ」

次の読み分け会の冒頭、前野さんに刊行の話をすると、相変わらずの反応であった。

「これではまだ不十分です」

「しかし枝葉末節に拘《こだわ》り、多くの病に苦しむ者が救える機会を失うのは惜しい」

「逆に中途半端な出来で世に出して、間違いがあればいかがなされる」

「まあまあ、どちらの言い分も正しくござる」

言い合いが熱を帯びてくるのを見て、俺が一旦間に入り執り成しをすることにした。

「前野殿が仰ることはもっとも。精緻な訳文を作りたいのは訳者として当然」

「徳山殿！」

「まあまあ杉田殿。一刻も早く世に出して、医学の発展に寄与したいと願う貴殿の想いも分かります」

「貴殿は一体どちらの味方なのだ」

どちらの言い分も分かる。だからこそ俺としては落とし所を作りたい。

「訳はもう少し細かく読み解きたい。しかし、徒《いたずら》に長引かせるのも愚策。よって期限を決めましょう」

「期限？」

「それを明言するのです」

そう。何時までにこの本を刊行すると公にし、それを周囲の耳目に晒せば、無駄な長引かせは出来ない。

「本編の刊行前に世間の反応を確かめましょう」

図解とその解説は既に完了しているので、本編を出版する前にそこだけを先に世に出して、我々はこういうことをやっているんだよと知らしめるのだ。

蘭学に対する忌避感、期待感がどれくらいあるかという世間の反応を確かめるための、言わばベータ版とでも言うべき代物だ。

「刊行は年明け。そこに本編を翌年には出版すると明記するのです」

ベータ版の刊行がおよそ半年後。そこに翌年に刊行すると明記すれば、現時点から見ておよそ一年半から二年は時間が取れる計算になる。最悪翌年の年末でも翌年は翌年なので、最大で二年半。今の前野さんの語学力なら、納得出来る訳文を構築するには十分な時間のはずだ。というか、納得してもらおう。

「困りましたな……」

「何も困ることはございません。今やこの国でここに居る者以上に蘭語和訳に通じた者はおらぬのですから、初見ではどこが間違いかすら分かりませんよ。それに、どうせ文句を言う輩《やから》は内容の正誤ではなく、蘭学に対して文句を言いたいだけでしょうし」

「徳山殿らしからぬ発言ですな」

いいのです。刊行の遅い早いにかかわらず、そうなるであろう未来が来ることは間違いないし、そうならないように手を打つ段取りも進めているから。

そんなことよりも前野さんには先んじて次のステージに進んでもらわないといけない。細かいことは、この和訳書に感化されて蘭学を志した者たちが後々校正していけばいいのだ。

「医学書に限らず、読み解きたい蘭書は山ほどあります。第一人者である前野殿にはそれらを和訳していただき、次に続く者たちの道標《みちしるべ》になってもらいたい」

「……そう仰られると面映《おもはゆ》いが、徳山殿に言われると、何だかその気になってしまうな」

そうそう、前野さんには蘭書以外にも学んでもらいたいことがあるのよ。今はまだ構想段階なので口には出来ないけどね。


「それで、書名はなんといたしますか？」

「それについては杉田殿から」

「本編は解体新書と名付け、先行する図版は解体約図はいかがでしょう」

「ほう……」

話が上手く進んだようでホッとしている。というのも、これは杉田さんと事前に打ち合わせをした茶番だから。

杉田さんは元々刊行の話を再度するつもりであった。が、彼が言っても前野さんは首を縦には振らないだろうから、結局堂々巡りになる。そこで俺が一枚嚙むことにしたわけだ。

絵師の手配から解体新書という書名まで、全ては杉田さんの構想どおりである。

「体を解く新しき書か……杉田殿の語彙を選ぶ感覚はやはり優れておりますな」

「そう言っていただければ有難い限り」

「では、その書名に負けぬよう、訳文も今以上に力を入れねば。何しろ締め切りを定められてしまいましたからな」

こうして、無事に刊行への道筋が開くこととなった。

——一年後

昨年の十一月、元号が明和から安永《あんえい》に変わり、今年は安永二（1773）年。

年の初めに刊行された「解体約図」は、大きな反響をもって受け入れられ、そこに記された本編「解体新書」への期待は俄然盛り上がりを見せていた。

我ら和訳チームも新たな面々を加えた大所帯で、期待に応えるべく精緻な訳文作りに余念のない日々を過ごしている。

そして、めでたい報告が一つ。田安家の因子様が無事男子をご出産あそばされた。三代目の誕生に宗武公も治察様もたいそうお喜びであった。

しかし、生まれてくる命もあれば、散りゆく命もまた存在する……

「面を上げよ」

「藤枝教行《ふじえだのりなり》にございます。此度《こたび》は御目見の栄誉を賜り、上様には篤く御礼申し上げます」

「大儀である。教行、大納言も期待しておると聞く。しかと励めよ」

「ははっ」

徳山安十郎はこの年の初めに、四千石の旗本藤枝家に養子入りし、教行と名を改めることになったのであります。

〈第2章　実録！　蘭学事始・完〉

【他者視点】新たな時代の兆し（徳川宗武）

「賢丸、いかがであるか」

「父上のお眼鏡に叶《かの》うたなら間違いはございますまい」

「励めよ」

「御意」

我が名は徳川宗武。八代将軍吉宗の次子であり、分家田安家の当主である。

……とは申せ、要は将軍の系譜に万が一があったときの後継候補というだけで、政には口を出すことも出来ぬ部屋住にしか過ぎない。

それでも若い頃は、学問に武芸にと精進したものだ。

なにしろ兄が……あの体たらくだからな。身体も弱く、言葉も不明瞭、贔屓目に見ても、とても将軍の器に非《あら》ずと思った余の考えは間違いではなかったと今でも思っている。故にいつ声がかかっても良いように励んでいたし、そんな余を見て後継に推す家臣たちも少なくなかった。

だが……父上は兄を後継とした。それはかつて家光公と駿河《するが》大納言との確執により、国を二分するかもしれぬ騒ぎとなった過去の教訓を元に、将軍として国の安泰を第一に、長幼の序を守るという判断によるものだ。

結果的にそれは間違いではなかった。将軍が凡愚であろうと、それを家臣たちがしっかりと支えていれば、公儀の屋台骨が崩れるはずもなく、ただ一人、それに異を唱え騒ぎ立てた余が父や兄の不興を買うだけであった。

それでも……自分が将軍として政を成しておれば、もう少し国を豊かに出来たのではという思いは消えない。分かっておる、とうに潰《つい》えた夢でしかないことは……

兄の跡を継ぎ十代将軍となった甥《おい》の家治、そしてその子である大納言家基と、将軍家の系譜は今のところ安泰。翻って我が田安家は生まれた息子を次々と亡くし、ようやく成長した治察は病弱、辰丸はちと思慮が足りずで少し先が見えぬと悩んでいたものだ。

そして末の息子の賢丸。利発ではあるが、やはり身体が弱く何度も生死の境を彷徨《さまよ》う有り様に、過去の行いに対して罰が当たったのかとも思ったわ。


「まずは食事から改めてはいかがかと。玄米食がよろしゅうございます」

そんなときに父に取り立ててもらった学者の青木昆陽先生から、面白き童がいると聞かされた。聞けば賢丸と同い年だというのに、昆陽先生から様々な学を教示され、先生ですら困難を極めた蘭語にも挑んでいるとか。

その名は徳山安十郎。父の小姓であった甲斐守の末子であり、自慢の息子だとも伝え聞いた。徳山の家も後継はしかと育っていたはずだから、その安十郎とやらを賢丸の側仕えにでもと召し出したところ、思いがけず我が家の食卓が様変わりすることとなった。

おかげで治察も賢丸も病がちであった身体が丈夫になり、年を取って気力の衰えを感じ始めた余まで何だか健康になった気がする。まだ子を生すことも出来るくらいの自信がついたくらいには、な。

賢丸とも話が合うようで、床に臥せりがちで気鬱《きうつ》だった息子も次第に明るくなったし、甘藷栽培で儲け話まで持ち込みおって、まこと良き人材を登用出来たと思っている。

ただ、一点気がかりなのは、娘の種が安十郎にべったり寄り添っておることだ。

賢丸たちが甘藷栽培の様子を視察すると下総に向かうときも、一緒に行くと駄々を捏《こ》ねおって……。

兄の言うことをよく聞くのだぞと言い含め、もちろんですと申しておったが、種が申す兄が安十郎のことだと分からぬほど耄碌《もうろく》はしておらんぞ。

何故分かったかだと？　分からぬほうがおかしかろう。下総から帰って後、種が安十郎を手放すなと進言してきたことを見れば明らかではないか。余はそれに対して、どこかの旗本に養子入りさせると答えたが、あの娘は自分が縁付いて繋《つな》ぎとめる腹積もりであろう。

気持ちは分かるがな。実の兄たちと交流することもままならず、安十郎を頼りにしていた節が多かったからな。

しかし……大火の折、「今日も、お側にいてもらいたい」などと申しおったときは絶句したぞ。通子の顔の怖いこと怖いこと……絶対に何かあったと思うしかなかろう。賢丸は知っているようであったがな。

ともすれば有為の人材を失ってしまうことになってしまう故に黙って見逃したが、安十郎は五百石の旗本の部屋住。仮にも徳川の血を引く姫が輿《こし》入れ出来る相手ではない。

本人の気持ちや能力とは関係なく、身分の柵《さく》とはそういうものだ。余が将軍になれなかったようにな……。

ところがだ。人の不幸を喜んではよろしくないが、四千石の旗本藤枝家の主が後継を残さず亡くなったと聞いた。

家臣の話によれば藤枝と徳山は縁戚、亡くなった当代と安十郎は再従兄弟《はとこ》という絶妙な血縁。ここにねじ込むと決めるにそう逡巡《しゅんじゅん》することはなかった。

しかも安十郎は、長崎通詞も舌を巻くほどオランダ語に精通していると巷で噂になっている。甘藷の件といい、将来有望な若者であると身をもって示しているのだから、これを養子に入れて後継となすべしという余の進言に、藤枝の者が否やと言うはずもなく、晴れて四千石の主に据えることが出来た。

まあ……だからと言って種を嫁にやれるかと言うと難しいな。格で言えば国主級の大藩が正室として迎えるだけの血筋の娘じゃ。四千石ではなあ……

ただ、あの子は我ら古い時代の者には思いもつかぬ才を秘めておる。それが何かは余でも全てを見通すことは出来ないが、必ずや歴史に名を残す男になると信じておる。

「身分を問わず、才あるものを登用するが国を富ます第一歩……か」

べんごろうの手紙の一件と長崎屋でカピタンと交わした話に対する考え。そして賢丸が膝《ひざ》を突き合わせて聞き出したその存念。どれもこれまでの身分制度の枠を超えた突拍子もなく、だがあの子がこれまで成したことを思えば、いつか叶うのではないかという希望。

「お主があと五十年早く生まれておれば……余が将軍になる未来があったかもな」

もし、この先の未来が大きく変わる可能性があるとすれば、それは安十郎の働き次第じゃ。もしかしたら種を嫁に娶《めと》る可能性も無くはない……かもしれんぞ。

「治察、賢丸、そして安十郎。未来はお主たちに託すぞ」

余も気づけばもうすぐ還暦を迎える。叶わぬと思っていた孫をこの手で抱くことも出来たし、頼りなかった治察も大納言様と懇意にしておるようだし、この辺が代替わりの潮時じゃな。

ま、当主の座を譲ったところで、元より自由人だからな。残りの人生は好きに生きさせてもらうぞ。最後まで見届けることは叶わぬであろうが、お前たちが描く未来の一助のために出来ることは手を貸してやる。

もしかしたら……それが余が生を受けた理由なのかもしれんからの。

【第2章登場人物まとめ】
※第2章初登場の方のみ読みと生没年を記載しております。

○徳山安十郎→藤枝教行（ふじえだ　のりなり）
1758－1785
期せずして蘭学者としての和訳業績、農学者としての救荒食推進で、その名が日に日に知れ渡る。縁戚であった旗本四千石藤枝家の養子となり、跡を継ぐ。

○徳川宗武
そろそろ隠居を考える。とは言っても矢面に立つのを息子に譲るだけで、裏では色々やるつもり。

○通子（みちこ）
1721－1786
宗武の正室。父は太政大臣近衛家久《いえひさ》。治察の実母であり、賢丸の養母。史実では宗武の死後に落飾して宝蓮院《ほうれんいん》と号し、治察の死後、明屋敷《あきやしき》（当主不在）となった田安家に一橋から養子を迎え入れるまで、当主代理として家を守った。

○徳川治察
元気になって風格も出てきた。将軍世子の大納言家基とも懇意にし始めたし、息子も生まれたことで、宗武も将来を託せると近々家督を継承することになる。

○因子（よりこ）
1754－1782
本作創作による治察の正室。（史実では閑院宮美仁親王の正室）
不妊でやや悩んでいたようだが無事に男子を出産し、心のつかえも取れたようだ。

○賢丸
後の松平定信であると気付き警戒したものの、安十郎の知る歴史の定信とは考え方が随分変わってしまった。というか、それって安十郎のせいだよな、間違いなく……
今のところ養子入りの話はまだのようだ。

○**種姫**

腐女子。どう見ても腐った闇堕ち少女……ハッ、殺気（バシュッ！）
ーΩ。）アンシンセイ、ミネウチジャ……

○**前野良沢**

会話の方はまだまだだけど、文章和訳に限れば日本人最高水準の語学力。本人的には全く納得いっていないいようですが……

ちなみに良沢は通称で、諱は熹《よみす》と言うらしい。

○**杉田玄白**（すぎた　げんぱく）

１７３３－１８１７
若狭小浜藩医。この頃既に藩に籍を置きながら日本橋で町医者として開業しており、様々な分野の学者とも交友が多くあった。
オランダ語の能力は皆無。その代わり和文への意訳には抜群の才があるようで、解体新書の名付けや、その中で今でも使われる医学用語を生みだしたこと、蘭学事始の記述によってこの大業を後世の人に伝えたのは彼の功績であると言える。
ちなみに八代後の子孫（孫の孫の孫の孫）がプロ野球選手になったらしい……（母方の先祖なので杉田姓ではないです）

○**中川淳庵**（なかがわ　じゅんあん）

１７３９－１７８６
若狭小浜藩医。本草学者としての活動も顕著で、平賀源内《ひらがげんない》の火浣布《かかんぷ》や寒暖計製作にも協力している。
第２章ではやや影が薄いが、第３章では活躍してもらう予定。

○**吉雄幸左衛門**（よしお　こうざえもん）

１７２４－１８００
長崎通詞。諱は永章《えいしょう》、後世では号の耕牛《こうぎゅう》のほうが有名かもしれない。
本作では引き立て役として、ちょっと嫌味な感じの人物にしてしまったが、彼の業績が日本の蘭学や医学の発展に寄与したのは間違いないところである。

○アレント・ウィレム・フェイト

1745－1782

第135代オランダ商館長……であるが、実はこの時が一度目のカピタン就任で、以降ほぼ隔年で日本に来航し、都合五度カピタンを務めている。

……ということで、今後も出番があるかもしれない。

○長谷川宣以（はせがわ　のぶため）

1745－1795

通称平蔵。後世の時代劇ファンには「鬼平」として有名だが、この時点では単なる道楽息子であり、「本所の銕」という二つ名の不良旗本という評価である。

同じ本所の育ち（と言ってもそんなにご近所ではないが）のためか、安十郎のことを評価しているが、現時点で安十郎はお触り厳禁、関わっては危ない人物としか思っていない。

○綾（あや）

1767－？

母娘二人で本所に暮らす町人。ひょんなことから賢丸や安十郎と知り合いになり、賢丸の願いによって安十郎が自身の家の奉公人として引き取ることとなる。

第3章　蘭学者藤枝外記

第1話　大納言家基

旗本藤枝家。その興りは三代家光公の時代、その正室である鷹司孝子《たかつかさたかこ》様付の女中であった「お夏《なつ》」という女性が、将軍が入浴する際の世話係をしていたときにお手つきとなり、男子を出産したことに端を発する。

お夏は元々京都の町人の娘であったが、このことで家光の側室として迎えられ、それと共に父と弟も士分に取り立てられた。この弟が藤枝方孝《かたたか》という方で、この人の代にそれまでの岡部《おかべ》姓から藤枝姓に名乗りを変えたそうだ。

方孝はこのとき生まれた将軍の子、後に長松《ちょうまつ》と名付けられた若君の小姓を務め、長じて主《あるじ》が甲《こう》府《ふ》藩主に任じられると、その下で家老として二千石の知行を得るまでに出世したそうだ。

ちなみにこの長松という若君は、後に参議に補任され、治める領地から「甲府宰相」と呼ばれた徳川綱重《つなしげ》公。つまり、六代将軍家宣《いえのぶ》公の父親である。

ということで家宣公の将軍就任と共に甲府藩は消滅したため、藤枝家は甲府藩士から転じ、武蔵と相模に都合四千石の知行を持つ旗本として今に至る。

——安永二（1773）年一月

「……で、私がその跡取りにと？」

「後継がおらず、是非にもということだ」

今年の正月に、藤枝家の当主であった貞雄《さだお》殿が後継のおらぬまま亡くなり、俺に養子入りの打診がきたことを父上から聞かされた。

ちなみに俺に白羽の矢が立ったのは、一応彼の親戚《しんせき》だから。俺の父方の祖母と貞雄殿の二代前の当主が兄妹の関係にあり、系譜で言うと再従兄弟《はとこ》にあたる。栄螺《さざえ》さんで言うなら、鱈《たら》ちゃんと鮭卵《いくら》ちゃんの関係だ。もっともあの二人とは違って、会ったことは一度も無いけど……

「よりによってこんなときに……」

父上が頭を抱えている。実は養子の話が徳山家に舞い込んでくるのと時を同じくして、この家の跡目を継ぐはずだった俺の兄、貞中《さだなか》が男子を残さず亡くなってしまったからだ。

「この家はどうするのですか。私が継がねばならんでしょう」

「そうは言ってもな、藤枝家の申し出はそれより前の話であった。既にほぼほぼ話がまとまりつつあるものを反故《ほご》にしてはのう……」

決まっていた話を蹴飛《けと》ばせば、面子《メンツ》とか義理とか体裁とか、とにかく色々と面倒なことに巻き込まれることになるのは明白。だからこそ、よりによってこんなときに……と恨み言の一つも言いたくなる。

「そこでだ、儂《わし》は養子を取ろうと思う」

父上が仰《おっしゃ》るには、二千石の旗本竹本《たけもと》越前守《かみ》殿のご次男を徳山の養子として迎え入れ、俺は当初の予定通り藤枝の家を継ぐ手はずだという。

「実の子が居るというのにですか？　その方を藤枝に入れれば……」

「藤枝がお主を望んでいるのだ」

あまりひけらかすようなことは言いたくないが、甘藷《かんしょ》や蘭学の件で、良くも悪くも俺の名は世間に知られている。また武士たちの間では、俺が田安家の面々と懇意にしていることは周知の事実であり、俺という個人を取り込むことが、大いに家の益になるだろうと思う者が出てもおかしくはないだろう。

「儂としては跡を継いでもらいたい想いもあるが、それ以上に実の息子が四千石の大身に後継として望まれたことを誇りに思う」

「父上……」

「それに……新しきことを成さんとする者は多かれ少なかれ、妬《ねた》み嫉《そね》みを受けやすいものじゃ。大名……とまでは申さぬが、五百石より四千石の方が当たりは少なかろう」

父上は俺のことを評価してくれているが、世間では直参《じきさん》の子でありながら、何やら怪しいものに手を出す異分子と見る者も少なくない。ゴチャゴチャと周囲が騒がしいときに、四千石の当主という格が身を守ることもあるだろうと仰る。

……なんだかな。身分制の枠を超えた国づくりを唱える俺が、その身分に守られるというのも変な気分だけど、これはこれ、それはそれ。俺は聖人君子ではないから、批判する声が少なからず存在する現状を見れば、使えるものは使わせてもらおうと思う。

「ほほう、見違えたな」

「恐れ入ります」

それからしばらくして、会ったこともない養父の五十日の忌明けを過ぎ、久しぶりに田安家に顔を出した。

……どうにもみんなの視線が気になる。主に俺の頭頂部に集中しているような気がするのは気のせいではないだろう。

「そんなにこの頭が気になりますか？」

「見慣れぬからの」

でしょうね。この月代《さかやき》のせいでしょうね。俺も頭がスースーしてまだ慣れておりませんよ。

「いやしかし、あの安十郎が今や四千石の当主じゃ、めでたい話ではないか。ときに仮名《けみょう》はなんとした」

「藤枝の家では帯刀《たてわき》もしくは外記《げき》を名乗ることが多かったようで、私も外記と名乗ることにいたしました」

「藤枝外記……よいではないか」

「恐れ入ります」

「そうなると……まずは上様に御目見《おめみえ》をせねばな」

御目見。簡単に言えば将軍に直接拝謁することであり、それが許されるか否かで旗本と御家人の区別となる。

そして旗本の場合、これを経なければ正式に家督を継いだとは認められない。たとえ元服を済ませていようともである。

「私の場合、特にお役に就いているわけでもございませんし、急ぐことはないのでは？」

「今はそうでも、お主が当主となったからには話は別だ」

この時代、幕府の役職には格というものがあり、家禄《かろく》に比べてあまりにも役高が低い職に就く事例はあまりない。

二千石や三千石を超える役高の数なんて限られているから、そうなるとどうしても大身《たいしん》旗本には無役の者が多くなるわけで、そんな彼らは寄合席という枠組みに含まれる。それ以下の家禄の者たちの小普請と同じ、無役の集まりである。

そして残念ながら、藤枝家の代々の当主もほとんどが寄合席のままで、役職に就いた者は聞く範囲で駿府《すんぷ》加番《かばん》を務めた先々代しかいない。

領地からの収入で十分な暮らしが出来る持高《もちだか》勤めというやつなので、無理に役職を求める必要もないことも理由なのだが、それはつまり、俺にも先代の跡を継いでこの職に……というものが無いということなので、御目見はそう急がなくても良さそうなものだが……

「大納言様がお主に会いたいと仰せだ」

「それはまた……」

この時代、大納言の官位を持つ武士と言えば、将軍家治公の世子家基公ただ一人。

将軍のただ一人の後継男子であり、幼名の竹千代が表す通り、徳川の次を約束された御方である。

……が、何でそんな人が俺に会いたいと？

「私が吹き込んでおいた」

「若様が？」

「例の解体約図であったか。大納言様にお見せしたところ、とても興味を持たれたようでな。蘭語を和訳した過程の話を直《じか》に聞きたいと仰せであった」

「それはまた……畏《おそ》れ多いことで」

「というわけで、大納言様にお目通りするのであれば、御目見はしておいたほうがよいからな。老中に申し付けて、其方《そち》の御目見の日取りを決めさせておる」

そうか……田安の皆様に蘭書和訳のことを知ってもらったのはいいが、そこから派生してとんでもない大物がかかってしまったようだ。

あまり急に話が大きくなるのは、期待される側としてはややシンドいところもあるね……


「大納言様がお待ちにございます」

無事に将軍家治公への御目見が済んでホッとしたのもつかの間、西の丸付きの小姓が俺の戻りを待っており、そのまま家基様へと目通りすることになった。


「外記、無事にお役目を果たしたようだな」

「治察様？」

家基様の居るという部屋に入ると、治察様が待ち構えていた。

「会いたかったぞ、外記。一人では心細かろうと、大府卿《たいふけい》を呼んでおいた」

大府卿とは大蔵卿《おおくらきよう》を指す唐名。現在治察様は従三位大蔵卿兼左近衛権中将なので、そう呼ばれている。

近衛中将の方も、大河ドラマで源 実朝《みなもとのさねとも》がそう呼ばれていたように羽林《うりん》という唐名があって、武士的にはそっちの方がカッコいいんじゃないかと思うのだが、一橋と清水の当主も左近衛権中将だし、大将や少将の職でも羽林呼びされるので、混同しないように大府卿と呼んでいるらしい。

ちょっと俺も和田《わだ》ナントカさんみたいに「羽林！」って呼んでみたかったわ。

そして、その奥に座する若者……と言うにはまだ幼い少年。顔を知らずとも、それが誰か分からないわけがない。

「ご尊顔を拝し奉り恐悦至極に存じます」


——将軍継嗣、徳川家基様。

齢《よわい》五歳にして元服し、そのときに従二位権大納言に叙任された御方も今年で十二歳。幼年期より聡明《そうめい》で文武両道と謳《うた》われたお姿にさらに磨きがかかっているようだ。

「よい、楽にせよ。今日は聞きたいことが山ほどあるゆえ堅苦しい挨拶《あいさつ》は抜きじゃ。菓子でも食しながら、ゆるりと参ろうではないか」

取って食われる……とまでは思わなかったが、それ相応の礼は取らないとと挑んだものの、家基様がそう硬くなるなと仰せになる。そしてその目配せに従い、小姓が何やら持ち込んできた。

「ぽてち……？」

「そうじゃ、余はこれが最近お気に入りでの。大府卿に聞けば、蘭書を訳したり新しき菓子を生みだしたり、色々やっておるようだな」

「恐れ入ります」

「解体約図とか申すものも見せてもらった。余には理解出来ぬところも多いが、あれは真《まこと》に蘭書を訳したものなのか」

「相違ございませぬ」

おそらくぽてちに関しても治察様が持ち込んだのであろう。その話の流れで田安家に献上した約図も見せてもらうこととなり、結果、俺に興味を抱いて呼び出した、というところが真相のようである。

解体約図の献上については、田安家の皆様に成果を見せることで、蘭語和訳が公権力の指示で動いていることを示す狙いがあった。

いつの時代にも新しい文化を忌避する者は多い。特に今回の事業に関しては未知の西洋医学が相手であり、特に自分たちの権益が侵されると危惧《きぐ》するであろう漢方医たちは難癖を付けてくるだろうし、それに繋《つな》がる武士階級も多いだろうと予見していたから、彼らがゴチャゴチャ騒ぎ立てる前に手を打った形になる。

無論治察様も俺がそれを考えていたことは重々承知しておられたからこそ、自分たち以外にも知ってもらったほうがよいだろうとの思いで、大納言様にも書をお目にかけたのだ。

そこまでは想定通りだったのだが、思った以上に食いつきが良かったのであろう。和訳チームにとっては名誉なことだが、いざ会うとなれば和訳チームで唯一の直参旗本である俺に白羽の矢が立つのは自明の理だったな。


「さて、では何からお話しすればよろしゅうございましょうや」

「西洋の話を聞いてみたいの。そなたから見て彼の国は信ずるに値するや否や」

「カピタンの謁見にご同席された大納言様の方が良くご存じでは？」

「あれはただの見世物じゃ。真の西洋を現したものではない」

「ほほう……」

家基様は最近政に関心を持ち始めていたと聞く。どうやら老中田沼意次の政策に思うところがあるらしく、全部とまではいかないが批判的なご意見をお持ちのようで、西洋のことを聞いてきたのもその辺に関係があるのかもしれない。

ただ田安家で話した内容は、俺という異物に慣れた彼らだからこそ違和感なく受け入れてくれたが、予備知識の無い若君にそのまま話すのは刺激が強すぎるはず。

なので、オランダのことは下々の者よりよくご存じでは？　と謙遜《けんそん》した形で話を逸《そ》らしてみたものの、カピタンの謁見がエンタメのようなものでしかないことを、この年齢にしてよく理解されておられるようだ。

「心配要らぬ。多少は大府卿に話を聞いておるからの。それで、実際のところはどうなのだ」

「時と場合によりけり……でしょう」

それはいかなる意味か？　と家基様に問われたので、同じ日の本の民でも、島津《しまづ》や毛利《もうり》などの外様《とざま》の諸藩を心から信じられるかと尋ねれば、油断の出来ぬ相手だと仰せになる。同じ日本人でも敵と味方を区別しているのだから、西洋は信用出来るかという質問はあまりにも漠然とし過ぎているのだ。

「信が置けるか置けないかの区別に国は関係ないのです。相手とどう付き合うかはこちらの考え次第。そして相手がこちらにどう向き合うかは、こちらの状況次第にございます」

西洋諸国は世界各地で現地民を征服し植民地としているから、一義的には油断の出来ない相手と言える。だが、それはこちらが相手に対し友好的にいくか敵対的にいくかを決めるように、向こうも同じことを考え、そうすることで得られるメリットとデメリットを天秤《てんびん》にかけた結果なのだ。

植民地支配というのは、本国の製品を売る市場の拡大や原材料の供給、現地民の廉価雇用などによって、単に貿易をするよりも自分たちにメリットが大きく、そのために行使する武力やそれによる被害等のデメリットを勘案しても、征服した方がお得だと判断したからだろう。

ではそうさせないためにはどうするべきか。攻めるのは難しい国、もしくは友好的な繋がりが自国の益になると思わせることだ。そしてそのためには相手のことをよく知らなくてはいけない。


「まずは政の安定にございます。我が国が乱れていると思われれば付け入る隙を与えますし、貧しければ貿易の相手にもしてくれませぬ」

「己の足元を固めるが肝要ということか」

「御意。さらにもう一つ大事なのは、相手の力を見定める目を持たねばなりません」

この時代、海外情報はカピタンから毎年もたらされるオランダ風説書が主な情報源である。

オランダ視点の話だから多少偏りはあるかもしれないが、外の世界を知らない幕府にとっては大事な情報源であり、実際にペリーがやってくるという話も、風説書で事前に入手していたという。


ただ……受け取った幕府がそれを活《い》かせなかった。当時既にオランダ以外の国が日本に何度も接近を図っていたという事実があるにもかかわらず、多くの武士は傍観するか、恐るるに足らずとこれを無視し、海外事情を知る者たちの声はかき消された。

つまり、情報があってもそれを活かせる素養が多くの支配層の共通認識にならないと、未来は変わらないということだ。

「某《それがし》が蘭語を学んでいるのは、そういった海の外の情報を我ら自身で精査出来る力を養うという目的もございます」

幸いにして日本はアジアでも最東端にある。攻めて来るにしても膨大な時間と費用を費やすことになるし、攻めるのも難しく、仮に征服してもその後安定した統治が出来ないと思わせれば、利に聡《さと》い西洋人は無理押ししてこないだろう。

　まずは日本という国が一枚岩で統治されており、そう簡単に付け込むことの出来ない国だと思わせることが重要だし、そのためには相手が何を考え、どう動くかを予測出来る力は養っておいて損はない。

「某は占い師ではござらぬゆえ、次にいつ外国船が到来するかまでは読み切れませんが、そうなったとき、我らに相応の知識が無ければ彼らの良いようにされる恐れがあります」

「待たれよ藤枝殿。貴殿は我らが洋夷《ようい》に勝てぬと言うのか！」

　俺の話が一区切りついたと思ったのか、家基様付きの小姓の一人がそう声を上げた。見れば他の者も追随こそしていないが、俺の言葉に怪訝《けげん》そうな顔をしている。

　洋夷恐るるに足らず、と言いたいのだろうが、俺が危惧しているのはそういうところなんだよ……。


　昔、中国の奥地に夜郎《やろう》という国があった。王は自分たちこそが最強と信じて疑わず、後に漢《かん》から使者が来たとき、「漢と夜郎国とでは、どちらが大きいか」と尋ねたという。

　後に世間知らずの自信過剰な者を夜郎自大と言うようになったのは、中国全土を支配した漢の力を知ることもなく、「夜郎自らを大なりとす」とした夜郎王の故事が由来となっている。

　事実、夜郎国は後に漢王朝に服属したものの、彼我の力の差を知ろうともせず反乱を起こして滅ぼされたのだという。

そして、今俺の言葉に激高する小姓の姿は、その夜郎の王と何が違うだろうか。いや、違いなど無い（反語）。

「洋夷ごときに我ら武士が負けるわけなどなかろう！」

相手のことを良く知らなければ足元を掬《すく》われると言った俺の言葉を、どうやらこの国が蹂躙《じゅうりん》されると受け取ったようだ。

「思い違いをされるな。西洋がこの国に来るとすれば、目的は貿易のため。それでも相手をよく知らねばならぬと申し上げたいのだ」

「そのような輩《やから》を相手にする必要など無し！　一戦交えて追い払えばそれで全て解決ではないか」

「意気軒昂なのは結構にございますが、相手の国力も兵力も戦術も知らずにどう向き合うと仰せか。まして我が国は外洋での戦など久しく行っておりませんぞ」

海戦となると、近いところでは文禄《ぶんろく》・慶長の役がそれにあたるが、それだって百数十年前の話だし、大砲でドンパチやったわけではない。軍船を仕立てることを禁じている現在、西洋海軍が如何《いか》なるものかも知らず、どうやって戦うというのか。

「敵が陸に上がってきたところで一網打尽にすれば良い」

「その前に艦船からの砲撃でこちらの陣地が撃たれます。後に町は焼かれ、田畑は荒らされ、無辜《むこ》の民が大勢命を失いますぞ」

「こちらも撃ち返せばよいだけではないか！」

「双方それまで！」

話が白熱する中、家基様が双方を止めに入った。長い間に培われた彼らの認識がそう簡単に変わるはずもないし、むしろ俺の考えの方がこの時代では異端だということは良く分かっていたつもりだが、未来を知っているが故に彼らの主張を聞く度に、「そうじゃないんだよな〜」という思いが拭《ぬぐ》えず、出来るだけ論理的に話そうとしたものの、ついつい語気が強くなってしまった。

それを若君に止められたのはまだまだ未熟だな、反省。

「最初から一戦交えるような物言いはよせ。外記がそうではないと申しておろう。違うか？」

「大納言様の仰せのとおりにございます。先程も申し上げましたが、最初から攻め込む腹積もりで来るわけではございませぬ」

話が不穏な方向へ進んだのを感じたのか、家基様が間を取り持ってくれたので、本来話そうとした内容に移ることが出来た。

「彼らは交友を求めてやって来るのです。さりながら、その相手をするにも、彼を知り己を知れば百戦殆《あやう》うからず。を忘れてはならないと申し上げたい」

「孫子《そんし》か」

「左様にございます」

孫子曰《いわ》く、己を知っていても敵を知らなければ勝ったり負けたりで、敵も知らず己も知らずならば必敗。負けないためには彼我の実力を良く知ることだと論じている。

「兵法の一節ではございますが、何も戦に限ったことではございません。例えばですが、何かの交渉だったりお願い事をするとき、お歴々は無為無策で挑みますか？」

「それはないであろうな」

「その通り。頼み事をするということは、己に足りぬ何かを他者の手や財力などを借りて解決しようということです。即ちそれは、己に何がどれくらい足りていないのか、物事を成すに何が必要か、協力の見返りに何を出すことが出来るかなど、現状をよく知らねば出来る話ではありません」

ここまでが己を知るということだ。これでようやく相手と向き合うことが可能だが、こちらが完璧《かんぺき》な筋書きだと考えていようとも、相手方から見て必ずしもそうとは限らない。必勝とはいかないのはそういうことだ。

「必勝を期すには相手のことをよく知ることです。相手の性格や現状を知れば交渉の仕方も変わってきますし、こちらが提示しようとする見返りを、相手が価値のある物と思ってくれるかも分かりましょう。さらに言えば、向こうから見返りの条件を提示される場合でも、相手をよく知ることでおおよその予測がつきますし、それに対する返しも準備出来ます」

そうすることで、相手のことをよく知りもせず臨む場合と比べ、格段に交渉はスムーズに進むだろう。

その方法論は多々あるし、条件もそのとき次第で様々だろうが、何にせよ相手のことを知らねば話は上手《うま》く運ばない。これ即ち彼を知るということであり、戦に限らず貿易を行うという関係にあっても必要なことだ。

「そのために我が国も他国の情報は多く持たねばならないと申し上げたいのです」

ペリーが来たとき、彼らは少ないながらも日本に関する情報を入手し、その中から交渉を有利に運ぶにはどうしたらいいかを熟慮した上で、武威を見せつけるのが最善と至り、大型の蒸気軍艦を用意したらしい。

一方で日本側はと言えば、オランダの警告があったにもかかわらず、相手を知ることもなく、黒船の威容を目の当たりにしてアタフタしたわけで、孫子の兵法的にはアメリカの圧勝だわな。

そんな状況で開国したものだから、攘夷《じょうい》派と言う名の夜郎自大な連中が大勢発生することになった。洋夷打ち払うべしと叫び、各地で外国人を襲い、下関《しものせき》戦争や薩英《さつえい》戦争のような武力衝突まで起こしたのだから、未来人からすると、それでよく日本は独立を守れたものだと思う。

西洋の植民地支配って最初は友好的な交流から始めて、後々相手国内で不和の種を撒《ま》き散らして内乱や反乱を誘発し、最後に武力をもってこれを制する……みたいな流れだったと記憶しているから、一歩間違えれば、日本も植民地支配を受けた可能性は十分にあったよな。

それでも独立を維持出来たのは、日本人に底力があったからだろう。

ペリーが去った後、翌年の襲来に備えて幕府は江戸を守るための砲台を作ることにした。

およそ半年という短時間で作られた品川《しながわ》砲台は、再来航時点では半分くらいの完成度だったらしいが、その存在故に米国艦隊は江戸から横浜に寄港先を変えたというし、ペリーは日本人の底力を目の当たりにしたのだとか。

つまり、日本人はやれば出来る子なんですよ。もっとも、そう言ってしまう時点で、それまではやらなくて出来ない子だったと言っているわけですが……

何かを成す才能があったのに、やらなかったから幕末のグダグダ……維新志士とか日本の夜明けとか美辞麗句で飾っているが、その裏で多くの血が流れた過程を見れば、グダグダと言わざるを得ない状況となった。

将来的に日本人同士で殺し合いになるのを防ぐには、今から西洋研究の規模を史実以上に進歩させ、海外に対する基礎知識を多くの人に持ってもらうこと。そうすることで夜郎自大な攘夷派の発生を極限まで抑え込み、冷静に他国と交渉する下地を作ることに尽きると思う。

「海外の国のことを知るには、まずその言葉を解するべきなのです」

「ゆえに蘭語を学んでいると?」

「一番の目的は吉宗公がお考えになられた、この国を豊かにするための知識の導入にございます。医学でも農学でも優れているものがあればこれを取り入れ、我が国の国力を高める一助にと考えております」

まずは未来に向けて、この国の疲弊の度合いを出来るだけ軽減しておきたい。そのためには食べる物と病気になったときのケアだ。

腹が減っては戦はできぬと言うし、普段の生活に余力が無いと新しい知識を取り入れる余裕は生まれないだろう。まずは生活に密着した分野の知識を広め、それが有用と分かれば自然と他の学問にも目が向くことになるはず。

兵学や造船のような軍事知識は今のところ御法度かもしれないが、それだっていつかは学ぶ日がくるかもしれない。そのときに培ってきたオランダ語が活躍するだろう。

俺がやろうとしているのは、それら多くの知識を得るための土台作りなのだ。

「興味深いな。まずは内を固めつつ、外に目を向けよ。と申すのだな」

「御意。人が歩くには健康な足腰が必要なように、国が立ち行くには精強なる兵と、それを下支えする民の暮らしの安定が肝要です」

「なるほど。其方の言、中々に面白い。気に入ったぞ」

「まずは外記のお役目就任を祝おう」

「ありがたきお言葉」

家基様に目通りをして一月ほど後。俺に役職が与えられた。

西の丸付蘭書和解御用掛《らんしょわげごようかかり》。蘭書和訳を進め、定期的にその成果を報告に上がるという役職。ここで大事なのは将軍や老中、若年寄にではなく、家基様個人に報告するというところだ。

そう、今回の役職は家基様が俺を繋ぎ止めておきたいがために新しく作った役職なのだ。西の丸付と言うが、そもそも本丸にもそんな名前の職は無い。

「大納言様は随分とご執心のようじゃな」

「ありがたいお話ではありますが、役職に就くとは露ほども思っておりませんでしたので。治察様があの場に同席してくださっていて助かりました」

あの後、家基様は俺を自身の側仕えに登用したいと治察様に話していた。

それは俺が田安家の皆様に引き立てられた男であり、将軍世子とはいえ、芽が出てきたところでそれをいきなり奪い取って自分のものとするのが憚《はばか》られたためだと思う。その口ぶりから、近習《きんじゅう》小姓あたりに取り立てる考えのようだった。

高位の職に就く場合、慣例として下積みの職を経験してからということが多い。例えば江戸の町奉行は、下役から目付、遠国奉行や勘定奉行を経験した後に就くのがほとんどで、役高が足りているからといって、それまで無役だった者がいきなりそこに任じられることはあまり例が無い。

つまり出世を目指すのであれば、軍事部門の番方にしろ、政務部門の役方にしろ、未来で言うところの平社員からスタートするのが筋である。中でも近習小姓なんてのはエリートコースの手始めにはもってこいの職だ。

しかし、書院番や小姓組などの番士で役高は二百石から三百石くらいだし、将軍や若君に近習する小姓で五百石だから、旗本寄合席の家禄には見合わない。家禄が役高より少ない場合、在職中は不足分を支給されるが、旗本寄合の場合は家禄十分のため、その収入は得られないのだ。

そんなわけで、高禄の旗本に無役が多いのは、家禄に見合わない役高の職にそもそも就かないから、必然的にその先の出世コースにも乗れないというところなのだろう。

家督を継ぐ前の状態であれば話は変わるが、生憎《あいにく》と俺は養子入りしていきなり四千石の主になったわけだし、そんな人間がいきなり近習小姓に入るとなると、同輩たちがやりにくくなるのは明らかだ。治察様はそこを懸念するフリをして、登用は控えるよう進言してくれたのである。

「外記にとっても渡りに船であろう」

「仰せの通りにございます」

俺の考えのバックボーンは、この時代より遥《はる》かに知識も技術も深度化した未来の教育によるもの。専門家ではないから、一つ一つの知識はあやふやなところもあるけど、それでもこの時代のそれより遥かに上をいっているものも多いと自負するが、いざ実行するとなったとき、未来の知識なんて言えるわけがないから根拠を示しづらいのが難点である。

そこで役に立つのが蘭学だ。この時代の西洋文明研究はまだまだ黎明《れいめい》期であり、その第一人者というネームバリューが俺の発言の信憑《しんぴょう》性を増す。もちろんフリだけではなく、実際にオランダの知識や技術を学び、そこに未来知識を加えて効果が増せば上出来だ。

そのためには蘭学研究に邁《まい》進《しん》する時間が欲しいので、ある程度自由に時間を使える持高勤めの旗本寄合席という環境は丁度良かったのだが、これが変に役付になって、格式張った上意下達の世界に放り込まれるとなると少々面倒な気がするんだ。

余計な時間や金銭の浪費は遠慮したかったし、そもそも蘭書和訳の話が幕府の上層に伝わるように仕向けたのは、出世欲ではなく、今後の研究が円滑に進むようにするためだからね。

もちろん出世して偉くなってから、公式の政策として実行するという道もあるだろうが、仮に老中になったとしても一人で全部決定できる権限は無いし、現状では宗武公や治察様という虎の威を手に入れているから、学者として知識を巷間《こうかん》に流布する方が早いと考えている。

それでも役に就けと言われれば、旗本である以上断ることは出来ないし、俺自身、家禄と役高が見合わないからイヤだ！　なんてことを言うつもりもないのだが、出来ればそっとしておいてほしいのが本音なので、学問に専念させるべきだという治察様の上申は非常にありがたかった。

とはいえ……そんな話を持ち出してきた時点で、家基様があっさりと引き下がるわけもなく、ならばその役目を幕府の公式な職にすればよいと考案されたのが、蘭書和解御用掛というわけだ。月に一度の登城の際に家基様へ和訳の成果報告という名の雑談相手として参上する職。登城させる用向きを作るためだけの役職であり、現時点で俺以外の直参でこの職に就ける人物はいないから、役高の設定はなく、役料の支給もない完全な持高勤めで、定員は一名という言わば特別職だ。

「まあ治察にしてはよい落としどころを見つけたのではなかろうか」

「大納言様は渋られておりましたが、父に相談すると申せばそれ以上のことは言えぬようにて」

「こやつ……余を悪者にしおったか」

そういうことです。渋る家基様に向かい治察様が発したのは、「この件、屋敷に戻り父に諮りたく」の一言だ。

近々家督を継承するとはいえ、現時点で当主は中納言宗武公であり、立場は家基様の方が上であるが、相当に年上の親族相手にゴリ押しするわけにもいかず、妥協点を探って今の形になったのだ。

自身の一存で答えるわけにはいかないというのは確かにその通りであり、治察様もそうなる結果が分かっていてうそぶいたわけだから、中々強《したた》かになられたものだと思う。

「まあよかろう。大納言が直接文句を言ってくるとは思えぬし、外記の和訳の成果を見れば、この判断が正しいと分かるであろう」

「そうなるように精進いたします」

息子にダシにされたのに、宗武公は意外と冷静であった。治察様が取った手段は、ある意味マキャベリズムに通じるところもあり、家督を継ぐにあたって頼もしく感じられたのかもしれない。

「さて、話は変わるが。四千石の跡を継ぎ、お役目も拝命したとなれば、次は嫁取りだのう」

「それはまた気の早いお話かと」

「そなたはもう十六、元服も御目見も済ませた旗本の当主ぞ。嫁を娶《めと》るに早いということはなかろう」

未来で言えば中学生か高校生くらいの年で結婚なんて考えることはないが、この時代で言えば少し若いが嫁をもらってもおかしくない年齢。しかもそれが四千石の当主なのだから、そういう話を持ち込む家が現れておかしくない。

今のところ年内は喪中だから、正式な申し入れは無いけれど、それとなく俺の身辺を探る動きがあったり、内々に感触を確かめる打診みたいなものが実際にいくつか来ているのは、家中の者から聞いている。

「どうやら旗本だけではなく譜代の大名家も探りを入れているらしいの」

「よくご存じで……」

そうなのです。だいたい旗本の縁組みというのは、同格の家だったり、家禄はやや低くても縁戚だったりして何らかの繋がりがある家の娘を迎えるのが一般的であり、政治的な意向が全く無いところで、大名家の娘が旗本に輿入《こしい》れするというのはあまり聞いたことが無い。

ただ、話が持ち込まれるとなると格的に向こうが上なので、中々断りづらい状況になってしまうんだよね。

「今しばらく縁談は考えておらぬということでよいか？」

「御意にございます。家督は継ぎましたが、未《いま》だ何の功も挙げておらぬ身でございますれば、今しばらくは蘭学の修得に励みたく、話はその後でもよろしいかと」

「よしよし。ならば話が来たときはこう申すがよい」

喪が明ければ、早晩縁談が舞い込んでくるであろう。もしやんわりと断ることが難しい相手であるなら、「縁談は田安家に一任しているから、話を通したければ中納言の了解を取り付けてこい」と言えと、宗武公が鷹揚《おうよう》に仰る。

「よろしいのですか？」

「構わん。そう言われて悟ることも出来ぬような家など論外じゃ」

たしかにそういった場で敢えてそれを口にするということは、少し考えれば宗武公が大いに関与していることを示唆しており、それを踏まえてゴリ押ししてくる者はそうそういないだろう。

仮にいたとして、田安家の皆様の心証を悪くするだけだと思う。

「何から何までご面倒をおかけいたします」

「よい。余はいわば其方の親みたいなものだからの。恩に感じたなら結果でもって報いよ」

「ははっ」

第2話　姫様ご乱心

藤枝家は湯島妻恋坂《ゆしまつまこいざか》に居を構える。

湯島は江戸城の北側、西は本郷、北は上野《うえの》、南は神田に囲まれた、やや南北に細長い一帯に位置する。

おそらくこの地で後世一番有名なのは、湯島天満宮だろう。

学問の神様菅原道真《すがわらのみちざね》公を祀《まつ》り、シーズンになると合格祈願に受験生やその家族が大勢訪れる神社である。

ただ、天満宮は湯島の一番北側、上野の不忍池《しのばずのいけ》に近い場所であり、一方で我が家のある妻恋坂は湯島でも真ん中よりやや東南側、目と鼻の先に神田明神があるという位置取りだ。

ちなみにこの妻恋坂という名前は、坂の上に妻恋稲荷《いなり》という、日本武尊《やまとたけるのみこと》とその妃である弟橘《おとたちばな》媛《ひめ》を祀った神社があることに由来する。

何が一番ありがたいかと言えば、本所に比べて田安邸にかなり近くなったこと。距離にして約半分、半時《1時間》かかったものが四半時《30分》で到達出来るようになったことだね。

「よっ、暇か？」

「某は暇を持て余して土いじりしているわけではございませんぞ」

……というわけで、俺の家から田安邸まで近くなったということは、逆もまた然《しか》りで、お忍び行脚に目覚めた賢丸様がちょくちょく足を運ぶようになった。

まあ……治察様に若君が生まれ、今までより多少お気楽な立場になったこともあるのだろうが、今日も今日とてフラッと現れては裏庭まで回り込んできて、畑仕事をしていた俺のところまでやってきたのだ。

「若様、ようこそお越しくださいました」

「おお、綾。私の来訪を歓迎してくれるのはそなただけじゃ」

「私が歓迎していないように聞こえるのは気のせいでしょうか？」

「それはお主の心の持ちようではなかろうか」

賢丸様がやって来たと聞き、綾が挨拶をする。

元々徳山の家で雇ったものの、彼女のことを頼まれたのは俺自身なので、藤枝に養子入りする際に母娘《おやこ》共々こちらへ一緒に連れてきたのだ。

最初は何も分からぬ町娘だったので失敗も多かったけれど、保護したのは賢丸様がその身を案じてのことと話すと、その御恩に報いたいと懸命に武家の奉公人としての作法を身に付けるようになったし、そのほか農学も修めさせている。

さすがは四千石の屋敷とあって、この家には遊閑地が多い。そこで色々な作物の栽培実験をするために裏庭で畑づくりを始め、その手伝いを彼女に行わせるためだ。

武士が畑仕事など……と、藤枝の家中にはいい顔をしない者もいるにはいるが、俺がどういう人物であるか分かった上で養子に迎え入れた以上、その懸念は筋違いであるし、これが俺の仕事の一環だと言えば否とは言えないだろう。一応世間体を気にして通りから見えない裏庭でやっているだけ譲歩したと思ってもらいたい。

「殿、若様がお見えになりましたので、少し手をお休めになっては」

「そうだな。では賢丸様を案内し、茶でもてなすように」

「かしこまりました。では若様、こちらへ」

「うむ」


「お兄様……肝心なことをお伝えもせず、何をそそくさと行こうとなされておられるので？」


なんだ……この絶対零度のような凍りつく声は……

「外記様も、どういうことかご説明願えますかしら？　随分と楽しそうに土いじりをしておられますね」

殺気……いや、殺気などという言葉では生温《なまぬる》いくらいの圧……

（まさか……）

声のする方に向けて、俺の首が壊れた機械仕掛けのようにカクカクと動く。

すると、その視線の先には……

「ひめ、さま……？」

「あら、私以外の何者かに見えまして？」

正直に言おう。種姫様の皮を被《かぶ》った物の怪《け》の類《たぐ》いだと思った。

なんなのさ、この漆黒オーラ。鬼平さんが発してたのと遜色無《ね》えでゲスよ。

「賢丸様……」

「すまん。今日はどうしても共に参ると言うて聞かんでな」

「そういうことは先に仰ってくださぃ……」

「よそのお屋敷にお邪魔したのは初めてですが、思っていたよりもしっかりとした造りなのですね」

「行人坂の大火で焼けて再建したばかりですので」

「そうなのですね。ただ……私がお伺いしたいのはそんなことではございません。一体どういう了見なのでしょうか」

「申し訳ございませぬ。何のことを仰せなのか……」

「分からぬと？　聡明で知られる外記様が分からぬと？」

今日は何やらご機嫌斜めなご様子に、一体どうしたのかと問いかければ、何故か綾のことを気にしておられるようだ。

「最近は何かあればお兄様の方から出向いていると聞き、如何なることかと思いましたが、そちらのお嬢さんと随分親しげに庭いじりをなされているご様子ですわね」

「い、いや、庭いじりではございませんし、なによりこの娘は……」

「言い訳無用！　私に黙って……」

えぇ……たしかに綾のことは言ってないけどさぁ、言う必要もないですよねぇ……

「急に屋敷に顔を出す機会が減ったと思っていたからおかしいと思っていたのです。お兄様に伺っても色々事情があるのだと仰るばかりで詳しい話は何も知らされず、意を決して逢《あ》いに来てみれば幼子と仲良く庭いじりしている光景を見せつけられて……まさか斯様《かよう》な小娘を囲っておられると露ほども思いもしませなんだ」

「いや違いますから……」

いやね、田安邸に顔を出す頻度が減ったのは家基様の面子を考えてですよ。向こうは月に一回で、田安家にそれより多く顔を出しては、「どういうこと？」ってなりますから仕方ないんです。

それにそのことと綾は関係ないし……

「綾はひょんなことから某が保護することになりまして……」

「ひょん？　ひょん？？　ひょん？？？　ひょんとは何ですの！　そう言えば、『ああ何か深い事情があるのですね……』なんて言うとでも思いましたか？　ひょんなことからなんて濁したような物言い、却《かえ》って後ろめたいことがありますと仰っているようなものではありませんか。新たな作物をお育てになると仰るなら田安の屋敷の中に畑などいくらでもご用意しましたし、私が喜んでお手伝いいたしましたものを。だいたいその娘は何者なのですか！　外記様に侍《はべ》ってたいそう楽しそうな顔をして、その娘がそれほど良いと申すのですか？　私ですら名前で呼ばれたことなど一度も無いというのに、うらやましいうらやましい腹が立つうらやましいうらやましい嫉妬《しっと》ではありませんうらやましいうらやましい私だって種って呼んでほしいのにうらやましいうらやましい……」

「種、落ち着け」

「どの口がそのようなことを仰るのですか！　足しげくこちらのお屋敷を訪れていたということは、お兄様は全てご承知だったのでございましょう。外記様が若い娘を囲って私を除《の》け者にしていることを知りながら、今日の今日まで黙っておいでであの娘を見たらお兄様までニヤニヤし始めて……あ、ち、ら方面ではないと思ったらこ、ち、ら方面であったとは……うらやましいうらやましいおぞましいうらやましいうらやましい破廉恥なうらやましい不届至極うらやましいうらやましい無礼千万……」

ああ……種姫様房総、ではなく暴走モード突入でございます。何がそんなに逆鱗《げきりん》に触れたのでございましょう……


「あ、あの……種姫様」

「……そなた、何故私の名を知っている」

「殿からお名前は何度も伺いました。才気に溢《あふ》れた素晴らしい姫君だと」

「さ……才気に溢れた……外記様が？」

恐る恐るながらもこの状況で声を発した綾にも驚いたが、その言葉を聞いて種姫様が顔を赤らめて上気している。

「殿に拾っていただき、そのお仕事の手伝いをせよと命じられたときは、何の学も無い町娘に出来ることではないと思いましたが、誰しも最初は無学であり、学ぶ姿勢に貴賤《きせん》男女の別など無いと仰ってくださって、そのときに種姫様のお話を聞きました」

ああ、そんな話もしたね。武家の奉公人が畑仕事など……と及び腰になることを見越して、綾を助手として育てることにした。そうなるとそれなりの知識を身に付けてもらわなくてはいけないから、読み書きから始めて今や本も一人で読めるようになった。それも、この時代の多くの女性が読むような古典文学とかではなく、ガチの学術書の類いだ。

そのときに話したのが、種姫様の勉学に対する姿勢。綾はそれに感銘を受けたようで、それからも姫様のことは何度となく彼女にその為人《ひととなり》を話していたのだ。

「私がここまで努力できたのは、種姫様の存在があればこそです。ひょんなことではございますが、お顔を拝し奉り光栄にございます」

「外記様が……私のことをそのように……」

俺と綾が畑仕事をしていたのを見て何か勘違いしたのか、種姫様は手の付けられない暴れようだった。

種姫、襲来

頭の中にそんなタイトルが浮かんできた。

どうしたものかと思っていたが、今は綾が話した言葉に驚き、戸惑いながらクネクネモジモジしている。

「私はただの奉公人です」

「真にそう誓えるか」

「はい」

「……外記様、この娘としばし二人でお話がしとうございます。兄上と一緒に席を外していただけませんでしょうか」

……どういう意図で仰っているのか分からないが、そう言われてもさっきのアレを見た後だからハイそうですかとは言いにくいよな。

「殿、大丈夫です」

「そうは申しても……」

「お話しするだけですよね」

「まあそうなんだけど……くれぐれも失礼の無いようにな」

「畏《かしこ》まりました」

綾が大丈夫だと言うので、俺や賢丸様は席を外し、部屋には姫と綾の二人きりとなった。

……てか、ホントに大丈夫だよな？

色々と学を授けて分かったが、綾はかなり頭が良い。義務教育が無いこの時代、高度な教育を受けられる町人はそうそういないだろう。だが、教育さえ受けることが出来れば大成できる可能性を秘めている者がいると示す良い事例になるはず。

しかし……この時代は学のある女子《おなご》は褒められるどころか、女だてらに生意気だと言われてしまう。外で仕事をするのは男の役割と刷り込まれており、それは遠く令和の世になっても根絶には至っていない問題だ。

実際に学問を修めた女子というと、明治になって津田梅子《つだうめこ》などが登場してようやくといったくらいだが、それだってかなり苦難の連続だったらしいから、それより百年も前に教育とは無縁の町民の子に生まれた才女……と言うと言い過ぎかもしれないが、綾は特異な存在と言えるし、だからこそ悪目立ちしないように大事に育てていきたい。

なので、姫様に騒ぎ立てられると困るのよね……

「迷惑をかけたな」

「いえ」

人払いをされて俺と賢丸さまは別室で茶をすすっている。誰に言われたわけでも無いが、何故か正座をしていないと気持ちが落ち着かない。

「まさか綾にあそこまで嫉妬するとは思わなんだ」

賢丸様は、姫がお怒りなのは俺が綾と親しげにしていたからだと考えているようで、その身を任せたのが自身だからか、責任を感じているようだ。

「嫉妬……ですか？」

「嫉妬も嫉妬、消し炭と化した焼き餅《もち》。……ってお主は気づいておらんのか？」

「いや、まあ……姫様から好意を受けているのは気づいておりますが」

「そんな生易しいものではない。あれは本気ぞ」

賢丸様は以前に宗武公から色々聞かされたそうで、どうやら種姫様は俺を田安家に繋ぎ止めるため、自分が輿入れして縁を繋ぐ腹積もりなのだとか。

「いや……それは無理筋というものでは？」

「儂の妹では不満か？」

「姫に不満などありませぬ。しかし格というものが……」

どの口が格とか言う？　とは言わないでほしい。個人的な意見は差し置いて、この時代の常識に照らし合わせれば、分家と言えど徳川の姫が四千石の旗本に輿入れなどあり得ない話だ。

まず生活基盤が違う。藤枝も比較的裕福な家だが、十万石の知行に加え、何かあれば将軍家の援助が見込める御三卿の家とではそもそもの暮らし向きのレベルが違う。

姫の格に合わせて支度を整えたら、藤枝家は間違いなく破産一直線。かと言ってこちらに合わせる、もしくは援助を受けて生活レベルを維持するとなれば、周りから何を言われるか分からない。世間一般の常識では明らかな格差婚であり、現実はそんなに甘くはないのよね。

「外記の口から至極真っ当な言葉が聞けたな」

「私はいつも真っ当ですが」

「冗談じゃ。お主の申す通り、今の価値観ではそうだろう。だが忘れたか？　お主に縁談が来たら田安に話を回すよう父上が仰っていたことを」

たしかにそう言われた。だからあれからいくつか来た話は、全て宗武公に話を通してくれと伝えたら、揃いも揃って「じゃあいいですぅ～」って、なんかのＣＭみたいに波が引くように去っていったな。

でも……それが何の関係が？

「鈍いのう。そのときが来るまで、父上がお主に虫が付かぬようにしておるのだ」

「……まさか、宗武公は」

「そのつもりなのではなかろうか。あれも来年でようやく十歳。まだ輿入れには早かろうから、時間を稼いで世間の目が変わる日を待っているのではないかな」

……もしかして、外堀どころか内堀まで埋まってる？　どうやら冬の陣をすっ飛ばして、いきなり夏の陣が始まったでござる。

「と申してはみたが、父上のお考えのようにいくかは分からん」

「と、仰いますと？」

「今、将軍家の近親に姫がおらん」

実は今年の初頭、将軍家治公の次女で尾張《おわり》徳川家の世子に嫁ぐはずだった万寿《まんじゅ》姫が亡くなり、将軍直系の姫君はおろか御三卿まで範囲を広げても、現在未婚の姫は田安家の種姫様とその妹の定《さだ》姫様のみ。政略の具と言うとちょっとイヤな感じだが、将軍家としてどこかの家と縁付くための弾が無いのだ。

御三家や親藩の姫を養女に……という場合もあるが、現将軍との血筋を考えれば、種姫様や定姫様がその役割を担う可能性が一番高い。宗武公は断る気だろうが、どうしてもと言われれば……と賢丸様は見立てているようだ。

「可能性だがな。今のところはお主が一番の候補のようだからな」

「畏れ多いことで」

「俺もどこぞの馬の骨よりかは、お主が義弟のほうがありがたいしな」

「気が早いです」

誕生日は俺の方が数ヶ月早いが、妹の旦那《だんな》となれば義弟か。……って、縁組みすること前提で話をするのは止めましょう。未確定なことが多すぎるし、課題は何も解決していないのですから。

「義兄弟の契りでも結びましたのですか」

賢丸様が冗談でそんなことを言っていたところへ、種姫様と綾が戻ってきた。見る限り綾の表情がぎこちないのが少し気になるが、大きな問題は発生しなかったように覗《うかが》える。

「お話はお済みで?」

「ええ。綾にはとても有意義なお話を伺えました。それと同時に……少々聞き捨てならない話も……」

「そのような不遜な話がございましたか?」

「綾に色々と学問を授けていると仰っておりましたが、蘭語まで教えているというではございませんか」

そうですね。綾には手伝いを任せるために色々と教えている。オランダ語もその一つだ。

今はまだだが、後々蘭書を用いて……ということも増えてくるだろうから、本文までとはいかずとも、書名くらいは読めるようにしておいた方が何かと便利だと思い手習い程度に教えている。

ついでに言うと、オランダ語に関しては賢丸様にも教えているから、一緒に机を並べた方が効率が良い。綾の様子を賢丸様に見せるにも都合が良いからね。

「事情は理解いたしましたが、お兄様や綾は外記様を師と仰いで教えを受けていると言うのに、私だけ取り残されたようで少々悲しいのです」

「そういう思惑ではありませんが」

「では、私も二人と一緒に教えを請うてもよろしゅうございますか」

「姫様も……でございますか？」

状況的に俺が田安邸に足を運ぶ機会はそう増やせないから、やるとなると向こうからこちらに来てもらう必要がある。

賢丸様と一緒に来るのであれば、警護とかの心配はそれほど無いとは思うが、姫様がちょくちょく屋敷を抜け出して……ってのは問題ないのだろうか。それに綾は俺の家の使用人だからともかく、武家の姫君が実学を学ぶというのは許されるものなのだろうか。

未来人から見れば、男尊女卑が大手を振って歩いている時代だ。それこそ戦国期なら甲斐《かい》姫や小松《こまつ》姫みたいな男勝りの女子もいただろうけど、徳川の姫が男みたいなことをやっていると言われれば、宗武公や治察様も何を言われるか分からないぞ。

「諦《あきら》めろ外記。種がこう言い出した以上、父上も兄上も首は縦にしか振らんぞ」

「おお、もう……」

夏の陣が始まったどころか、いざ戦となったのに、こちらには真田丸《さなだまる》のような防御施設も、後藤又兵衛《ごとうまたべえ》のような豪傑も存在しない模様である。

嵐のように襲来した種姫様は、一緒に学問ができるということにホクホク顔で賢丸様と共に帰っていった。

実際は宗武公の許可を得てからだろうが、あの様子だとそこで障害になるものは無さそうだな……

「綾、大儀であった」

「ありがとうございます。ただ、一つ謝らなくてはいけないことが」

「何かな?」

見送った二人の姿が見えなくなった頃、労《ねぎら》いの言葉をかけると綾がそんなことを言い出した。

「私が一緒に勉強しませんかと勧めました」

「お前か……」

どうやら二人で話していたときは、ほぼ姫様からの質問攻めで終始したらしい。

「お話を聞くに、姫様が殿を好きなんだろうと分かりましたので、ご機嫌を損ねないようにと気をつけたのですが……」

ところが俺からどういう学問をどういう風に教わっているのかと聞かれたとき、手取り足取り教えてもらっていると答えたところ、雰囲気が急変したのだとか。

「怖くて怖くて、そう言うしかなかったのです」

「委細承知。しかし、姫が私を気に入っているとよく分かったな」

「それは気づきますよ。……まさか殿はお気づきでない？」

「……そんなわけないだろう」

「あやしい」

こうして期せずして三人目の弟子が誕生したのである……

第３話　解体新書、完成！

「本年もよろしくお願いいたします」

「こちらこそよろしくお願いいたします」

年が明けて安永三（１７７４）年となりしばらくした頃、天真楼《てんしんろう》という杉田さんの診療所兼私塾に顔を出した俺は、読み分け会に参加する面々と年始の挨拶を交わしていた。

「しかし……来客が多いみたいですね」

「それだけ解体新書への期待が高いということでしょう」

昨年の始めに刊行した解体約図の反響は大きく、天真楼には引きも切らず来客が続いたほか、読み分け会に参加したいという学者も次々に現れ始め、今ではかなりの大所帯になっていた。

さらに言えば、出版までの期限を決めた効果もあったのか、この一年間で内容の解読はほぼ完成した。このまま刊行しても大過ないくらいの完成度にはなっていると思う。

「実際、吉雄殿からもこれでもかというくらいの賛辞に溢れた推薦文も来てますし」

あれ以来、長崎の通詞たちも和訳に取り組んでいるようで、お互いの知識を共有すべく、吉雄殿とは何度となく書簡でやりとりしていたが、やはり直接会って話をするのが一番良いということで、通常、カピタンの江戸参府に随行する大通詞は毎年面子が変わるところ、志願の上で二年連続の江戸来訪となった。

そのときに当時の進捗《しんちょく》状況を見せつつ、可能であれば本の序文を書いてくれないかと頼んだところ快諾してくれて、それが年末に届いていたのだ。

タブラエ・アナトミカに関する江戸蘭学チームの和訳力は、長崎通詞のそれを上回るものなんだけど、世間一般ではやはりオランダ語と言えば長崎通詞が一番知っているだろうという認識なので、彼の推薦文はこの本の価値を大いに高めてくれる。当の吉雄殿は、「私は半分も読めていないのに、こんな偉そうなこと書いていいのだろうか……」みたいな感じだったけどね。

「藤枝殿にそう言ってもらえるのだから間違いは無いと思いますが……」

「前野殿はまだ何か気になることが？」

「絵でござる」

そう言うと、前野さんは既に刊行した解体約図を畳の上に広げた。

「絵師の腕前に問題は無いのだが、何と言いますか、原書の絵と比べると今ひとつ何かが足りないような気がしてならんのです」

約図では骨格や内臓の図解を載せており、それは杉田さんの知り合いである熊谷《くまがい》氏という日本画家の手によるもの。俺は絵心ない未来人だから良く描けているとは思うが、やはり西洋の絵とはテイストが違う。前野さんとしてはそのあたりも原書に近づけたいと考えているのだろう。それだけ和訳文の解読に自信があるという証拠だ。

「何とかならぬものでしょうか」

「うーん……さすがに絵のことまでは」

「そうでござるか。何か良い案は無いものか」

前野さんや中川さんとどうしたものかと思案していると、塾生の一人が杉田さんに来客を告げた。

「どなたであるか」

「平賀殿にございます」

「おお、江戸に戻られておったか」

来客者の名を聞き、杉田さんが玄関まで迎えに行くのを見て、どちら様かと前野さんに聞くと、来客者が平賀源内という方だと教えてくれた。

「平賀殿？」

「そう言えば藤枝殿はお会いになったことがございませんでしたな」

平賀源内？　あー、ダメよ～、ダメダメ……じゃなくて、モノホンのエレキテルの人だな。

名前は知っている。何故かと言えば有名人だからね。

讃岐《さぬき》高松《たかまつ》藩士の子として生まれた彼は、幼少の頃から色々な学問に触れ、長じてからも大坂《おおさか》、京都、江戸、そして長崎とあちこちで様々な学問を修めていた。

そしてその学を活かし、鉱山開発や薬草など各地の産物の展示会の開催、それを基にした解説書の刊行などで名を上げた博物学者とでも言うべき人だ。

もっとも、それが故に藩士の身分では身動きが取りづらいと考えたのか職を辞してしまい、今は他家への仕官が叶《かな》わぬ奉公構《ほうこうかまい》となってしまったんだよね。

「お歴々、ご無沙汰《ぶさた》してるね」

「源内殿もお元気そうで」

「淳庵、話は聞いてるぜ。和訳がかなり進んだらしいじゃねえの」

そんな人だから交友関係は多岐に亘《わた》る。特に中川さんは日本で初めての寒暖計、つまり温度計の製作だったり、火浣布《かかんぷ》という不燃性の生地の製作などに協力していたのだとか。

火浣布ってのは石綿《アスベスト》で出来ているから、俺からすると有害物質のヤベー代物でしかないのだが、健康被害は近現代になってようやく判明したようなものなので、この時代の人にすれば燃えない布は大発明である。あまりにも作るのが大変すぎて実用化には至っていないようだけどね。

「こちらの藤枝殿に色々とご教示いただいたのです」

「おお……そちらさんが噂の麒麟《きりん》児さんかい」

「平賀殿、四千石の御当主でござる。口を慎みなされ」

「へいへい、良沢さんは相変わらずお堅いことで」

……コミュニケーションお化けというやつだろうか、非常にフランクな感じだ。

礼儀とか細かいことに拘《こだわ》る人ではないんだろうな。杉田さんはこういう相手でも調子を合わせることが出来るからいいけど、前野さんとは決定的に合わなそう。なんとなく初見での印象だけど。

「お初にお目にかかる、平賀源内と申す」

「旗本寄合席、藤枝外記にござる」

「解体約図を刊行したまでは知っていたが、ちょいと野暮用で江戸を離れているうちに随分と大所帯になったもんだね」

「皆様のおかげで和訳も順調に進んでおります」

「その読み分け会を先導するのが貴殿のような若い子とはねぇ……へぇ……」

……なんだろう。少しトゲのある物言いに感じるのは気のせいだろうか。

言われ方は様々だけど、「こんな若輩者が!?」という雰囲気で侮られることは今までに何度もあった。それこそ中川さんや杉田さんと最初に会ったときからそうだったし。

ただ、少し雰囲気が違う。何がどう違うのかというと説明が難しいが、今まで俺を侮ってきた奴らの嘲《あざけ》りとは何かが違うような気はする。

「学問を修めるに年はあまり関係ないのでは」

「いや失敬。若いと侮ったわけじゃねえ。むしろ可愛らしい顔して中々やるじゃねえかと感心してんだ」

……その違和感を払拭《ふっしょく》すべく、侮ることなかれと反論してみると、源内さんはそういうわけじゃないと言う。逆に大したもんだと褒められているようだが、どうにも視線が怖い。何かこう……全身を品定めされているような感覚だ。

「藤枝殿、ちょっと……」

俺の様子がおかしいと気づいたのか、前野さんが少し話があると言って座を外すよう促してきたので、それに従い部屋を出ると、とんでもないことを聞かされた。

「あの男が男色家ゆえ忌避しておられるのか？」

「……そうなのですか？」

先程は源内さんを博物学者と言ったが、実はそれ以外の分野でも才能を発揮しており、戯作《げさく》者、未来で言うところの通俗小説や大衆小説の作家としては風来山人《ふうらいさんじん》、浄瑠璃《じょうるり》の作家としては福内鬼《ふくうちき》外《がい》という名前、いわゆるペンネームを用いて数々のヒット作を生み出している売れっ子作家である。

その繋がりなのかは分からないが、歌舞伎役者の二代目瀬川菊之丞《せがわきくのじょう》とは懇《ねんご》ろな関係なのだとか。そちら方面にはとんと疎いもので、前野さんに実はね……と教えてもらうまで知らなかった。

「ご存じなかったか。嫌そうな顔をしておられた故、てっきりそうかと」

「そこは人の好み故、私が何かを言う立場ではございませぬ。なんとなく私のことを疑ってかかっているような節を感じましたので」

「左様でございましたか。まああの男も多才で知られる者にござれば、新たに出てきた才能に興味があるのでしょう」

と、前野さんは仰っていたが、本当にそれだけなのかな？　なんだか妙な疑いをかけられている気がするんだけど……

「絵か……たしかにな」

前野さんから平賀源内殿に関する話を色々と聞かされた後、恐る恐る会話の輪に戻ると、話は解体新書に載せる絵をどうするかという議論が続いていた。

「日本の絵にも良いところはあるが、ここに載せるにはやはり西洋の画法を取り入れた方が良さそうだな」

「しかし……そのようなものを学んでいる者が……」

「いるよ」

西洋画を描ける者がいるのかという杉田さんの問いに、あっさりと肯定する源内さん。なんか、某検事モノのドラマに出てくるバーのマスターみたいに感じたのは気のせいではなかろう。

「明日、そいつをここに連れてくる。その上で腕を見定めてやってくれ。ただ、俺の知る限りアイツ以上の西洋画を描ける者はいないと思うがね」

「では、そこについては平賀殿に一任いたそう」

――翌日
「出羽秋田藩士、小田野武助《おだのぶすけ》にございます」

約束通り、源内さんが西洋画を描けるという人物を連れてきた。が、秋田の人？　西洋とは縁もゆかりも無さそうなんだが……

「外記さん、疑ってるね」

「いや、そういうわけではなく、てっきり源内殿が描かれるのかと」

昨日源内さんが帰ってから、残った面々で本当に西洋画を描ける者がいるのかという話になり、そこで杉田さんが仮説として立てたのが、源内さん自身が描くのではという推論だった。事実彼は、長崎留学中に諸々の学問のほか、絵画の技法なども学んでいたとかで、西洋画っぽい物も描いているという。

ただ、杉田さんに言わせると、よくて絵の好きな素人レベルらしく、もし西洋画を描けるのが俺だ！　となったら、全力でお断りする予定だったのだ。

「なんでえなんでえ、オイラの絵じゃ不満か？」

「不満も不満、それ以外に言葉が見つからんわ」

「……って言われると思ったから武助を呼んだんだよ。この男なら間違いは無い」

「左様ですか。ちなみに小田野殿はどこで西洋画を？」

「武助で結構にございます。某が西洋画を描くようになったのは、源内先生のご指導によるものです」

武助さんは令和の世でも武家屋敷が残り、「みちのくの小京都」と呼ばれている秋田・角館《かくのだて》の出身。幼少より絵を描くことに長《た》け、やがて角館城代の佐竹義躬《さたけよしみ》公や藩主佐竹右京大夫義敦《うきようのだいぶよしあつ》公の知遇を得るようになったという。

その彼が西洋画に出会ったのは昨年の夏。領内にある阿仁《あに》鉱山の技術指導のため源内さんが秋田へ出向いたことに始まる。

阿仁鉱山は銅の産出量で日本一を誇り、長崎貿易で使われる銅の半分以上を占めていた。しかし、行人坂の大火で江戸屋敷が焼失し、領地は領地で宝暦の頃からの不作が続いて藩の財政が火の車となる中、鉱山経営に回す資金も人も足りず、生産量が大きく落ち込んでしまったため、その改善を目的として招聘《しょうへい》されたのだ。

源内さんは産出された銅の成分を調べ、その中に大量の銀が含まれていることを知った。そこで銅の精錬法を聞くと、その方法では銀成分を抽出するのには不十分だったため、石見《いわみ》銀山や大坂などで使われていた方法を伝授し、秋田藩の財政は少し改善したらしい。言い換えればそれまでは価値の高い銀が混じった銅を、銅としての価格でしか取引していなかったのだから、収入が増えたというのは当然のことだろう。

で、肝心の西洋画についてだが、源内さんが逗留《とうりゅう》していた宿にあった屏風《びょうぶ》絵が見事な出来だったため、それを描いた武助さんと会ったのがファーストコンタクト。それから狩野《かのう》派などを学んでいた武助さんと藩主義敦公に、西洋技法を伝授し始めたのだそうだ。

その後、鉱山指導の役目を終えた源内さんは冬が本格化する前に江戸に戻ったわけだが、それから遅れること二ヶ月ほど後に、武助さんは「銅山方産物吟味役」という職名で江戸へ出向を命じられた。

役職から考えると産出した銅に関わる役目のようだが、実は実体が無い。要は源内さんとの繋がりを残しておきたい義敦公が武助さんを江戸に送り込むために役職を与えたというのが真相だ。

そんなわけだから武助さんは藩邸ではなく、源内さんの家に身を置き、日夜西洋画の技術向上に勤《いそ》しんでいるのだ。

なんか最近、俺の身近で似たような理由で役職を与えられた事例があったような気がするが……

「では早速で恐縮だが、絵の腕前を見せていただきたく」

「そう仰ると思って、手慰みに描いたものをいくつかお持ちしております」

武助さんが手際よく包みの中から以前描いたという絵を何枚か出して見せてくると、一同食い入るようにそれを眺めている。

……うん、上手いわ。

「前野殿、これなら……」

「うむ。異存ござらぬ」

杉田さんと前野さんも唸《うな》っている。絵心の無い俺でも、この人の絵なら原書に負けないものが出来るのではないかと感じられる仕上がりになっているもんな。

「しかし、日本の絵と西洋の絵でこうも違うものなんですね。一体何が違うのでしょうか」

「違いが知りたいかい？」

みんなで武助さんの絵に感心している中、中川さんがそんな疑問を口にすると、源内さんが待ってましたとばかりに笑みを浮かべた。その様子を見るに、言いたくてウズウズしていたようだ。

「平賀殿は違いが分かると？」

「おいおい良沢さん、武助に教えたのは俺だぜ。分からないわけがないだろ」

「して、その違いとは」

「ふふふ、口で言うのは簡単だが、みんなにも体感してもらった方が分かりやすいだろ」

ニマニマとしながら源内さんが筆と紙を用意して、俺たちに「鏡餅を真上から見た絵を描いてみてくれ」と課題を与えてきた。

鏡餅を真上からねえ……


「玄白さん、それじゃあ丸を二つ描いただけだぜ」

「むむっ……そう言われても」

「良沢さんも淳庵も、みんなして丸しか描いてねえじゃねえの」

「そんなこと言われたって……」

「上から見た鏡餅なんてこれ以上どう描けと言うのだ」

最初は全員、「何だ、餅の絵を描けばいいのか？」くらいの気持ちであったが、どうも苦戦している ようだ。たしかに誰の描いた絵を見ても、ただ単に二重丸が描かれているだけ。到底鏡餅には見えない。

　この時代の絵というのは、平面で描くスタイルであり、どちらかというと観念的な描写が多く、西洋画のように立体を立体に見えるように描いている作品というものが無い。どちらが優れているかという話ではなく、これは文化の違いとしか言いようがないだろう。

　だからこそ、平面的で輪郭線で表現する従来の画法では、真上から見た鏡餅をそれらしく描くことが出来ない。

　……って偉そうに美術評論家みたいなことを言っているが、全部未来知識の受け売りだ。俺自身、図工も美術も成績は5段階評価で良くて3だった。それもどちらかというと工作みたいなジャンルの成績でカバーしたものであり、絵心があるかと言えば、無いとキッパリ言える自信がある。

「さてさて、外記さんはどうだい？」

「拙い絵ですが……」

「……餅ですね」

「餅だな」

「餅に見えますね」

　俺も二重丸を書いただけだが、違うところがあるとすれば、片側の一部を少し黒く描いたこと。つまり、影を描くことで立体的に見えるようにしたのだ。

　正直に言うと、みんな餅の絵を描いていることを知っているからそう見えるだけで、ノーヒントだったら一発で分かるとは思えないくらいの酷《ひど》い出来だが、それでも単なる二重丸と比べれば立体感は出ている。

「なんでえ……つまらねえな。知ってて黙ってたのかい」

「そういうわけではござらぬが、どこかでそのような話を聞いた記憶がありまして」

……未来の知識だけど、間違ったことは言ってないぞ。

「正解だ。陰影を付けて物を立体的に描くのが西洋の技法だぜ」


源内さんに紹介された秋田藩士・小田野武助さんに解体新書の挿絵を描いてもらうことが決まって数ヶ月。製本に向けて作業は大詰めを迎えていた。

何しろ本文は既に完成しており、後はそれに見合う絵が描き上がればいいということで、武助さんは杉田邸で半ば拉致《らち》監禁のような状態でヒイヒイ言いながら絵を仕上げたらしい。さながら締切前に追い込みをかけられた漫画家のようである。

そして、もう間もなく刊行となる初夏のある日、前野さんが珍しく我が家を訪れていた。


「前野殿の方からお越しとは珍しいですな」

「いやいや、ちとご相談がありまして」

「何でしょうか？」

「実は……解体新書の訳者から、私の名を外していただけぬかと」

「まだ訳に納得されておらぬのですか？」

その言葉を聞いて、俺は意外とは思わなかった。

史実でも、解体新書の訳者に前野さんの名前は載らなかった。そのせいで刊行当時は杉田さんや中川さんたちだけが賞賛され、前野さんは藩医としての仕事もせず和訳に携わりながら、訳者の末席にも名前が載らぬ程度の仕事しかしていなかったのかと周囲から非難を浴びたらしい。

世間一般にその功績が知られるのは、後年杉田さんが著した「蘭東事始《らんとう》」、そして明治に入って福沢諭吉《ふくざわゆきち》などの有志たちがそれを再編集した「蘭学事始」の刊行まで待たねばならず、生前は一部の知識人階級に偉業が知られるのみで、肩身の狭い思いをしていたようだ。そんな辛《つら》い思いをしても、彼の訳文にかける譲れない矜持《きょうじ》があったということだろう。

ただ……この世界においてはその懸念を俺という存在が打ち消したつもりだった。たしかに渋ってはいたが、俺が大丈夫ですよと太鼓判を押したことで、彼も納得していたかのように思えたのだが……

「正直に申し上げると、訳に納得できていないところはあります。無論、これが世のために役立つものであることも承知している。だからこそ藤枝殿が刊行すべきだと仰ったのであろうと」

「そうですね。これで完璧だと言うつもりはありません」

「そのことはよいのです。ただ、それであれば訳者が誰であるかはさして重要ではございますまい」

「何を仰る。これだけの偉業、自身が成したと誇るべきでしょう」

「私には出来ぬのです」

どういうことなのかと問うと、前野さんは初めて蘭書に触れた頃のことを話し始めてくれた。

「私が蘭書に初めて触れたときのことは、以前にお話ししましたな」

「知人から蘭書の一節を見せられ、全く違う国の言葉、意味どころか読み方も分からぬものであったが、それを用いてオランダ人が会話や文章を成り立たせているのであれば、同じ人間なのだから理解出来ないことはないだろうとその解読を志した。でしたかな」

その後に昆陽先生に師事し、俺と共に蘭語の習得に励んだ後、長崎に留学したという部分は俺も直接関わったので知っているわけだが、その留学中にとある願掛けをしたのだそうだ。

「私は、どうかこの学問の習得が成就するようお力添え下さいませ、と太宰府《だざいふ》にて願掛けを行ったのです」

太宰府と言えば、学問の神様菅原道真公を祀る太宰府天満宮のことだろう。学問のことを祈願するのであれば最適の神社だね。

「私が蘭学に志を立てたのはただ学問のためで、それによって名を売るとか、利益を得ようとしているわけではないのです」

「故に名前を載せれば誓いに反すると」

「左様」

……そういう事情があったのか。単に訳文の完成度に納得出来なかったわけではなく、己の名を売ることを良しとしなかったというわけか。

「この訳文が世に出ることで、これまで以上に蘭学を志す若者が現れましょう。私の名前が載ろうが載るまいが、それは変わらないはず。私の名は伏せていただきたいと思うのです」

「事情は理解いたしました。なればこそ、私は前野さんの名前は載せるべきだと考えます」

「何故に？」

「真っ当な努力をした者が報われぬ世であらぬように。です」

未来と比べて、この時代は信心深い人が非常に多い。それにかこつけて暴利を貪《むさぼ》る生臭坊主みたいなのも少なくないが、信仰心が篤《あつ》いというのは悪いことではない。

しかし、何かを願掛けしたとしても、それを成すことが叶うのは本人の努力があってこそ。神仏の加護を否定こそしないが、努力をしない者に加護が与えられるかというと絶対にそれは無いと思う。

だからこそ、偉業を成した者はその名を残すべきだし、それを見て後に続く者が現れるためにも、賞賛を受けて然るべきだ。功名心とか営利とかいう俗物的な話になってしまうが、多くの人間は自身に何らかの益があればこそ努力をするものだし、苦行を乗り越えるモチベーションとなる。前野さんみたいに功名のためではないと誓って貫ける者の方が珍しいのだ。

「この先蘭学を広めていくのであれば、その端緒となった前野殿の業績はしかと残すべきです」

「しかし……私は神様に誓ってしまいました」

「この程度のことで天罰を下すほど、天神様《てんじん》は狭量ではございますまい」

道真公が神として祀られたのは、その才を妬まれ左遷されて非業の死を遂げた後に、都で起こった数々の凶事が公の祟《たた》りのせいと悪霊扱いされたからだと記憶している。国政に従事して天下国家のためにと頑張っていたのに、失脚させられた挙句に諸々の凶事の原因にされたわけで、道真公にしてみたら神になったのが果たして本意だったのかと思うわけですよ。

しかし神様になったということは祈願に来る人がいるわけで、全く知らない未来の人間たちに学業成就とか願をかけられ、しかも勝手に誓いまで立てられている。

なまじ祟りが公の怨念《おんねん》によるものと思われているから、前野さんのような信心深い人は頑《かたく》なにそれを守ろうとするのだろうが、俺が道真公だったら「望んで神になったわけじゃないし、勝手に願掛けして勝手に誓いを立てられても知らんがな。出来るか出来ないかはオマエらの努力次第じゃね？」みたいな感想を抱くよ。

こうやって言うと俺が無神論者みたいに聞こえるかもしれないが、神社やお寺に行くのは自分の気持ちや意志を固めるためのある種のきっかけ作りとしては役に立っていると思う。ただ、何かを叶えるために何かを犠牲にするトレードオフみたいな考え方をする必要は無いとも思っている。

「その才をもって天下万民の為になる功績を残したのです。それに対する賞賛を受けたとして、どうして天罰が下るようなことがありましょうや」

解体新書の刊行は、救民、子孫繁栄、国家安泰に繋がる業績だ。それだけ立派なことを成した人物が、誓いを立てたからと生前報われぬ人生を送るなんて、それが本当に正しいことなのだろうか。神様や仏様はそこんところどう思うのかね？

「問題ありません。これで天罰が下るというのなら、無理強いした私に下るでしょうが、道真公ならよくやったと褒めてくださいますよ」

「本当に大丈夫でございましょうか」

「むしろ居てもらわねば困ります。後々訳文の誤りなどが見つかったとき、杉田さんだけでは対応出来ませんから」

「……言われてみれば」

だいたい、吉雄殿に書いてもらった序文の中で、「前野さんがいなかったらこの訳本は完成していないだろう」と名前入りで賞されているのだから今更です。

こうして安永三年八月、三年数ヶ月の長きにわたる苦労の末、タブラエ・アナトミカの日本語訳「解体新書」はついに出版されることとなった。

第４話　蘭書和訳の影響

——解体新書の刊行

これまで知り得ることの無かった蘭書の内容を和文に訳した書は、世間に驚きをもって迎えられた。西洋の学問を「蛮学」と蔑《さげす》む者たちの大いなる反感、という副産物も同時に生み出して……


「殿、ご来客にございます」

「はて、今日はそのような予定は聞いておらぬが」

「御典医をはじめとした、漢方医たちが面会を希望しております」

「お出《い》でなすったか……」


刊行して間もなくのこと、多くの武家や漢方医が天真楼に押しかけてきた。

彼らに共通するのは、蘭書和訳自体が神をも恐れぬ蛮行であると信じて疑わないこと。洋夷の学問を流布するとはどういう了見だと怒って抗議に来たんだ。

初版は基本的に予約した人を優先しており、彼らがそれを手に入れたとは考えにくいし、仮に入手していたとしても議論できるほど内容を理解するには読み込む時間が少なすぎる。つまり、内容云々《うんぬん》で議論に来たわけではなく、刊行した行為自体がけしからんと文句を言いに来ただけなのだ。

俺は一応四千石の旗本だし、前野さんも中津藩の屋敷にいるから、外部の人間が容易に推参するということは難しい。よって、町民の診療も行っている天真楼に大挙して押しかけてきたという次第だ。

聞けば聞くほど頭の悪い主張だなとしか思えないのだが、杉田さんはそんな彼らにも粘り強く応対してくれた。それでも食い下がる者には俺の名前を出すように言っておいたので、今のところ大きなトラブルにはなっていない様子である。

俺が宗武公に蘭書和訳を託されたのは周知の事実だし、家基様にも蘭書和解の役目を仰せつかっている。藤枝外記の手が加わっていると言えば、文句を言いたければ御公儀か田安家、もしくは俺に直接言えと言っているに等しく、町医者や素浪人が手の出せる相手ではない。

が……今日この屋敷を訪れたということは、それなりに議論が出来るくらいには理論武装してきたと考えるべきだろうか。

「しかし、先触れも無しに来るとは侮られたものだな」

「御典医が加わっていれば、私に直接文句を言うことも出来るくらいに考えているのでしょう。追い返しますか」

「いや、連中が何を言うか興味がある」

「では隣の部屋で控えていてくだされ」

まったく……タイミングの悪いときにやって来たものだね。

「お待たせいたしましたな」

綾に命じて客間に通し、四半時ほど放置してから顔を出した。

来訪したのは典医を筆頭に、そのお仲間や同窓と思われる医者が全部で十名ほど。それだけの大人数で寄ってたかって俺を詰《なじ》るつもりなのかと思うと、器の小さい連中だなと思ってしまうね。

「突然の訪問にて失礼いたす。ときに……藤枝のお家ではあのような幼子に来客の応対をさせておられるのですか」

「何か粗相でもございましたか？」

「いえ、何も……」

「先触れ無しのご来訪だったゆえ、家中の手が足りませんでな。あの娘はああ見えて私が学を授けておりますれば、皆様に粗相の無いようご対応できると思い命じたのですが……不服でございましたかな」

「い、いえ、そういうわけではございませぬが」

本来ならば家中の男の中でそれなりの役に就いている者が対応するのが礼儀であり、女の、しかもどうみても年端もいかぬ綾に応対させたことを蔑《ないがし》ろにされたと思っているのだろう。

だけどね……先に無礼をしたのは事前の連絡無しに押しかけてきた君たちだと言外に匂わせれば、向こうもそこは承知しているようで言葉に詰まっていた。

「さて、皆様もお忙しい身でしょうから、早速用向きをお伺いいたしましょう」

「されば、あの書物……解体新書のことにございます」

「左様でしたか。あれはまだまだ拙い訳文にて、皆様の知見をお伺いできるとあれば喜んで……」

「さにあらず、このような書を世に出した存念をお伺いしたい！」

……本当に真面目な議論をするために来た可能性を考慮して対応してみたが、予想通りの反応だったものだから、却ってリアクションに困る。

「はて？　ちょっと何を仰っているのか分かりませぬ。読んでもおらぬのに文句を言いに来たような物言いですな」

「読むに値せぬわ！」

「そう思われたのであればそれで結構。捨て置けばよろしいではありませんか」

そもそも刊行することは約図によって一年以上前から周知していた話であり、文句を言うタイミングはいくらでもあったはず。それを今になってギャースカ言い出してどうしたいと言うのか。全く理解出来ん。

「貴殿らは医者でござろう。医術の進歩により、これまで助からなかった者の命が少なからず救える可能性が増えるのです。何を怒ることがあるのでしょうか？」

「我らは古《いにしえ》より連綿と伝わりし医術を受け継いでおる。洋夷の学問など不要じゃ！」

「はぁ……貴殿らはオランダのことを洋夷洋夷と蔑んでおるが、何を根拠に蔑んでおられるのか」

「洋夷は洋夷にござる！　我が国の医術が劣っているなどあり得ぬ！」

「貴殿らの印象のみで下された評価を聞いているわけではありませぬ。事実に基づき、何がどう劣っているのか、万人が分かるように論拠を示されよと申しておる」

「我らの医術の方が優れているに決まっている！」

ダメだこりゃ……論戦に挑むなら、それこそ孫子の「敵を知り……」が大事だ。なのに相手のことも知らず、ただただ自分たちの考えが正しいという一点張りでは話し合いになるはずもないことが分からないようだ。

この時代の医者というのは国家資格があるわけではないけれど、幕府や各藩に抱えられた典医であれば相応に学を修めているはず。

言い換えれば、頭の造りが悪い者に務まる仕事ではないと考えていたが、勉強は出来ても……

のタイプなのかな。人の話を聞かないってのは、それだけで他のプラスが全部消し飛ぶくらいのマイナス要素だと思う。

「知らぬものを知ろうともせず、確たる根拠も無く己の方が優れていると宣《のたま》うのであれば、尚更《なおさら》捨て置けばよろしいではありませんか」

「そうは参らぬ」

「何故でしょう？　ご自分たちが優れているものを持っているとお考えなら、結果でもって示して、オランダ医学など大したことないと胸を張って証明なされればよろしかろう」

彼らは自分たちの方が優れていると確信しているのではなく、そう思い込まねば自身の立場やアイデンティティが失われるのではと、漠然とながら畏怖《いふ》しているのだろう。攻撃的な物言いなのも、相手を知らない故に守勢に入れないからだと思う。

だけど、それに付き合うほど俺もヒマじゃないのだ。


「申し訳ないが、某この後所用がございましてな。互いの知識を交わして議論するならば、また日を改めてと言いたいが、その必要は無さそうだ。そろそろお引き取り願いましょう」

「待たれよ！　まだ話は終わっておらん」

「終わるも何も、これが話し合いだと仰せなら始まってもおらん。貴殿らの医学の方が優れているると伝えたいならそれでよろしいではありませんか」

「そのことと蘭書和訳は別だ！」

さっさと帰れと言わんばかりに俺が立ち上がると、そうはさせじと頑固医者どもがまだ何かを言い募っている。こういうとき、都人なら「ぶぶ漬けでも……」と言うんだろう。実際はそんなこと言わないみたいだけど、言うとすればこういう状況なんじゃないかと思う。

「何を当たり前のことを仰せか。蘭書和訳は貴殿らの仕事を邪魔する意図など一切ない。元々は我が師、青木昆陽が吉宗公より承りし君命を受け継ぎ、更に言えば大納言様からも蘭書和訳のお役を仰せつかる身なれば、お役目を果たしたまでのこと。そなたらの医学や知識を貶《おとし》める意図など何処にも有りはせぬ」

「それがそもそもの間違いよ！　吉宗公も大納言様もお主ら蘭学者に誑《たぶら》かされておるのだ！」

……ちょっと聞き捨てならないね。根拠もなく人をペテン師や山師のように言うのであれば、それこそ体面に関わる話。全面戦争も辞さない覚悟と見ていいのか。


――ドンッ！


さすがの俺もどういうことだと言いかけたところで、隣の部屋と繋がる襖《ふすま》が勢い良く開いた。

「お主らは我がお祖父《じい》様が人に誑かされるような愚か者だと言いたいのか？」

そこに姿を見せた一人の少年と一人の少女。

言わずとも分かるであろう。蘭学の講義を受けていた途中で邪魔者に乱入され、何を話してくれるのかと隣の部屋で聞き耳を立てていた賢丸様と種姫様……いや、今は激おこぷんぷん丸様と激おこぷんぷん姫様だな。

「今の話、もう一度言うてみよ」

襖の向こうで話を聞いていた賢丸様。

蘭学の存在自体を否定する者が現れることは以前から話していたが、さすがに吉宗公を貶める発言をされては黙っているわけにもいかず、飛び込んできたようだ。

その証拠に、目が血走ってるぜ……

「小僧、急に話に割り込むとは何事か！」

「ま、待たれよ」

一人の男が賢丸様の顔を知らぬようで、しゃしゃり出てくるなと憤慨しているが、さすがに江戸城に詰める御典医はその正体に気付いたらしく、必死に同輩を宥《なだ》めている。

「方々控えられよ。田安中納言様のご子息賢丸様とご息女種姫様の御前にござるぞ」

俺が紹介するや、真っ赤になって憤慨していた男の顔色が真っ青に変わった。

マジで信号機みたい。そういうのは漫画の世界だけと思っていたが、リアルでそういう光景を見ることになるとはな。

……ていうか、誰とは分からずとも、お祖父様という単語で違和感は感じることが出来たはずだし、ウチに出入りしている者が誰かは少し調べれば分かるはず。頭に血が上ったまま突撃してくるからこうなるんだよ。

「公の場ではないゆえ、畏まる必要は無いが……先程の話がどういう存念によるものかだけは聞かせてもらいたいものだな」

「い、いえ……お耳汚しの話にござれば……」

「そうだな。我がお祖父さまが何者かに誑かされているなどという妄言、たしかに耳が汚れるな。だが、先ほど外記に向かいそう喚《わめ》き散らしたのはお前らであろう。事と次第によっては容赦はせぬぞ！」

「お兄様、そのような怖いお顔で責められては話せるものも話せなくなりますよ」

賢丸様が憤怒の表情で詰る姿に、医師たちが恐れおののいていると、種姫様が宥めに入った。


「彼らには彼らの思いがあるのでしょう。お平らに」

「お前にそんな窘《たしな》められ方をするとはな……」

「さて、皆様方。先ほど外記様と交わされていたお話、私どもも耳に入りまして、一つお聞きしたいことがございますが、よろしいかしら？」

「なんで……ございましょうか？」

「何をもって全ての面において、我が国の医術がオランダのものより優れていると豪語できるのか、私には理解できかねますの」

「……は？」

強面《こわもて》の賢丸様の詰問に代わって温和な声色で種姫様が話しかけられ、医師たちの表情が一瞬緩みかけたが、瞬間、辺り一面が凍りつくかのような感覚に襲われる。

「質問の意図がお分かりにならないようなので、聞き方を変えましょう。刀と薙刀《なぎなた》、どちらが武具として優れているとお考えかしら？」

「それは……刀には刀の、薙刀には薙刀の長所がございますれは、一概には……」

「そうでしょうね。どちらかが全てにおいて優位というわけではありません。敵を倒す武具という点では一緒ですが、戦う時と場所によりその優位性は変わりましょう。医術とて同じではありませんので？」

日本の医術もオランダの医術も、等しく人の命を救う術《すべ》であることに変わりはない。どちらかが全ておいて優れているという話ではなく、両方の良いところを取り入れればよいのではないかという喩《たと》え話だ。実に分かりやすいね。

「し、しかし、得体の知れぬオランダのものを……」

「あら、我が国の医術も、かつて大陸より伝わった知識や技術が由来のものは多いのではございませんこと？」

「そうだな。それを我が国の風土に合わせて形を変えて今に伝わっている。違うか？」

日本には大陸渡来の文物をルーツとするものが数多くある。長い時間をかけて、それを日本人仕様にカスタマイズしたものが今に伝わっているわけで、医学に関しても、オランダのものを蘭方と言うのに対し漢方と名乗っているように、根底には中国医学の影響を大きく受けている。

「かつて、それが大陸から伝わったとき、我が国の人間はそうやって忌避したのだろうか。受け入れ、それを発展させたからこそ、其方たちがその技術を受け継ぎ、世のため人のために腕を振るうことが出来ているのではないのか」

「それは……」

「外記をはじめとした蘭学者たちがやっていることも、かつて我らの先達が全く無のところから漢方を学んだのと同じよ。いや、唐の言葉なら解す者も多かろうが、全く意味も分からぬオランダ語の訳文を作り上げたのであるから、その労苦はさらに大きいことだろう。故にまだまだ拙いかもしれぬが、これで病や傷に悩む者を一人でも多く救う可能性が増えるのであれば、賞賛されこそすれ非難される謂《いわ》れは無いと思うが？」

「……仮に仰せの通りであるとして、既に出来上がった内容を我が国の言葉に直しただけでしょう。それほどの偉業とは思えませぬが」

「今、何と申した……？」

賢丸様激怒↓種姫様が宥める↓落ち着いたところで賢丸様が優しく問いかけるの連携。アメとムチ、北風と太陽の如き、事前に仕込まれたのですか？　と思うコンボで、ようやく場が落ち着いたかと思ったら、一人の医師が苦し紛れの負け惜しみか、余計な一言を言ったものだから、今度は種姫様がちょっと闇堕《やみお》ちしかけている。

……あの表情はその前触れだ（実体験による推測）。


「ふーん、蘭語和訳など誰でも出来るですか……ならば試してみましょう。綾、たまごをこれへ」

「畏まりました。アレをやるのですね」

「さすがは綾、物分かりが早いわね。外記様、よろしゅうございますかしら」

「ご随意に」

しばらくすると、姫様に命じられた綾が皆の前に鶏卵を持って戻ってきた。姫様が仰ったたまごとは、隠語でもなんでもなく、そのままの意味だ。

何をするのかといえば、おそらくアレだろう。

「これは鶏の卵です。皆様は道具や支えなどを用いず、この卵を立てて置くことが出来ますかしら」

医師たちはこれと蘭書和訳に何の関係が？　と訝《いぶか》しがったが、姫に命じられては試さぬわけにもいかず、順に卵を台の上で立てようとしたものの、当然ながらコロコロと転がって立ったまま静止することはない。

「姫様、この形ですから立てて置くことは叶いませんぞ」

「あら、私などよりもずっと長きにわたり学を修めてこられた皆様にも方法が分かりませんので？」

「では姫様なら出来ると？」

「こうすればよいのです」

姫が卵を手に取ると、片方の先端を台にコンコンと打ち付け、それを底面として見事に卵を立たせることに成功した。

「いかがですか。立ちましたでしょう」

「え……いや、その……それでよければ我らにも出来ますが……」

「……それは私がやり方を見せたから知っただけでございましょう。現にそれまでは誰も出来なかったようですが？」

姫様が見せたのは、いわゆるコロンブスの卵というやつだ。実際はコロンブスではなく、イタリアの建築家の言葉という説もあるみたいだけど、なんでそれを知っているかといえば、俺が教えたからだな。


「ああ、腹が立つ」

「何かありましたかな」

解体新書が刊行されてすぐのこと。姫様が、「和文に訳すことくらい、誰だってやろうと思えば出来る」と、一部の知識人階級が評していることを聞き及んだらしい。

「だったら、何故貴方《あなた》が先に成していないのですかと問い詰めたいです」

「そういった妬み嫉《そね》みは我が国に限ったことではないそうですよ」

というところから、過去に実在した人物の逸話として、卵の話をしたんだ。

「やり方が知れてから、それくらいなら自分でも出来ると思うのは当たり前です。成功に至る方策が見えているのですからね」

「なるほど……」


「蘭書和訳も同様でございます。江戸にオランダ語を解す者はなく、長崎通詞はカピタンの参府に同行するほんの僅《わず》かな間のみの逗留。その状況で外記様をはじめとする蘭学者たちは自力でオランダ語の解読を進めたのです。誰にやり方を教わったということもなしに、です」

「………」

「医は仁術なり。仁愛の心を本とし、人を救うを以て志とすべし。わが身の利養を専らに志すべからず。という言葉をご存じかしら」

おや、難しい言葉をよく知っている。「医療の根本は人を救おうとする志であり、自分の利益ばかりに熱心ではいかん」という、後世、医は算術などと揶揄《やゆ》されるどこかの医者に聞かせてやりたい言葉だ。

俺的には故事成語に近いイメージだったけど、初出は今から六十年ほど前に貝原益軒《かいばらえきけん》という本草学者が記した『養生訓』という書物の一節らしい。

「皆様が漢方医学に誇りを持っていることは良く分かりました。されど、それは人を救うための術であり、相手を知りもせず貶めるために身に付けたものではないはず」

「……仰せの通りにございます」

「古くは大陸より渡来した医学も、長い年月の間に新たな知識が組み合わさって今日に至っているのでしょう。今これより後、そこにオランダの知識が加わったとして、何の不都合があると言うのですか。学び取りて有用なものがあればこれを入れ、不要なものがあれば捨て、誤りがあれば正せばいいだけのことです」

「その通りだな。今ここでそなたらの罪を問うてもよいのだが、あたら有為の人材を失うのも惜しい。今後の其方らの行動次第で、今日のことは不問としてやろうかと思うが、いかがじゃ？」

「多大なるご温情、感謝に堪えませぬ」


「差し出がましいことを申しました」

漢方医たちを追い払った後、種姫様がそう言って頭を下げた。

「すまんな。種の仕込みなのだ」

「仕込み？」

「其方が山師呼ばわりされて、種が憤慨してな。自分が苦言を呈すから、その前に雷を落としてくれと」

姫様発案の北風と太陽作戦は、その思惑通り漢方医たちを黙らせた。

吉宗公や家基様を貶める発言を賢丸様に咎《とが》められたのを、姫様が宥めたことで、漢方医たちも沸騰していた頭が冷静になったのか、大人しく話を聞いていた。

その流れで、賢丸様が今後の活躍に期待するとして罪を問わないことにしたのだから、彼らにとっては命拾いだろうし、余程鈍い者でなければ、その活躍というのが何を意味するかは分かるはず。

「ただ、姫様に恨みが向かねば良いのですが」

「そこまで阿呆《あほう》ではあるまい」

徳川の姫とはいえ、年端もいかぬ小娘にやり込められたのだから屈辱だったと思う。しかし、だからこそ今日のことを言いふらすことなんか出来ないだろうと賢丸様は言う。

口に出せば、それ即ち自分たちの愚を晒《さら》すに等しく、どこで我々の耳に入るかも分からないから、話を捻《ね》じ曲げて良いように解釈することも出来ない。そうお考えのようだ。

「種の言葉だからこそ意味があったのだ」

たしかにあの場で俺が同じことを言っても、火に油どころか硝石やニトログリセリンをぶち込むようなものだし、賢丸様が責め続ければ咎めるしかなかっただろう。

姫様が宥め諭すことでワンクッション置き、それによって賢丸様が温情をかける余地を作るという形は、穏便とは言い切れないが、モアベターな終わらせ方だったのかもしれない。

「本当は斬り捨てて膾《なます》にでもして、犬に食わせてやろうかと思ったのですが」

「物騒な……」

「しかし、結局悪しざまに言われるのは外記様ですから、ならば恩を売って良い方向へ仕向けようかと」

「お祖父様を馬鹿にされて黙っているわけにはいかぬからな。一芝居打った」

「そういうことでしたか。いや助かりました。さて、邪魔者もいなくなったところで講義を始めましょうか」

「……その前に一つ」

机を用意しようかと綾に声をかけたところで、神妙な面持ちで賢丸様が話があると仰る。

「何かございましたか」

「養子に行くことが決まりそうだ」

「養子……どちらへ」

「奥州《おうしゅう》白河」

「なんと……」

少なからず俺が歴史を変えてしまったような気がしていたが、白河藩に養子入りするのは歴史通りなんだ……

――白河藩久松松平家
その起源は戦国時代、松平家から離縁された徳川家康の母・於大《おだい》の方が、尾張の国人《こくじん》領主だった久松俊勝《としかつ》の元へ嫁いで生まれた男子たちに端を発する。

後に徳川家の家臣となった俊勝の三人の息子は、家康の異父弟ということで松平の姓を授かり、それぞれ領地を与えられたのだが、中でも一番出世したのが四男定勝《さだかつ》の家系で、賢丸様が養子入りする白河藩は、定勝の三男定綱《さだつな》の系譜だ。

最初は伊勢桑名《くわな》十一万石に封じられたが、領地の統制を厳しくしすぎて騒動が勃発《ぼっぱつ》し、懲罰的な意味合いを込めて越後《えちご》高田《たかだ》藩、そして白河藩とこの数十年で二度も領地替えとなった家。譜代ではあるが、少々難のある家とも言える。

ちなみに定勝の次男定行が封じられたのが伊予松山十五万石。久松の本家として親藩に列せられているこの家の跡継ぎは、賢丸様の同母兄であるあの辰丸様、今は元服して松平中務大輔《なかつかさのたいふ》定国様だ。

「辰丸様がご本家ですな」

「笑えない冗談だな」

「されど、この時期に養子入りですか」

「それについて善からぬ噂が……」

「噂？」

養子入りすることは珍しくもないが、どうしてこの時期なのかと尋ねてみれば、種姫様が不穏なことを仰る。

「ご老中が画策したのだとか」

「滅多なことを申すな」

「されど……」

どうやら今回の話は、史実に近い理由のようだ。

現藩主松平定邦《さだくに》公は子が娘一人のみで嗣子がおらず、家格を上げるため将軍の一門から養子を迎えたいと望んだとか。とはいえ将軍家には家基様しかいないし、清水は子すらおらず、一橋は昨年長男が生まれたばかり。そうなると賢丸様が年齢的にも適任となる。

……というか、現状で賢丸様しか候補はいないのだから、ピンポイントで狙われたような気がする。白河が養子を望んでいるのは本当なのだろうが、あまりにも話が上手過ぎませんかね？と思うのだ。

史実ではその才を恐れた田沼が将軍の後継候補から外したとか、一橋がライバルを蹴落とすために仕組んだとか、きな臭い事情がありそうな諸説が入り乱れていたようだし、実際、養子入りが決まった直後に治察様が亡くなり、賢丸様は田安の跡を継ぐことが出来ずに田沼を恨んだんだったよな。

この世界では治察様が跡を継ぎ、さらには嫡男寿麻呂《ことぶきまろ》様も誕生したので、史実より田安家に対するリスクは少ないと言えるが、賢丸様が将軍の後継候補から外れるところは変わらないわけで、噂が流れている時点で、この世界でも何らかの思惑が働いてこうなったと見るべきかもしれない。

「とはいえ上様の命ではな……」

「賢丸様はご老中に思うところがありそうですな」

「無いと言えば嘘になるが、こればかりはどうにもならん。我らは万が一のときの控えゆえ、その懸念が薄れたとなれば、養子入りもやぶさかではない」

「されど奥州ですか……」

史実通りであれば、後に起こる大飢饉《ききん》で東北は大きな打撃を受ける。

その中で白河は被害を最小限に抑えた数少ない藩となり、それを主導した藩主定信は名君と謳われて後に老中就任のきっかけとなった。

実際には御三卿からの養子だから、幕府からかなりの援助はあったみたいなので、自助努力だけかと言うと違うようだけど、それでも相当に苦労することになるだろう。

「心配要らぬ。お主の救荒食があるではないか」

「あまり楽観視せぬほうがよろしいかと」

「厳しいか？」

「ええ。実際に見たわけではございませぬが、昨今の米の値上がりを見るに、相当に疲弊しており、救荒食を植える以前の問題となっている可能性があります」

俺は歴史でそれを知っているから言えるのだが、生まれてからずっと江戸に住む者は、実際の惨状を目にしていないので、飢饉の実態を把握しきれないと思う。

そしてそれは、各藩の若君、つまり次期藩主となる者たちに共通の課題だ。

幕府の政策により大名の妻子は江戸在住を義務付けられており、領地に下向するのは跡を継いだ大人になってからとなるため、生まれ故郷とはすなわち江戸を意味し、領地はあくまでも自身の収入を得るための土地でしかない。藩政は現地にいる家臣に任せるのが常で、故郷のために自分が一肌脱ぐみたいな気持ちにはなりにくいよな。

もちろん真摯《しんし》に向き合う人物もいるけど、どちらかと言えば少数派だろう。

「そもそも白河の内情をよく知りませぬ。まずは領地、領民、そして家臣のことを熟知されるよう努めるべきかと」

「それはもちろん承知の上だ。のうのうと暮らす気は無いぞ」

「それでこそ賢丸様です。その上で救荒食の栽培を手がけるならば、いくらでもお力添えいたしましょう。先程の卵の話ではございませんが、有難いことに結果も出始めておりますし」

「堀田殿の領地だな」

既に佐倉藩堀田家の領地である出羽村山郡では、以前下総へ下向した際に知り合った、佐倉藩の家臣渋井太室殿に伝授したジャガイモの栽培が始まっている。

渋井殿には乳製品を手に入れるために白牛の飼育で世話になったので、そのお礼にと俺も喜んで栽培法を教えたところ、凶作への備えに四苦八苦していたようで、願ったり叶ったりといった感じで郡内のあちこちで栽培を始めると、上々の収穫があったようだ。

「白河でも栽培出来れば、近隣の藩も続くところは出てくるだろう」

「そうなればありがたい限り」

現状ジャガイモ栽培は村山郡だけで行われている。渋井殿には近隣の藩で興味のある者がいれば教えても構わないとは言ったが、今のところは特にそういった申し出は無いらしい。

もしかしたら、佐倉藩の秘匿情報ではないかと思って聞きづらいとか、よその藩に頭を下げるのが嫌とかいう変なプライドが邪魔をしてみたいな事情があるのかもしれないが、白河でも栽培出来るとなると話は変わってくる。

なにしろ賢丸様は御三卿の出身、他の藩からは格上と見られる。同格に頭を下げるのは嫌でも、上の者に教えを請うという形なら体面が傷付くことはないから、賢丸様に教えを請いに来る近隣の大名が現れるかもしれない。

「とすれば、賢丸様にも農学をみっちり仕込まねばなりませんな」

「お手柔らかに頼むぞ」

「大丈夫ですよ若様。殿は私ごときでも分かるように教えてくださいますから」

「綾、甘やかしてはいかんぞ」

「俺にだけ厳しくないか？」

「それは賢丸様の心の持ちようにございます」

賢丸様が白河藩に入る。つまり、いずれは松平定信を名乗ることになるという歴史の流れは変わらなかった。

だが、何もかもが変わらないのかといえば、そうではないぞという手応《てごた》えも感じている。

これから来るであろう大飢饉。少しでも多くの人を救うためにも、賢丸様に色々と学んでいただくことになるだろうな。

◆◆　人物解説　◆◆
田安寿麻呂（1773－？？）

史実では生まれなかった治察の嫡男。ちなみに寿麻呂は治察の幼名であり、息子にも同じ名前を付けたという設定です。

第5話　天才平賀源内の苦悩

「大したお屋敷にお住まいだね」

「四千石の体面というやつです」

「そう仰るってことは、外記さんはそこまで必要を感じてなさそうだね」

「ええ。なので私が跡を継いでからは必要以上の華美は控えております。何しろ色々と物入りですから」

賢丸様が白河藩に養子入りすることが決まってしばらく後、源内さんが屋敷を訪れていた。

「それで、本日のご用向きは」

「いやね、蘭学に詳しい外記さんに見てもらいたい物があってな」

「拝見いたしましょう」

「……それがな、物が大きいから、出来ればオイラの家にご足労願えないかと」

……俺のお尻《しり》は美味《おい》しくありませんよ。

「……さすがに四千石の殿様に変なことはしねえよ。男色ってのを聞いて警戒してんだろうけど、オイラも相手は選ぶ。だいたい外記さんは田安の殿様に嫁選びを一任してると聞くし、その気は無いんだろ」

「なんで嫁選びのことをご存じで？」

「こう見えてご老中の田沼様には目をかけてもらってるからね。そのあたりの話も耳に入るのさ。出羽でジャガタライモを栽培し始めたのもお前さんの指南だろ」

普通なら時の老中が武家への仕官も叶わぬ素浪人に目をかけることなどあり得ぬが、田沼意次という人物を考えればあり得る話だ。

それにジャガイモの話も、出所は老中首座の松平武元《たけちか》公から田沼公へ伝わったものを聞かされたのだとか。武元公の館林藩《たてばやし》も村山郡に三十数村の領地を有しており、佐倉藩の動きを把握していたかららしい。

「分かりました。今日は特に用もございませんので、同道いたしましょう」

「話が早くて助かる」

「ご自宅はどちらで」

「深川清住《きよすみ》さ。武田長春院《たけだちょうしゅんいん》という医者の下屋敷を間借りしている」

清住というのは、以前俺や賢丸様が鬼平さんと出会った菊川町より南、小名木川《おなぎがわ》という堀を越えた先の隅田川沿いにある町。未来では清澄白河《きよすみしらかわ》と呼ばれるところだ。

「さて、時間も時間だし、飯でも食っていきましょうか。近くに良い店がありますんでね、案内しますよ」

久しぶりに隅田川を越えた町に入ろうかというところで、源内さんが飲み屋の客引きみたいな感じで昼食にしようと声をかけてきて、連れられてきたのはとある鰻《うなぎ》屋だった。

「旦那、儲《もう》かってるかい」

「こりゃ源内先生。おかげさまで」

「そうかいそうかい。今日は大事なお客人を連れてきたからな、とびきり上等のうな重を用意してくれ」

「へい、少々お待ちを」

どうやら店の主人と源内さんは知り合いのようで、気さくに声をかけて上等のものを用意してくれと話している。

……あんまり高いのは勘弁してほしいんだけど。

「心配しなさんな。ここの主人には恩を売ってるからね、安くていいものを出してくれますよ」

「恩?」

「外記さんご存じないかね、〝土用の丑《うし》の日〟って」

土用とは暦の中の雑節と呼ばれるもので、立春・立夏・立秋・立冬の前日までの約十八日の期間を指すもの。

未来では立秋の前に訪れる土用が特に有名であり、それはひとえにその間に訪れる丑の日に鰻を食べる習慣からくるものだ。

たしかにここ最近、土用の丑の日が近づくと、その張り紙を店先に貼ってある鰻屋が増えたような気がする。

そういや、それを作ったのって……

「オイラが鰻屋に教えてやったのさ。夏になると暑くて鰻が売れないって店主に相談されてね、だから〝本日土用丑の日〟と書いて店先に貼ってみろと教えてやったんだ。そしたら大繁盛した次第でさ。外記さんは何でそれで繁盛したか分かるかい？」

「特に意味はないけど、そういう風に思わせるという仕掛けでしょう」

鰻には、夏の暑さが厳しくバテ気味の体に必要な栄養分が豊富に含まれているなんてもっともらしい話もあるが、だったら別にその日に限らず食べればいいだけのこと。これは販促のために源内さんが考え出したキャッチコピーだ。

鰻屋が土用の丑の日と看板を出していれば、人はどう感じるか。

普通に考えれば、商売に関係のないことを掲示するとは思わないから、鰻と何らかの関連性があると誤認するだろう。それが人伝《ひとづて》に伝わっていくうちに、理由も分からないまま丑の日と鰻が紐付《ひもづ》けられ、半ば常識みたいに習慣づけられていく。俺はその習慣が人為的に生み出された始まりの時代を生きているというわけだ。

未来でもあったよな。菓子メーカーの陰謀により、２月14日はチョコを贈る日とか言って、世の男子のおよそ92・55％（推計値）が絶望のどん底に落とされるという、ファレンテインズダーフ《バレンタインデー》と、そのお礼に三倍返しは当たり前と言われる３月14日のヴィッテダーフ《ホワイトデー》とか抜かす忌まわしき行事が……

一応蘭学者のはしくれだからな、オランダ語で発音してみた。決して俺が7・45％の方に入れなかったから恨んでいるとか、その腹いせにこちらの世界では、将来それで儲けようと考えているから言葉を調べたわけではないぞ。

「なんでえ、これもお見通しかよ」

「源内殿は漱石香《そうせきこう》で既にそういう仕掛けをしてますからな」

何年か前に源内さんは漱石香という歯磨き粉のチラシの文章を作った過去がある。「効能があるかは分からないけれど害にもならない」とか、「あなたがもし気に入らず捨ててしまっても、売れてしまえばこっちは儲かる」とか、結構ぶっちゃけた謳い文句が逆に江戸っ子の興味を引いたようで、漱石香は大いに売れたという。

源内さんは未来でいうところのコピーライターの才も持ち合わせているのだ。

「そこまで知ってたかい。そうさ、土用の丑の日に何の意味もないさ」

「でも実際はそれで鰻が売れたわけだから、大した才能だと思いますよ」

「そこまで見通せるなら、俺が見せたいものも分かるかもしれないな」


〈深川清住町〉

「藤枝殿ではありませんか」

「武助殿、その節はお世話になり申した」

俺が屋敷の前まで来たのを見て、解体新書の絵を担当してくれた小田野武助さんが姿を見せた。そういや、秋田藩邸ではなく源内さんの家に居候だと言っていたな。

「武助殿の絵のおかげで評判も上々です」

「私の絵など……何より本文の精緻《せいち》さがあってこその評価にございます」

相変わらず腰の低い方だな。武助さんにも解体新書の序文に寄稿してもらったのだが、「このような大業を私のような下手くそが担ってよいものかと思ったが、皆が頼むので断り切れずに描きました」と、謙遜もそこまでいくと……みたいなことを書いていたからね。

「して、本日はどうしてこちらへ」

「源内さんが見せたいものがあると言うんでね」

「先生が？」

「待たせたね。ちょっと散らかってるが、まあ入っておくんなさい」

源内さんに案内されて家に入ると、中はちょっとどころではない散らかりようだった。

人の屋敷を間借りしていることもあってか、元々それほど広くないが、所狭しと怪しげな機材や戯作や浄瑠璃の台本と思われる数々の原稿、そしてそれらの知識の源となっているであろう多くの書籍が積まれていた。


「見てもらいたいのはコイツだ」

ガラクタの中から、源内さんが何やら箱のようなものを探し当てると俺に見せてきた。

柄のついたその木箱は側面にハンドルのようなものが付き、天板の真ん中に開いた穴から延びる金属の棒が、上のほうで二本に分かれてアルファベットの〝Ｆ〟のような形になっていた。

なんか既視感があるフォルムなんだが、源内さんが持っているということは、おそらく、いや間違いなくアレだろうな。

「源内殿、これは？」

「昔長崎に行ったときに、通詞の西善三郎殿を通じてオランダ人から手に入れた〝いれきせえりていと〃というものだ」

発音は少し違うが、elektriciteit《エレクトリシテイト》のことだろう。つまりこの箱は、それを発生する機械であり、後世『エレキテル』と呼ばれるもので間違いなさそうだ。

「……知っているのか」

「言葉は知っておりますが、西洋でも新しく発見された原理のようで、我が国の言葉でうまく訳すものが見つからず、私は仮で〝電気〟と呼んでおります」

「電気……つまり雷の源ということかい」

そのとき、源内さんの目がキランと光ったような気がした。怖いな〜怖いな〜、ナニを考えておられるのだろう……


電気、オランダ語でelektriciteitの存在は古代から認識されていたらしい。

ただ、科学が未発達であったため、その原理について分かる者はおらず、長い間磁力と電気は同じものだと考えられており、それが別物であると論じられるようになったのはここ百年の間のことだという。

で、どうして俺がそのことを知っているかというと、オランダからもたらされた文献によって、電気を貯めることの出来るライデン瓶という器具の存在と、それを用いて雷が電気であることを立証したベンジャミン・フランクリンの実験の話を知ることが出来たからだ。

これらは今から二、三十年前の話であるが、この時代においては最新鋭の技術と理論と言っていいだろう。

もっとも……フランクリンの実験は、糸の端にライデン瓶をくくりつけた凧《たこ》を雷の鳴る中で上げ、そこへ落雷させて雷雲の帯電を証明するというものだが、雷を拾うだなんて、一歩どころか何歩間違っても死ぬとしか思えない実験だ。

少なくとも雷を浴びて生きていられる人物は、ピ◯チュウの相棒の少年など選ばれし存在だけなので、良い子も悪い子も絶対に真似してはいけない実験だと思う。

子供の頃に見た伝記では、へぇ～そうなんだぁとしか思わなかったけど、今考えると危ないよね。電気だけに。

……話を戻そう。実を言うと、それが日本にも伝わっていたのには驚いた。この国で話が広まらなかったのは、電気の概念がそもそも無い状況で、それをオランダ語で解説されても理解できなかったためなのかもしれない。

それを、僅かばかりながら知識のある俺が知り得たのは偶然と言うべきか。

「外記さん、アンタ何者だい？」

「……仰せの意味が分からぬが」

源内さんが胡乱《うろん》な目を向けてきた。その不穏な気配に、咄嗟《とっさ》にとぼけてみたが疑いの眼差《まなざ》しが消えることはない。

「コイツがお前さんの言う電気とやらを作る道具だってことですら、オランダ語に通じた西さんの通訳でなんとか分かったんだぜ。当然原理なんて分かっちゃいない。でもそれをアンタは分かっているようだ。長崎に行ったことも無ければ、オランダ語だって青木先生に僅かばかりの単語を教わっただけのアンタが、だ」

「蘭学に関しては人に負けぬだけの努力はしたつもりですが」

「そのことを否定する気はねえ。そうでなきゃ、解体新書の刊行なんて出来るわけがねえしな。だけど言葉が分かったから何もかもが理解出来るわけじゃねえ。アンタはまるで、それを学ぶ以前から知っていたんじゃねえのかってくらい落ち着いている。餅の絵のときも、丑の日の話も、そしてコイツを見たときもな。アンタはオイラが想像するより遥かに先を見据えているように思えてならねえ」

そんなわけがないでしょう。と言いたいところだが、源内さんの言葉は概《おおむ》ね合っている。

細かい部分は実際に見聞きして詳しく知るところも多いが、俺には未来を生きていたときに学んだ記憶というベースがあるので、完全な初見というわけではない。

周囲はそれを蘭学の成果による知識と納得しているようだが、実際はそれより以前から知っているんだよな。

だから、歴史上の人物に会ったときや出来事に遭遇したときに、「これがあの○○か」という感動や驚きはあるけど、一方で「将来○○は△△になるんだよな～」みたいな先が読めてしまう。

多才な源内さんはそのあたりの俺の態度や発言に違和感を覚えたのだろうか。

「いや、止めよう。何だか俺が嫉妬しているみたいだ」

「嫉妬？」

「アンタの才能にだよ」

そう言うと、源内さんは最近の自らのことについて語り出した。

源内さんが秋田へ向かったのは、阿仁鉱山の採掘指導のためであったが、彼はこの他にも、武蔵川越藩の依頼で奥秩父《おくちちぶ》の鉱山開発を行い、そこで石綿を発見したのだ。

「だけどオイラの思っていたほどの物は出なかった」

阿仁の銅に多量の銀が含まれていたのを見抜いたように、秩父の山奥にも多くの鉱物が眠っていると確信した源内さんであったが、目当てだった金は産出せず、代わりに砂鉄を集めて鉄山事業に着手するものの、製錬技術が未熟だったせいか良質な鉄を作ることが出来ず、とうとう今年、秩父鉱山は休山することになったらしい。

「俺の目に狂いはない。あそこの鉱山は宝の山のはずなんだ」

未来でも、秩父は石灰石なんかを産出していたし、過去には他の鉱物を産出していたと聞くので、俺は源内さんの言葉がウソでないことを分かっている。だが、物が出てこなければ、この時代の人に彼の言葉を証明することは出来ない。おそらく、採掘技術や製錬技術が未発達であるがゆえに、成果が上げられなかったのだろう。

そして、ほかにも源内さんは、数年前に長崎で数頭の羊を買い入れ、これを郷里である讃岐志《し》度《ど》の知人へ送り、飼育を依頼したとか。その目的は羊毛紡績と織物生産の産業化だったそうで、「国倫織《くにともおり》」と名づけた毛織物の製作には成功したそうだが、これを本格的に産業として導入しようとする商家や大名は現れず、試作段階で終わってしまったのだそうだ。

「オイラの目には、それが人々を豊かにする未来が見えていたんだ。なのに、誰も分かってくれねえ」

間違いなくこの人は、ほんの小さなきっかけから大きな何かを生み出す想像力があるのだろう。そして、その構想が間違いでないことは未来が証明している。では、何故それが成功しないのか。それはひとえに、この人が天才すぎるからだ。

源内さんは天才肌の人間であるがゆえに、過程をすっ飛ばしていきなり結論まで導くことができるのだろう。行動に対する結果が感覚的に分かるとでも言うべきだろうか。

けれども、凡人にそんな芸当は出来ない。凡人は結果を導くまでに数多くのプロセスを経て、確証を得て納得した上で答えに辿《たど》り着くものだ。だからこそ、いきなり答えを提示する源内さんの言葉が理解出来ないから、誰も付いて来られないのだ。

名前は忘れてしまったが、ノーベル賞を受賞した日本の科学者が、会見の場で記者に今回受賞した理論を簡単に説明してくれと言われ、「簡単に説明できるような理論じゃないから受賞したんだけど（意訳）」と返したという話を思い出す。

ノーベル賞クラスの理論であれば、常人に理解出来ないのは当然だし、必要だと思った人が自発的に勉強すればいい話だが、源内さんが相手にしているのは科学技術の知識など有していない一般人だ。

彼らに、この時代で言えばノーベル賞級の理論を、プロセスをすっ飛ばして結論から説いているようなものだから、源内さんの話は大風呂敷《おおぶろしき》を広げた山師のそれとしか捉《とら》えてもらえないんだよな……

「外記さんはオイラの本業を知ってるかい？」

「学者でございましょう」

「そうさ。オイラも本当はお前さんみたいに蘭書の和訳をしたかったんだ。その証拠に……そこを見てみな」

指さす先を見れば、書棚にはこれでもかというくらいの蘭書が並んでいた。それこそ全部揃えたら、家が何軒建つかというくらいの金額になるだろう。

「伊達《だて》や酔狂で買い集めたわけじゃねえぜ。あれを翻訳して、後世に残る大著を仕上げるつもりだったんだ」

源内さんが戯作や浄瑠璃を書いたのも、蘭書を購入するための資金稼ぎが目的だという。ただ、あまりにも人気が出すぎて、いつしかそちらが本業のようになってしまった上に、鉱山開発にまで手を広げてしまったせいで、本来取りかかりたかった事業は手付かずのまま今に至っているという。

「最初は蘭書を買うだけの金が手に入ればってくらいの気持ちだったんだけどな」

「断ればよかったのでは？」

「性格かね。他の奴よりオイラの方が良い物が作れる……って、あっちこっちに手を出して、天才なんておだてられているウチにこのザマだ。その間に初めての蘭書和訳の偉業はお前さんたちに取られてしまったというわけさ」

……嫉妬みたいに聞こえるのではなく、これは明らかな嫉妬だね。

「俺のやりたかった蘭書の和訳は成し遂げるわ、甘藷やジャガタライモの栽培は万人に受け入れられる下地を苦も無く作り上げるわ、オマケに誰も理解出来ないこの箱の原理まで理解しているとくりゃあ……アンタが人ならざる者なんじゃねえかと疑いたくもなる。なあ、アンタは本当に何者なんだい？」

そう言って源内さんはほの暗《ぐら》い視線をこちらに向けてきた。

……完全に心病んでますわ、この人。

人は自身がどれほど努力しても追いつかぬと感じる才能を持つ者を〝天才〟と言う。

天賦《てんぷ》の才。そう言ってしまえば、何もかもが「アイツは天才だから」で方がつくからだ。

言われる方は努力してその地位にいるんだと言いたいところだが、多くの人にとって才能が身に付いたプロセスは関係の無い話だからね。

「何者と問われても……直参旗本四千石、藤枝外記としか」

「違う。お前さんの知識の根底にあるものが何かを知りたいんだ」

ただ、源内さんはそうではないらしい。

この人は本物の天才だ。進取の気風を持ち、世間からは万物に通じた人物と見られている。その男から見て、俺は異質な存在に映り、故にそれが何によるものかを知りたいようだ。

俺もこの世界では天才と謳われている。もっとも源内さんとは違い、未来の義務教育で得た知識という、この時代の人にしてみればチート《ズル》とも言えるもので下駄を履かせた状態から生まれた存在だ。

しかし、だからこそ本物の天才にはそれが不思議に見えるのだろう。

「お前さんの努力を否定する気は無い。だけど、何も無いところからそこまでの才を身に付けるのが並大抵のことじゃないのも事実だ」

「……そこまで見抜かれているならばお教えしましょう。ただし、この先お話しすること、他言無用にてお願いしたい」

「なんでえ、随分勿体《もったい》ぶるじゃねえか」

「私には、未来を生きていた人の記憶があるのです」

「へ？」

その人物が生きていたのは、およそ二百五十年後の令和という時代であること。この時代では到底解明されることのない科学技術をもって、人々の生活はより便利になっていること。そして、一般庶民に至るまで教育を受けることが義務と定められ、必要最低限の知識を有する機会が与えられていることがその礎になっていることを話すと、源内さんはキョトンとした顔をしていた。

「オランダではなくイギリスの言葉ではございますが、外国語の教育も受けておりました。私がオランダ語を解することが出来たのは、そのときの教育によって外国の言葉を身近に聞いていた慣れがあったからこそです」

「……電気を知っていたのもその教育とやらのおかげかい？」

「そうですね。万人が初歩の教育を受け、優れた才のある者は得意な分野でさらに高度な教育を受けたり、研究をするといったところでしょうか。残念ながら私は電気に関しては初歩の教育だけなので、細かい知識はありません」

それでもその箱、後世エレキテルと呼ばれるそれが、源内さんの手によって修復されることは知っている。そして、子供だましの見世物としてしか世間では認識されないことを。

「子供だましの見世物……そんなはずは」

「電気の力が人々の暮らしを豊かにするものであることは間違いありません。しかし、この時代の技術でそれを成すには、途方もない時間と労力、資金が必要になりましょう。そして、それを理解してくれる人物はこの時代にはおりません」

「まるで見てきたような言い方だな」

「見たわけではありませんが、過去の事象や政治体制などを学ぶ学問もありましたので、源内殿や田沼様、賢丸様などがどういう人生を歩んだのかはある程度知っております」

「……その未来のアンタが知る平賀源内は、幸せな人生を送ってたかい？」

虚《うつ》ろな目をして源内さんが問いかけてくる。正直に言って答えにくいよな……

「……その様子だと、あんまり楽しくない人生だったようだな。構わねえ、教えてくれ」

「そう仰るならば隠す必要もありませんな。貴殿の最期は罪人として獄死です」

「獄死……!?　一体どうしてオイラが捕まるってんだ」

無理もない。たしかにこの人は破天荒でペテン師気質だが、人を傷つけるような人間ではないし、本人にもそういう意図は無いだろう。だが最期は罪人として牢屋《ろうや》に入れられ、そこで最期を迎えるのだ。

「私も細かいところまで知っているわけではありません。過去に生きた一人一人の人生をこと細かく追うなど人間に出来る芸当ではありませんからね」

「知っている範囲でいい。オイラは何をやらかしたんだ」

「人殺しです」

「なんだって……」


鉱山開発の失敗や事業の不振で、あまり余裕が無い家計を助けたのがエレキテルだ。源内さんはこれを見世物として披露することで世間の注目を一身に浴び、木戸賃によって懐事情も多少潤ったが、ブームは長く続かなかった。

そしてその次に源内さんが手がけたのは建築業だった。

ある日、久五郎《きゅうごろう》という大工がとある武家屋敷の改築を請け負うことになったのだが、その費用を知った源内さんが「俺ならもっと安くできる」と難癖をつけた。

その話を聞いた久五郎は、ふざけるな、こっちは適正な価格で見積を出しているぞと言い合いの喧嘩に発展してしまい、発注者である武家の方も困ってしまい、とりあえず二人一緒に工事を行うということで落着したらしい。

それで一緒にやるのだから仲直りをしようと酒宴が開かれたのだが、その最中、源内さんは自分が算段した設計書や見積書を見せ、それが彼の言葉を証明する見事なものだったので、久五郎をはじめとしたその場の者は皆感心したんだそうだ。

……と、ここまではよかったのだが、源内さんは下戸だったというのに、皆からスゴいスゴいと褒め称《たた》えられて調子に乗ったのか、その日は酒を飲んでしまったようで、そのまま久五郎とともにぐっすり寝てしまった。

そして、朝方目を覚ますと、夜中に披露した自分の設計書が見あたらない。

盗まれたと思い込んだ源内さんは寝ている久五郎を叩《たた》き起こし、その在《あ》り処《か》を問い詰めたのだが、久五郎にしてみれば起き抜けにいきなり濡《ぬ》れ衣《ぎぬ》をきせられたものだから二人は口論となり、カッとなった源内さんが久五郎を斬り付けて殺してしまった。

ところが……書類はちゃんと源内さんが持っていた。勘違いとはいえ人殺しには変わらない。こうして源内さんは罪人として小伝馬町《こでんまちょう》の牢獄に入れられることとなったのだ。

俺も何かの本だか記事で読んだだけなのであやふやなところも多いが、概ねそんな感じだったと思う。

「未来のオイラは大工の仕事にまで手を出したってのか……」

「私も文献などでしか知らぬ話なので、どこまで本当か分かりませんが、余程金に困っていたのでしょう」

「はぁ……参った参った。随分と手の凝った与太話だねえ。そういう才能までオイラより上とは……全く勘弁してほしいね」


話が一通り終わると、源内さんは頭をガシガシと掻《か》きながら、俺の話を作り物だと断じた。

「与太話でこんな話が作れるわけないでしょ」

「いやぁ、相手は鬼才藤枝外記だぜ。俺以外の誰が聞いたってそう思うさ」

俺が本当のことだと言っても、源内さんは笑って首を横に振る。たしかにこんな話、信じろと言う方が無理があるけど、それでも源内さんが相当思い詰めていたようなので、意を決して真実を明かしたのだが、やはり信じてはもらえないか。

まあ……信じてくれなくても特に困ることは無いしな。

「気を遣ってもらっちまってすまねえな。お前さんは、オイラが名声や富にばかり目を向けているように見えていたから、それでは身を滅ぼすと言いたいんだろう。普通にそんな苦言を呈しても耳障りだから、未来の話なんて体にして忠告してくれたんだろ？」

「そういうつもりでは……」

「いいってことよ。たしかに最近悪い方へばかり考え込むことが多くてね。今だってお前さんに謂れの無い疑いを向けてしまった。勘弁してくれよ」

「それならよろしゅうございますが、これだけは申し上げておきます。源内さんの才は本物です。その力をもう少し、民が見ても分かるような形で有為に使えれば」

「分かった分かった。もうちょいと真面目に研究に没頭してみるよ」

そう言うと、源内さんはスッと立ち上がり、俺に背を向けて蘭書の棚を見つめている。

「もし、オイラの手に負えなかったら、コイツらをお前さんに任せてもいいか？」

「天下の平賀源内にその時が来るとは思いませんが」

「言ってくれるねえ。見てろよ、お前さんに負けない物を必ず生み出してみせるぜ」

なんとなく、源内さんの表情が明るくなったような気がする。

この人は普段から明るく振る舞っていたが、今日のやりとりを見るに、内心忸怩《じくじ》たるものがあったのだろう。自身の求めるものと、他人の評価との乖離《かいり》。認めてほしいのに、世間が褒めそやすのは見当違いのものばかり。


——そうじゃない。俺が讃《たた》えてほしいのはそこじゃない。


そんな鬱憤《うっぷん》が溜《た》まっていたのかもしれない。

たしか殺人を犯したときも、狂気の故にみたいな記述もあったようなので、もしかしたら心を病んでいた可能性もあったのだろうか。今日の話で少しは胸のつかえが取れたのであれば良いのだが……


「未来を知っている奴が相手じゃ敵《かな》うわけが無えや……」

「何か仰いましたか？」

「いや、独り言さ。さて……思いがけず有難い言葉を頂戴《ちょうだい》したからな。代わりと言っちゃなんだが、いいことを教えてやろう。田安公のご子息が白河に行くそうだが、原因はお前さんにあるぜ」

「私に？」

「御老中田沼様はお前さんの力を恐れている。いや、正確にはお前さんの力が田安公と結びつくのを恐れている」

……源内さん、それはいい話なのかい？

第6話　外記、長崎へ行く

——安永四（1775）年八月
「田沼様はお前さんの力を恐れている」

源内さんにそう言われたのは、もう一年も前の話になる。

あれからすぐ、賢丸様は白河藩主松平定邦公の一人娘を妻に迎えて養子入りすることが決まり、その身は田安邸から八丁堀《はっちょうぼり》にある白河藩上屋敷へと移った。

俺の家に学びに来ることを阻害しないという条件で養子入りしたそうだが、それでも嗣子となった以上、これまでと同じとはいかず、ここ最近は種姫様を含めて屋敷にお見えになる機会はかなり減ったので、綾にマンツーマンで講義することが増えた。

それが老中の狙いなのだろうか。

源内さんも色々と思うところがあったのか、多くを語ってはくれなかったので、俺と田安家が懇意にして何の弊害が？　というところについて正確なことは分からないけど、おそらくは権力絡みなのかなと思っている。

俺は田沼の業績を歴史で知っているが、その人柄《パーソナリティ》は知らない。財政を立て直すために新しいことに挑戦しているのは方向性として間違っていないと思うが、それと彼自身が清廉な人物であるかはイコールにならないのよね。

重用してくれた将軍への恩義から、幕藩体制をなんとか維持しようという義理堅さは感じるけど、元は六百石の旗本から万石の大名、老中まで登り詰めた男だ。そこに自身の権力基盤の安定を願う意図が無いとは言い切れない。だから俺の存在が自身の権力にとって脅威に感じられれば、保身のために排除の方向に動く線は十分に考えられる。

元々田安家は将軍家に……これは先代家重公と宗武公の仲が悪かったせいだが、あまり重んじられていないことを家重公の側仕えからのし上がった田沼が知らないはずもなく、事実彼は弟の意誠《おきのぶ》が一橋宗尹公の小姓から始まって生涯一橋家に仕えていたこともあってか、御三卿の中でも一橋家と特に懇意にしていた。一橋の家老の娘を自身の妻としていることからもそれは明らかだな。

ところが、ここにきて俺が始める新しい事業を支援することで、田安家の名声が日に日に増し、さらには治察様が家基様と懇意にしておられるものだから、家基様が田安の意を汲《く》んで動く可能性や、万が一のことがあったときに後継に治察様や賢丸様の名が真っ先に上がるかもしれないという事態を危惧し、先手を打って賢丸様を白河へ閉じ込めたと思うのは少し悪く取りすぎだろうか。

ただ……それだけで俺と田安家の繋がりが切れるわけはない。となると、やはり今回の目的は……

「おう麒麟児、何ボケッとしてんだ。見てみろよ、富士のお山があんなにでっかく見えるぜ」

「元気ですね……」

俺が考え事をしながら歩いている後ろから声をかけてきたのは、長谷川平蔵宣以殿こと鬼平さんだ。

京都町奉行を務めていたお父上が亡くなり、長谷川家の家督を継承した鬼平さんは、昨年西の丸書院番、つまり家基様の警護を司《つかさど》る番士に任ぜられていた。

「大事なお役目を果たそうってのに、なんだよその湿気《しけ》た面は」

「色々と考えることが多いんですよ」

俺たちは今、東海道《とうかいどう》を西へ西へと進んでいる。その目的地は長崎出島のオランダ商館だ。


それは今年の春、月例の家基様への報告の場での話だった。

「私のお役目に疑義があると？」

「うむ、蘭書和解御用と言いながら、訳したは解体新書の一冊のみ。一体その後は何をしているのかと」

「そう仰っても、一冊訳すのに三年を超える月日を要したのです。一朝一夕には……」

「余は分かっておる。だが其方を快く思わぬ者もいるようだ」

蘭書和解は持高勤めなので、家禄と別に俸禄を支給されているわけではないが、煩《うるさ》く言う連中はそういうことではなく、俺が家基様に目をかけてもらっているのが気にくわないのだろう。

「そこで田沼侍従から提案があった。長崎へ参り、オランダの知識を出来る限り修めてきてはくれぬか」

「長崎……でございますか」

田沼意次の名前がここでも出てくるとはな……

源内さんに言われたこともあってか、何らかの意図を持って動かされている気がしてならない。

「江戸にあってあれほどの大業を成したのであれば、長崎へ行けばより多くの知識を得てくるはずだと。それでお主の真価が分かるだろうと」

「して、期間は」

「半年」

おいおい、ムチャクチャ言うなよ……

出来る限りと言うのは、言葉通り出来る限りの学問を修めてこいということだ。しかも期限は今年の夏、江戸在府の長崎奉行が下向するのに合わせて向かい、来年のカピタン江戸参府と共に戻ってくるまでの半年だという。

留学と言っておきながら、そんな短期間で何を学べと言うのか。もし何も身に付かなかったら、江戸に戻ったときに笑い物にする気か……

「御老中は何をお考えなのでしょうか」

「心配するな外記。其方が懸念するところはこの家基、十分に分かっているつもりだ。お主も治察も、余に忠実であることを信じている」

「なれば……」

「今回の長崎行きは、其方の身を守るためでもある」

その話しぶりを聞くに、家基様は田安家のことを頼りにしてくれているようだし、元はと言えば蘭書和解の役を与えたのはこの人なので十分承知はしているが、それでも俺に長崎へ行ってこいと勧めてくる。

「江戸は少々騒がしいようだしな」

虎の威がたくさんありすぎるがゆえに、却って俺への風当たりが強いという部分もある。直接文句を言うことが出来ない分、それはどこかで燻《くすぶ》り続けることになるだろう。

幕閣としては、それら不満を唱える者に対してのガス抜きも考えなくてはいけない。そこで田沼が長崎行きを提案した。

そうすることで下の者の声も聞いているよというアピールになるし、騒動の火種が江戸からしばらくいなくなれば煩い声もやがて静まる。さらに、俺が何か有用なものを持ち帰ってくれば尚上々といったところか。

逆に……成果が無くとも責任は無能だった俺一人のせいということで、幕閣に痛手はないというう、お偉方の考えそうな事情もあるんだろうな。

「余の口から断っても良いのだが、彼らと要らぬ軋轢《あつれき》を生むのもこれからを考えるとよろしくない。なれば、煩い奴らがおらぬ長崎で修学するのも悪くないかと思うのだが」

「私が収穫を得てくると見込んででしょうか」

「もちろんだ。老中たちの鼻を明かして参れ」

「大納言様の命とあらば」

「そうか、礼を言う。その代わりといってはなんだが、お目付役はなるべく自由に行動出来るよう融通の利く男にしたぞ。入って参れ」

そう言って家基様が小姓に命じると、一人の男が姿を現した。

「長谷川平蔵、お呼びにより参上いたしました」

「えぇ……」

「久しぶりだな麒麟児」

「難しい顔しなさんな。大納言様もお前の身を案じておるのだ」

「平蔵さんがお目付なのに？」

「俺以上の目付役などいないぞ」

今回のお目付役は、俺が遊学中に真面目に勉強しているかを見張るという役目だ。

老中たちは別の人物を充てる予定だったらしいが、家基様がそれくらいはこちらで決めさせろと仰り、平蔵さんが推挙されたわけだ。

この人はこう見えて、というか、若かりし頃のアレを見ても分かるように強い。事実、一刀流の目録を授かるくらいの剣の腕前は持っている。言ってみれば俺のボディーガードとしての技量は十分であり、それに加えて下手に行動を縛る目付役よりは俺が自由にやりやすいだろうという家基様の配慮である。

その配慮、要るような要らないような……

「しかし、平蔵殿はよかったのですか」

「何がだ」

「たしか書院番士になって一年ちょっとは経ちましたでしょう。そろそろ他の役に動かれる頃だったのではないかと」

「どうだろうね。俺は元が元だからね、声がかかりがあったかどうか。だったらこっちの話に乗った方が確実だろ」

なにしろ今回の話は家基様直々の声がかりだ。大過なく役目を果たせば、自分のことを嫌いな上役でも評価はせざるを得ないと睨《にら》んでいるらしい。

「偏屈な上役に媚《こ》び媚びで昇進するくらいなら、こっちの方が大納言様の覚えもめでたいし、手っ取り早いじゃねえか」

そう言って平蔵さんはケラケラと笑っている。ま、この人らしいっちゃらしいな。

「しかし、長崎ってのはどんなところなのかねえ」

「出島のほかに唐人屋敷などもあるみたいなので、江戸には無い珍しい物があるのではないでしようか」

「そいつは楽しみだ」

「ただ、それ以前に……お役目をちゃんと果たせればですよ。私のことを憎く思う奴はごまんといるみたいですし」

「おいおい、怖いこと言うなよ」

「その時は平蔵殿に盾になってもらいますので」

「かぁ～、ちゃっかりしてやがるぜ」

こうして富士の山に見守られながら、俺たちは一路長崎を目指すのであった。

第7話　新たな師の教え

※以下、第3章終了まで、『　』内のセリフはオランダ語による会話となります。
外記が自身の言葉で話しつつ、細かいところは通詞を介して行ったようなやりとりだとお考え

ください。

〈瀬戸内《せとうち》・船上〉

東海道を西へと進んだ俺たち一行は、摂津兵庫津《せっつひょうごのつ》から海路を進み、瀬戸内海《せとないかい》を西へと進んでいる。

兵庫から長門《ながと》国馬関《ばかん》、未来の下関までの船旅は、経由地での滞在時間にもよるが、おおむね十四、五日。その後馬関から長崎までは陸路で七日くらいの行程となる。

そして、船は途中の寄港地、備後《びんご》国鞆《とも》の浦《うら》にまもなく着こうかというところだ。

「初めての船旅ですからお疲れでしょう」

波の穏やかな瀬戸内とはいえ、この身体で船旅をするのは初体験とあって、少々辛いなと感じていると、ふいに声をかけられた。

「柘植《つげ》殿は慣れておいでなのですね」

「某、ついこの前まで佐渡《さど》奉行をしておりますれば」

声の主は長崎奉行、柘植長門守正寔《まさたね》殿。

柘植というと、忍者の里で有名な伊賀《いが》の柘植を思い出すが、この方のご先祖様は尾張の人で、系譜を辿るとあの織田信長《おだのぶなが》の家系に行き着くという血筋。今年の初めに佐渡奉行から長崎奉行に転じ、俺はその初めての長崎入りに同行する形となっている。

たしかに佐渡は日本海《にほんかい》の荒波を越えていくから、瀬戸内の比じゃないよね。

「じきに湊《みなと》へ着きましょう。今しばしお休みなさいませ」

「申し訳ござらぬ、奉行殿直々に気にかけていただいて」

「なんのなんの、この一行で一番格は貴殿にござれば」

柘植殿は江戸を発《た》って以来、終始こんな感じだ。

家禄は俺の方が上だけど、年は柘植殿の方がよほど上だし、なんなら長門守という官職も与えられている。さらに言えばこの一行は長崎奉行を筆頭とする一行なわけで、柘植殿が一番偉いのだ。俺などに畏まる必要はないと言っているんだけどね。

「いやいや、此度《こたび》は藤枝殿が同行すると聞き、非常に心強いのです」

「心強い、ですか？」

「左様。恥ずかしながら某、オランダ人というものは江戸参府のときにチラリと見ただけにございますれば、蘭学に通じている藤枝殿が一緒に居れば百人力と思うておりまする」

さらに言えば、柘植殿は言葉を交わすのにも不安があるようだ。

「通詞が誤魔化すとは思えぬが、彼らを介さねばオランダの言葉が分からぬというのは、どうしても信頼性に欠ける。藤枝殿にそこを補完してもらえれば尚有難い」

「元々文字を訳す方が中心だったので、会話の方はまだまだなんですよね」

「それでも期待しておりますぞ」

これればかりは相手のいる話だから何とも言えないな。すでに長崎では新任のカピタンが到着し、前任との引き継ぎを行っている最中だろう。これから半年ちょっと交流を持つ相手になるわけだが、こちらの意を汲んでくれる協力的な人であればいいのだけれど……


「やれやれ、やっと着いたぜ」

「長崎に入るまでが長かったですね」

俺たちは長崎に着くと、奉行所の西役所《にしやくしょ》というところに入ってようやく身体を休めることが出来た。

後もう少しで長崎の町に入るというあたりから、在勤奉行の家臣やら町年寄やら、西国の各藩が長崎に置いている聞役《ききやく》と呼ばれる職の者などから、至る所で出迎えを受けては足を止め、距離に比して到着までものすごく時間がかかった。

奉行赴任時の儀式みたいなものなんだろうけど、面倒臭いね。

「これからどうするんだい？」

「柘植殿は代官たちから到着の祝賀を受けたり、在勤奉行に返礼したりと忙しいようですね」

「そこは奉行所の仕事だな。ということは、俺たちはもう自由に動けると。よし、さっそく丸山《まるやま》に」

「行かせねえですよ」

……すぐこれだよ。丸山ってのは長崎の色町、要するに遊郭だ。自然な流れでサラッと遊びに行こうとするな。

「我々は出島へ向かいます」

「勝手に行っていいのか？」

「柘植殿の許可は取ってあります」

「なんでえ、段取りがいいな」

「そうでもしないと、知らないうちに誰かさんが遊びに行ってしまうと思いましたので」

こちらはこちらで主命を帯びて来ているわけだから準備はしていた。事前に吉雄殿に話をつけておいて、通詞の手配も済ませてある。柘植殿は俺に期待しているみたいなので、事前にカピタンに会いに行って、その為人を確かめたいのだ。

『ホーイ！　アンユローじゃないか〜！』

「なんでいるの？」

……と、意気込んで出島のオランダ商館に足を運んだのだが、聞き覚えのある陽気な声で思いっきり拍子抜けしてしまった。

そこにいたのはフェイトさん。江戸で和訳の指南を受けに行った際に面会した商館長……なのだが、あれはもう三年も前の話だ。あの年の夏にバタヴィアに帰って、翌年に再びカピタンとしてやって来たまでは知っているが、今長崎にいるということは……

『三回目？』

『そうだね、3度目の日本だ。ここ何年かは、もう1人と1年交代でカピタンをやってるね』

『大変ですね』

『仕事だからね』

これは助かる。フェイトさんなら以前話したこともあって、俺のことは少なからず知ってくれている。話が早いかも知れない。

『それはそうと、どうして長崎に来たんだい』

『遊学に来ると伝えていたはずなのですが、聞いてませんか？』

『んー？　フ、フジ、ジーダ・ゲ、ゲーキという人が来るとは聞いていたけど』

『今は名前が変わって、徳山安十郎ではなく藤枝外記なんだ』

フジーダ・ゲーキって誰だよ？　とは思わないよな。どう考えてもそれって俺のことだもんな。

Fujiedaのeがエじゃなくて、前のjiと結びついて、ジィーみたいな発音になったんだろう。

フェイトさんが俺のことをアンユローと呼ぶのも、安十郎の十《ju》がオランダ語だと「ユー」に近い発音となるためなんだな。

『なんだ、アンユローのことだったのか。アンユ……じゃなかった、ゲーキは運がいい。今回長崎に来た医官はとても優秀なんだよ。きっと君の力になる』

今まで幕府が正式に、オランダ商館に対して勉強の面倒を見てくれなんて依頼をしたことはないから、向こうにしても何だよそれ？　って感じだったのだろう。そのためにやって来たのが俺だと分かるや、フェイトさんは満足そうな顔をしていた。

『そんなに優秀な方が日本へ？』

『なんでもこの国に興味があるみたいでね。あまり外を出歩くことが出来ないから、満足な研究は無理だと俺は言ったんだけど、どうしてもって言うから』

『そうですか、それは楽しみですね』

『では呼んでくるとしよう』

フェイトさんが商館員に言付けしてしばらくすると、部屋に一人のオランダ人が姿を見せた。

『商館長、お呼びかな』

『紹介しよう、医官のカール・ペーター・ツンベルクだ』

『トゥーンベリです。よろしく』

……ん？

今のところ実践経験皆無のヒアリング力なので確信があるわけではないけれど、フェイトさんが紹介した名前と、本人の名乗りに若干発音の差異があったような気がする。

日本でも地方によってアクセントが違ったりすることはよくある。茨城は〝いばらき〟なのに、地元の人が発音すると〝いばらぎ〟みたいに聞こえるとか。ただ、そういう類いの違和感ともちょっと違う。

オランダにも方言みたいなものがあるのだろうけど、もっとこう……国を隔てて違う言語の発音をしているかのような違和感があった。

『ツンベルク、こちらが以前話したアンユローだ。今はフジーダ・ゲーキと名乗っているみたいだけどね』

『君がそうか。話は商館長から聞いているよ』

『……はじめまして。藤枝外記です』

どうやら二人には、俺が発音に違和感に気づいたことは悟っていないようなので、今は知らぬフリをしておこうかと思う。

『独学で蘭書を日本語に訳したんだって？』

『ええ。仲間たちと共に』

『素晴らしい。私もUniversiteitで学んでいたが、そこまでの向学心を持つ者はそう多くなかった。感心するよ』

『Universiteit……とは何でしょうか？』

『ああ、この国には無いのか。高度な教育や研究を行う学校のことさ』

発音と説明から推測するに、恐らく大学のことだろう。日本は寺子屋などで初等教育は充実しているが、大学的な教育機関は少なく、高名な学者に個人的に師事するのが主流。藩校と呼ばれるものも、まだまだ数は多くない時代だ。

『すると、貴方もどこかの大学で？』

『うん、故郷にウプサラ大学というのがあってね。そこで医学や植物学を学んだ』

『んんっ、んっ、ツンベルク、ちょっと……』

ツンベルクさんが自身の紹介をしていたら、フェイトさんが突然咳払いして、俺に聞かれないようにか、何やら二人でコソコソ話している。

何か怪しい……

フェイトさんに紹介してもらった商館の医師ツンベルクさんに色々と教示してもらう日々が始まった。

出来る限りの学問を……とは言われているが、そんなことは無理だと分かっているので、西洋の農業を学びたいと言うと、それなら色々教えてあげることが出来そうだとのこと。

実のところ、彼は医者として日本に来ているが、本当の専門は植物学の方らしい。厳密な農学とはちょっと違うが、植物の栽培方法などに関して知見があるということに変わりはない。

『農業を学ぶということは、この国の農法に課題があるのかな』

『そうです。我が国は米を主に育てております が、本来暖かい場所で育つ作物にて、寒い北の土地では実りが悪く』

米は栄養価が高く生産性に優れ、長期間の保存に耐えられる食糧。故に税として収める作物として最適なのは間違いではないが、それは米が安定して育てられる土地であればという条件での話だ。

天変地異に異常気象、または害虫の大量発生など、農業というものは自然との戦いでもある。

特にこの時代の東北は、小氷期ということもあってちょっとしたことで冷夏になりやすく、それだけで米作に不向きな環境と化してしまうのだから、余程の品種改良でもしない限り、米本位の農業を続けていれば今後も凶作や飢饉に見舞われるのは明らかだ。

『そこで寒冷地でも育つ作物をと、今はジャガイモの栽培を始めています』

『ジャガイモか……寒い土地には適しているが、それだけだと危ないな』

『危ない？』

『何年も同じ物を植えていると収穫量が落ちる作物がある。ジャガイモもその1つだ』


植物を育てたことなんて、小学校のときのアサガオやヒマワリ、ヘチマくらいしか経験が無かったので実は知らなかったのだが、同じ植物を同じ場所で続けて栽培すると、それが原因で病気や生育不良などが発生する作物は意外と多いということを、この身になって農業を本格的に勉強してから初めて知った。

この国でそれは忌地《いやち》と呼ばれており、ツンベルクさんの話を聞く限り、ジャガイモもそれに該当するようだ。

『ということは甘藷も？』

『いや、甘藷は何年も同じ土地で植え続けられる作物だ。絶対とは言い切れないが4～5年くらいは続けて植えても問題ない』

さらに言うと、米は忌地になりにくいらしい。どうやら水を張っていることで、水から養分を補給しているためだとか。米作が普及した理由が分かったような気がする。

『同じような作物なのに、ジャガイモと甘藷で違うのですね』

『その2つは大きな区分では同じだが、細かく言うと違う植物類に分かれる』

なんか、昔生物の授業でやったような気がする話だなと思ったら、今から二十年ほど前、ツンベルクさんの師匠であるリンネという学者さんが、植物や動物に関しての分類法を提唱したのだそうだ。

それは、ヒト科の下に人間とかゴリラとかチンパンジーが分類されているアレですよ。歴史上でも重要な、生物学とか植物学の一大転機ではないですか。

話を聞くに、二つは同じナス目だが、ジャガイモはナス科であり、甘藷はヒルガオ科に分類されているのだとか。同じイモを名乗っていても違うものなんだね。

『……スゴいな。ヨーロッパでもこの考えは学者たちの間で認識され始めたばかりの話だというのに、ある程度理解出来ているようだ』

ツンベルクさんが驚いているが、理解はしていないぞ。本論の導入部を少し知っているだけだからね。ＶＩＶＡ義務教育ですよ。

『ちなみに、ヨーロッパではどのようにしてその弊害を解決しているのですか』

『輪作だね』

『輪作？』

忌地を避けるにはどうするかといえば、土地の養分を回復させるため、作物を植えない期間を設けることだ。

だが、それだと耕作地が減ってしまい収穫量は落ちる。そこでヨーロッパでは耕地を三つに分け、一つには春蒔《ま》きの作物、もう一つには秋蒔きの作物を植え、残りの一つは家畜の放牧に充てて休耕地として、一年ごとにローテーションしていく手法が採られているとか。

そう言われて思いだしたよ、三圃《さんぽ》制農法ってやつだ。それによって農業生産量が増えたんだよな。ヨーマンだかジェントリだか忘れたけど、そんな身分階級が生まれたとかを歴史でやったな。

『最近はさらにそれを発展させた農法も生み出されているよ』

全く違う種類の作物を植えることで忌地を避けることが出来るらしい。

『どんな風に？』

『休耕地を作らないのさ』

どういうことかと聞けば、三圃《さんぽ》制で休耕地となっていた農地に、根菜類やKlaverなどの植物を植えるのだとか。

Klaverを植えると土が肥沃《ひよく》になる効果があり、根菜類は実が生《な》る際に土中に大きな穴を開けるため、次の栽培時に深く耕すことが出来るなどの効果があって有用なほか、休耕地が無くなるというメリットが一番大きいらしい。

そして、現在最先端の農法が、これをさらに発展させた四圃式とでも言うべき輪作で、四つに分けた畑にカブなどの根菜類、大麦、Klaver、小麦を一年ごとに順に植えていくそうだ。

で、ここで話に出たKlaverってのが何かと思って聞いてみれば、どうやらクローバーのことらしい。四葉のやつが幸運とかなんとかいうあのクローバーのようだが、食べられるのか？

『家畜の餌にするのさ』

……なるほど、ヨーロッパは牧畜も並行しているからそういう草も必要なのか。

え、人間も食べることは出来る？　ツンベルクさん食ったことあるんかい。

まあ……菜の花やタンポポも食べられるし、他にも食べられる野草はたくさんあるって岡本《おかもと》○人《と》さんも言ってたし、調理法次第なのかもしれない。この時代ならおひたしか天麩羅《てんぷら》といったところだろうか。

しかし四圃制か……カブの代わりにジャガイモでもいけるかな？

さらに言えば、ヨーロッパと日本では農村の成り立ちが違う。四圃制ともなると大規模農場みたいな組織になるから、それが導入出来るかという懸念もあるけど、実現できれば効果は大きいかもしれない。

『それと、寒い地域で植えるなら、小麦《tarwe》より rogge の方が向いているかもしれない』

『rogge……？』


実は日本でも小麦の栽培は行われている。うどんがあるのだから当然だよね。

ただ、どうしても寒冷地には向かないから栽培は西国中心で、東国では寒さに強い蕎麦《そば》が主流。関東は蕎麦、関西はうどんというのはそのあたりにも理由があるのかもしれない。それでも小麦が栽培されているなら、アレも作れるのでは？　と前々から思っていた。

忘れちまったか？　アレだよアレ、パンだよ。パンパーーン！！（どこかの師匠風自己紹介）。

……そんなわけで、パンを作れないか学んでいたので、小麦は知っていたが、rogge は知らないな。

『小麦の仲間さ。寒冷な気候や痩《や》せた土壌などでもよく育ち、ヨーロッパでも小麦の栽培に不適な地方ではこれを栽培しているんだ』

どのあたりで栽培しているのかと聞けば、未来で言う東欧や北欧地域が主要な栽培地らしい。

そしてそれらの地では、小麦の代わりにその粉を用いてパンを焼いているそうだ。

……もしかしたら、それはライ麦のことか？

『そのパンは、小麦のパンと同じように焼けるのですか』

『小麦のパンと製法は少し変わる。それに固くて身が詰まった感じで色も黒っぽいね』

……間違いなくライ麦だ。前の人生でも食べた経験は数えるほどだが、黒っぽいパンと言えばライ麦パン。ドイツや東欧ではポピュラーなパンだ。

たしかに小麦のパンより固くズッシリして、食べ応えのあるイメージだけど、一方で栄養価は高いと聞く。

そもそもパン食を知らないこの時代の日本人の口に合うかどうかも分からないけど、麦の仲間であれば実を煮るなり炊くなりして食べることも出来るだろうし、なんたってこの国の人は他国発祥の料理を自国の食文化に組み込むのが上手いからな。ライ麦は一つの選択肢かもしれない。

『先生、私にもっと色々な知識を授けていただけますか』

『お、なんだか分からないが、やる気だね。いいでしょう、私の知る限りの知識を君に授けてあげよう』

ここまでの会話で、この人は間違いなく俺の求める知識を持っていると確信した。

師は昆陽先生ただ一人と思っていたが、二人目の師匠として師事するに足る人物に出会えるとはね。

江戸から追い立てられたのが、結果的に良い方向へ進んだかもしれないな。

「シモの事情はオランダ人も変わらないんだな」

「髪の色や目の色が違えど、同じ人ですから」

　ツンベルク先生に師事してからしばらくしたある日、先生に呼ばれてやって来ると、何人かの遊女が出島に入っていくのを見かけた。

　ここはオランダ人の居留地であるが、彼らだけで生活が成り立つはずもなく、通詞のほか、諸事身の回りの世話などをする日本人が働いており、その数は百人を超えるが、基本的にその者たちは全て男性で、この島に入ることが出来る唯一の女性は遊女たちであった。

　溜まりに溜まった性欲が爆発してしまうのは、洋の東西を問わない生理現象。とはいえオランダ人が遊郭に足を運ぶことは出来ないので、向こうからこちらに抜きに来てくれるのだ。

「男なら考えることは皆同じってことか。でもお前さんはそういうのを嫌がるよな」

　平蔵さんはちょくちょく丸山の遊郭に足を運んでいるらしい。一緒に行こうと誘われ、絶対に嫌だと断るやりとりは何回目だろうか。

「伝染《うつ》されるのが嫌なだけです」

「当たるも八卦《はっけ》当たらぬも八卦。遊郭で当たらなかったら、代わりに富くじが当たるかもしれないぜ」

「そんな当たり方しても嬉《うれ》しくないですよ」

　何に当たりたくないかと言えば性病。特に流行しているのは梅毒である。この病の何が厄介かと言えば、一度治ったかに見えて再び発症することだ。

　病気の性質から、遊女の罹患《りかん》者は多いのだが、梅毒に罹《かか》っていると気付かず多くの男と枕を共にする。で、ヤッた男が伝染されて、そこから奥さんに伝染して、奥さんが浮気相手に伝染して……となってしまうのだ。

何で気付かないかというと、梅毒ってのは最初の頃は軽い皮膚炎や風邪みたいな症状なので、それだと分かりにくいから。未来ならばコンドームの使用で防ぐことも出来るが、なにしろこの時代にはまだ工業製のゴムは無い。安心の0・0何㎜なんてものは存在しないのだ。

そんなわけで梅毒に罹っている者は非常に多い。たしか玄白さんも、患者の半分以上が梅毒だと言っていた。ところが、確たる防衛策も治療法もこの時代には存在しないから、さらに厄介である。

一応この時代なりの予防策とか薬みたいなものはあるけど、おそらく大きな効果は無いだろうと思う。だって……梅毒の根本的な治療には、ペニシリンのような抗生物質が必要なはずだから。それを何で知ってるかといえば、現代の医師が幕末にタイムスリップして、ペニシリンを作るみたいな漫画だかドラマがあったから。身をもって体験したわけではないぞ。

たしかあの話では、ペニシリンってのは幕末の時代の西洋でも存在しないものだった。ということは、当然この時代にあるわけがない。だからと言って、俺が作れるかといえば無理っす。カビだか何かから作られたってことくらいしか知らないもの。見様見真似でやっても、それがペニシリンなのか判別出来る知識も無いし。

だから性病に罹らないためには、ヤラないか未経験者を相手にするしかないんだけど、この時代の性事情は意外なほどおおらかなんだよな。

さすがに最上層の武家や公家になると貞操観念が厳しいけれど、世間一般で言えば夜這《よば》いとか浮気、不倫なんてのは当たり前。人間関係が限られた農村では、血縁が濃くならないように、旅人の夜伽《よとぎ》に村の女を宛てがい、外の人間の子種をもらうなんてことも行われているらしい。

他にも、二組の夫婦が合意の上で互いのパートナーを交換。未来で言うスワッピングも普通にヤッているそうだ。

未来と比べて平均寿命の短い時代だから、子供を生むために異性と交わる回数は多い方がいいし、娯楽の少ない時代だから、性行為は人間の大きな楽しみの一つとなっており、まさに人の性《さが》とも言うべき話だな。

だからこそ日本各地に遊郭が存在しているし、大都市から宿場町に至るまで、湯屋には湯女《ゆな》、旅籠《はたご》には飯盛女《めしもりおんな》、橋の下なんかには夜鷹《よたか》と呼ばれる街娼《がいしょう》など、公認非公認を問わず未来で言うところの風俗嬢が数多く存在している。需要が無ければ供給されないわけだからね。

なので女遊びを嫌う俺のような存在の方が珍しかったりする。意気地が無いとか、女性に興味が無いのかと思われる可能性はあるが、もらったら最後、絶対に怒られるよ。

いや、怒られるだけならまだいいが、その後に何が待っているかと想像したら……ブルブル……身の毛もよだつ体験をしそうな気がする。誰にそんなことをされるのかって？　大体想像がつくでしょうよ。

「仕方がねえか。もらっちまったら、お前何しに長崎に行ったんだって言われそうだしな」

「ご理解いただけて何より」

『ゲーキ、待ってたよ。中に入ってくれ』

「お、先生がお呼びだぜ」

平蔵さんと話をしていると、商館の二階の窓からツンベルク先生が顔を出して俺を呼んできた。

「もしかして俺たちも交ざれってことか？」

「まさか」

先生がいると思われる部屋に入ってみると、中には遊女が五人。それに対して男は先生と……

「吉雄殿？」

「これはこれは藤枝殿」

中では大通詞の吉雄殿とそのお弟子さんと思われる日本人。そして、俺と平蔵さんを加えればぴったり五人……

みんなで仲良く、下半身プロレスごっこでもしようってか？　趣味じゃないぞ。

『先生、何をするのですか？』

『みんなで楽しく遊ぼう……と言いたいけど、さすがに私もこんな昼間から女遊びはしないさ』

「藤枝殿、彼女たちは皆、梅毒に罹っておる。先生はその治療を行うのだ」

「梅毒に効く薬があるのですか？」

「先生がその薬、〝スウィーテン水〟の処方を教えてくださる」

スウィーテン水とは、開発した医師、ファン・スウィーテン氏の名を冠した梅毒治療用の薬だそうだ。

ちなみにこのスウィーテン氏は、オーストリア大公マリア・テレジアの侍医も務めた方だとか。マリア・テレジアってあの有名な女帝だよな。ということは、スウィーテン氏は言ってみれば、この時代のヨーロッパ医学界でのビッグネームなんだろう。

『ちなみにどのように使うのですか』

『1回につき小匙《こさじ》1杯を、日に2度服用する』

飲み薬ということは、臓器や血液中に薬効を行き渡らせ、これによって病の元を絶つなり、症状を軽減させるということか。

「これは蒸留した水に昇汞《しょうこう》を溶かし、そこへ幾ばくかの砂糖を混ぜたものだそうです」

「昇汞？　水銀にございますか」

「左様」

『先生、危険は無いのですか』

汞とは中国語で水銀のことであり、昇汞とは塩化した水銀のことである。塩化しているから見た目は岩塩のようにも見えるが、非常に危険なものである。

水銀は基本的に毒物だ。かつて秦《しん》の始皇帝《しこうてい》は不老不死の薬として水銀を服用していたが、その中毒が原因で死んだとも聞くし、ちょっと前に白粉《おしろい》の使用について調べたときも、鉛のほかに水銀を原料としたものもあって、それが健康被害の元になっていたことも分かっているから、薬だと言われても服用は少々怖い気がする。

『危険が無いとは言えない。使い方を誤れば水銀中毒、最悪は死ぬ可能性もある』

昇汞を溶かした水は、強力な殺菌作用があるのだという。つまり、それを服用することで梅毒の菌を内側から殺してしまおうというものであり、ヨーロッパではこれによって多くの梅毒患者が治癒したらしい。

その一方で毒性も強い故に、服用量を誤れば菌どころか内臓や肉体を破壊して死んでしまうという、諸刃《もろは》の剣みたいなところもあるので、西洋でもその是非は侃々諤々《かんかんがくがく》の議論があるようだが、他に有効な手立てが存在しないこの時代にあっては最新の治療法のようだ。

『毒も使い方次第で薬となるし、薬も使い方を誤れば毒になる』

たしかに、俺なんかは毒薬としてしか認識していなかったトリカブトを、この時代の漢方では附子《ぶし》と称して、強心や鎮痛に効用のある薬として用いている。

一方で、本来の用途とは異なる目的で薬を大量に服用して変調をきたす、オーバードーズなんて問題も未来では存在した。

『だからこそ、正しい知見を持つ者にこれは処方してもらいたい。素人が半端な知識で使えば、病が治るどころか死人が続出するだろう』

薬と毒は紙一重。どう使うかは医者の腕次第か……

「どうした麒麟児、俺の顔になんか付いてるか？」

「いや、平蔵殿も俺も一緒だなと思って」

「？」

薬に限らず、人を使うというのも差配する人の腕次第なんじゃないかなと、勝手なことを思った次第である。

果たして、俺の存在はこの時代にとって、良薬となるか毒薬となるか……

——安永五（1776）年二月

一月十五日、将軍家治公への謁見のため、長崎を出立したカピタンたちと共に、俺は約半年の遊学を終えて江戸に向かっている。

一番の収穫は、新たな農法や産物に関しての知識を得られたことだ。種や苗なども幾ばくか入手出来たし、四圃式農業でライ麦やオーツ麦などの栽培を試すことが出来るかと思う。

ほかにも長崎ではオランダ人のためにパン作りも行われており、そこで製法を学ぶことができたし、この時代の乳製品や西洋料理の作り方も教わった。

さらにはそれらを通じて、オランダ語も以前よりかなり上達した気がする。

残念ながら医学の方は、解体新書和訳の際に教わった知識しか持ち合わせていないので、成果と言われると微妙だが、そちらは先生が江戸にいる間に、前野さんや中川さんに教示してもらおうと考えている。


〈東海道〉

『ゲーキ、あの植物を観察してもいいかな』

『大丈夫ですよ』

帰りは大坂まで船でやって来て、その後は陸路を進んで江戸に向かっている。

なおカピタンの一行と謳っているが、肝心のオランダ人は商館長のフェイトさんと書記官、医官のツンベルク先生の三人しかいない。一行のほとんどは、お付きの幕府の役人や使用人たちなのだ。

フェイトさんはこの道中も三回目とあって落ち着いたものだが、先生は出島の外、リアルな日本の農村や宿場街を見るのは初めてとあって、道中で見つけた色々なものを、足を止めては観察していた。

『これは……の仲間だろうか。形状は似ているな』

『あの……医官殿』

先生に声をかけてきたのは、本木仁太夫《もときにだゆう》という小通詞末席の方。本来の役である小通詞の下に小通詞助、小通詞並、小通詞末席という諸役が年を追うごとに増員されたらしく、末席ってのはその名の通り小通詞の中で一番下ということ。

ただ、この方は二年前に、オランダの書物の抄訳本で初めて地動説を紹介した優秀な方で、今回は同行出来なかった吉雄さんが、自分の代わりに先生や俺に色々と教わってこいと言って送り出したらしい。

「本木殿、いかがされた？」

「それが……医官殿はたびたび足を止めて何を見ているのかと、役人が訝しがっており」

『どうした？』

『先生が怪しいことをしているのではと疑われております』

『草花を見ているだけなのに……』

日本に来て以来、出島に缶詰状態で、ようやく外の景色を見られたというのに、何が悲しくてそこまで行動を制限されなくてはいけないのかと思えば、先生が嘆くのも無理はない。

これが日本の国益を損なう機密情報を探っているなんてことであれば、斬り捨てられても仕方ない話だが、先生が観察しているのはその辺に無造作に咲く草花だからね。

ただ、役人たちの懸念も分からなくはない。

さして珍しくもない雑草や花をまじまじと眺め、時にはそれを押し花のような形にして収集している姿を見れば、一件無意味な行動に見えて、実はその裏でとても大事な何かを探っているのでは？　みたいに疑われているのかもしれない。

『私が話をしてきましょう』

『すまない、迷惑をかける』

『なんの、いつもお世話になってますから』

先生が申し訳なさそうな顔をしていたので、気にすることはないと声をかけた。だって、本当に気にするようなことではないのだから。


「少々よろしいか」

「藤枝殿、なんでございましょうか」

先生に疑いの目を向けていた役人のもとへ向かうと、本気で疑っている者は少なく、ほとんどは「何道草食ってんのさ」みたいに呆《あき》れている感じであった。

「先生が何をしているか疑っていると聞いたんでね。誤解を解こうかと」

「あれは一体何をされているのでしょうか」

「先生は医者でもあるが、植物に関する学問を研究される学者でもある。長らく出島の中におられたので、珍しい草花を観察されたいのだろう」

「さして珍しいとは思えませぬが」

「それはこの国に住む者だからそう思うのだ。土地が変われば咲く花も草も姿形が少しずつ変わるものなんだよ」

そこまで植物に詳しいわけではないが、ヨーロッパと日本で植物の種類は確実に違う。

特に紅葉なんかで言うと、ヨーロッパのそれより日本の方が鮮やかで綺麗《きれい》だなんてことを、ヨーロッパやアメリカの人が言うくらいだから、そもそも生えているものに差異があるのは当然なんだが、彼らがそんなことを知るはずもないので、俺の説明を「へぇ～」という感じで聞いていた。

「別に機密に関するような重要なものではないのだから、好きなようにやらせてはくれないかな」

「まあ……貴殿がそう仰せならば……」

若輩者ではあるが、これでも四千石の当主だからね。俺が是と言えば、彼らが反論するのは難しいだろう。

『とりあえず不問ということで。観察はこれまで通り続けて問題ありません』

『ゲーキって、もしかして偉いの？　役人たちがヘコヘコしていたけど』

『家の格で言うと、彼らよりもかなり上の地位ではありますので』

『その割に偉ぶったりはしないんだね』

『必要によりけりです』


〈その夜〉

『ゲーキ、月を見ながら一杯どうだい？』

宿に着いて夜も深まった頃、先生が誰に教わったのか知らないが、月を見ながら一緒に酒でもどうかと誘ってきた。

年齢的に酒を嗜《たしな》むのはちょっと気が引けるので、茶でよければお付き合いしますよと言うと、構わないと言うので二人で縁側に出て月を見ながら話に興じることとなった。

『さすがにこの時期の夜はまだまだ寒いですね』

『そうかい？　私の故郷なんかもっと寒かったから、この時期にしては暖かいくらいだよ』

先生の故郷はこの時期もまだ雪が残り、陽の出ている時間もようやく長くなってくる頃だそうで、それまでは夜の時間が非常に長いそうだ。

冬のど真ん中あたりだと、太陽が上るのが朝五つ《8時》を過ぎてからで、昼八つ《14時》を過ぎるともう陽が沈み始めて暗くなりだすのだとか。

『私の故郷は本当に冬が長く感じる。それに比べたらこの国は春から夏、秋にかけてと暖かい季節が長いね』

酒が進んできたのか、先生がいつになく饒舌《じょうぜつ》で、今まで聞くことの無かった日本に来る前のことなどを色々話してくれたのだが、どうにも違和感を覚えている。

日本の緯度はスペインやイタリアと同じくらいだったはずなので、オランダの方が北にあるのは間違いないが、寒いというイメージはそこまでないし、日照時間も極端に短くなったりしないだろう。

『だから、長い冬が終わって夏が来ると、夏至の頃に「Midsommar《ミドソンマル》」っていうお祝いの行事を盛大に行うんだ』

あ……この人、絶対にオランダ人じゃない。

『先生、一つ質問していいですか』

『なんだい？』

『先生はオランダ人じゃないですよね？』

『……!!　な、何を言い出すのかな……』

『私の予想では、先生の故郷はスウェーデンではないかと』

俺がどうしてそう思ったかと言えば、最初の挨拶でフェイトさんはツンベルクと発音していたのに、本人の発音からはなんとなくトゥーンベリと聞こえたからだ。

それを聞いたときの俺の印象は、「北欧っぽいな」ということ。

セルビアやクロアチアだと○○ッチ、ロシアだと○○スキーのように、その国に多い特徴的な名前。フィンランドならば○○ネン、デンマークだと○○セン。そしてスウェーデンでは○○べリだ。

そのときは聞き間違いかもしれないしと思っていたが、今のMidsommarで確信した。

短い夏の到来を祝い、夏至の頃に開催されるお祭り。俺がそれを知ったのは、イケ○でミッドサマーイベントという名称でキャンペーンをやっていたからだ。○ケアって、たしかスウェーデン発祥のお店だったはず。

そこでミッドサマーとは？　と紹介があって、日本語訳で夏至祭と書いてあったのがすごいインパクトがあったんで覚えていた。夏至祭って響きが何か強そうじゃない？

それだけなら他の国にもある祭かもしれないが、トゥーンベリという名前と合わせれば、スウエーデン人という結論に至るのはおかしな話ではないだろう。

『……ゲーキは優秀だと思っていたが、ここまでとは。たしかに、私はスウェーデンの生まれだ』

『やっぱり……』

先生の話では、これまでもオランダ人と称して、他国の人間が出島に来たことは度々あったのだとか。

日本人から見たら、見た目だけでは判別できないので、とりあえずオランダ語がちゃんと話せればバレることは無かったらしい。

そういや、有名なシーボルトもオランダ人ではなかったよな。

『それに日本人はヨーロッパのことをあまり知ろうとしないからね。まさかスウェーデンの祭りのことを知っていたとは思わなかった』

『油断しましたね』

『商館長が余計な話をするなと言っていたのはこういうことか……で、役人に報告するのかい？』

オランダ人以外の西洋人が入国していたとなると、幕府にとっては一大事。先生は俺が将軍に仕える身である以上、このことを報告するのだろうと考えているようだ。

『まさか。大恩ある先生を追い出すようなことはしません』

『ゲーキ……』

『ただ立場上、国益を損なうような話だけは漏らさぬようにお願いしたい。それが約束していただけるなら、私は何も見ていないし何も知らなかったことにします』

『……感謝する』

……って言っておけば恩に着るでしょう。

この人からはまだまだ吸収したい知識がたくさんあるからね。こんなことで国外追放とかさせられませんよ。

第8話　種姫の危機

「畑を四つに分けるとな？」

「これが上手くいけば農産力の向上が図れます。まずは我が領内で試し、成果があれば他にも広めたいと」

「相分かった。天領でも試せぬか幕閣に諮ってみよう」

二月の終わり。カピタン一行が江戸に到着したのを知るや、家基様からお召しがあり、成果について問われたので、まずは四圃式農法のことを話した。

米作大国である我が国は、全国各地に田んぼが作られているが、中には明らかに不向きな土地で稲を植えるために、水路を整備している場所も多く、それが水利権争いのような形で村同士のトラブルになることが多々ある。

畑も水は必要だが、水田と違って常時水を引く必要はないので、四圃式農法によって、米作に不向きな土地の有効活用が出来るのではと報告すると、家基様は話を聞いて満足そうに頷《うなず》いていた。


「……ところで話は変わるが、そなた以前に田安の種姫に学を授けていたと聞いたが」

「はっ。農学や薬学、あとは蘭語など、私が学んだ知識を教えておりました」

「農学に薬学に……蘭語までを……女子が学んでおるのか」

「左様にございます。されど女だてらに、というわけではなく、和歌や琴などの芸事や作法もしっかり修めた上で学んでおりますれば、どこに出しても恥ずかしくない姫君かと」

「……左様か」

「何かございましたか」

「いや、突然変なことを聞いてしまったと思ってな。許せ」

突然種姫様のことを聞かれ、質問の意図が分からなかったから、どうやって答えるべきか迷い、事実を交えつつ、出来るだけ姫の評価が悪くならないようにと答えたつもりだが、家基様は難しい顔をしていらっしゃる。

その質問が何によるものであるのかを知ったのは、家基様の御前を辞し、田安家に顔を出してからだった……

「大奥《おおおく》へ？」

「そういう話が出ているという段階だ」

西の丸から田安邸へ足を運び、宗武公や治察様へ帰還の挨拶をした場で、種姫様が大奥に入るという話を聞かされ、家基様の質問の意図するところが何かを察した。

――大奥
それは江戸城において、将軍家の子女や正室、奥女中たちの住まう場。政治を行う場である「表《おもて》」、将軍が日常生活を送る「中奥《なかおく》」、そしてその先にある、将軍以外の成人男子が入ることを許されない場が「大奥」だ。

徳川の血を引くとはいえ、別家の姫がそこへ入るということは、将軍の妻となるか養女となるかの二つに一つしかないが、亡くなった御台所《みだいどころ》を深く愛していた家治公が後妻として迎えるとは思えないので、今回に関しては後者だろう。

「どこかに嫁がせる必要が出たのでしょうか？」

「いや。これは推測でしかないが、西の丸ではなかろうかと思う」

「西の丸……」

俺は姫が義妹となることを知って、家基様はその為人を聞きたかったかと思ったのだが、宗武公の見立ては違った。その推測通り、家治公の養女として本丸に入った後に西の丸へ行くとなれば、それはつまり家基様の……ということになる。

栄螺《さざえ》さん的な系図で言うと、二人は若布《わかめ》ちゃんと鮭卵《いくら》ちゃんの関係だが、年は家基様が三歳年上だ。

孫より若い息子が当たり前にいる世の中だから、続柄に大した意味は無く、年齢的な釣り合いが取れ、未来の御台所としての格も十分な種姫様が候補に上がるのは十分に理解出来る。

しかし……種姫様が若布ちゃんってことは、賢丸様は鰹《かつお》くんか。となると、俺はいつも一緒に野球をやってる中〇くんのポジション……

おい賢丸、そんなことより蘭学しようぜ！　……言えねえわ絶対に。

しかし腑《ふ》に落ちない。次期将軍の御台所を決めるとなると、将軍個人の意思だけで動くはずはなく、幕閣の意見も反映されるはず。俺の推測が正しければ、家基様と田安家を繋ぐということは、あの男にとって避けるべき事態だ。

他に目論見《もくろみ》があるのか？　俺の見立てが間違っていたのか？

分からん……権謀術数の世界なんて、ドラマや小説の中でしか知らないよ……


「失礼いたします」

「通子、いかがいたした？」

「種が話をしたいそうで、こちらに連れて参ってもよろしゅうございましょうや」

　男たちだけで話をしていたところへ、通子様が現れ、姫が何やら大事な話があると仰っている。となれば、俺は退散した方がよさそうだな。

「されば、私はこれにて」

「いえ、藤枝殿にも同席願いたく」

「私もでございますか」

「其方にも関係のある話ということであろう。よかろう、これへ」

　宗武公に促され、姫が通子様に連れられて部屋に入ると、いつものニコニコした様子は無く、硬い表情で皆に向かい頭を下げた。

「お時間を取らせてしまい申し訳ございません」

「して、何の話か」

「私が大奥へ入るという話についてです」

「まだ決まったわけではない」

　宗武公の話によれば、こちらの体面を考え、姫自身が一度大奥に足を運び、その目で中を見て判断して欲しいということで、近々茶会に招かれるという段階らしい。

「養女の話を聞いて、大奥の年寄や女中たちが品定めをしたいのだろう。まったく、我が娘を試そうなどと……無礼な」

「父上、あまり波風を立ててはなりませぬ」

「種……？」

「父上のお気持ちは有難く思っております。されど、この話は田安の家にとって慶事。この種も徳川の血を引く娘にございます。このような話がいつか来ることくらい覚悟しておりました」

大奥ってのは俺には見知らぬ世界だが、未来でやっていたドラマを見る限り、ドロドロの伏魔殿って感じだもんな。脚色されたであろう点を引いても、基本そういう世界なんだと思う。

しかも今の大奥を仕切る実力者たちは、田沼と仲が良いらしい。己の権力基盤を固めるため、大奥にもかなり配慮をしているらしいからね。

となると、そこへ種姫様が未来の御台所として入るのは、あまり楽しい未来が見えてこない。

宗武公もそのあたりを危惧しているようだが、姫様はそれが田安の姫としての自身の務めと言い切られた。

「種、良いのか？」

「覚悟はしております」

「味方となる者は少ないぞ」

「父上、くどうございますよ」

その言い切る姫の凛《りん》とした顔つきは、やはり将軍家の血を引く高貴な姫なのだと改めて感じられるものだった。

俺がそれを見たのは……同衾疑惑のとき以来だな。

「それと、藤枝様」

「はっ」

「これまでのこと、感謝申し上げます。それと共に……お詫《わ》びいたします」

一拍置いて姫がこちらに向き直る。俺に言いたいことがあるようなので、居住いを正して聞いてみれば、何に対してか分からないが、頭を下げて謝ってきた。

「姫、お顔をお上げください。私は何も謝られるようなことは……」

「いえ、藤枝様……いや、安十郎様には幼少の頃から慈しんでいただき、私、実の兄のようにお慕いしておりました」

そして姫の口から、自分が俺に嫁入りすることで、田安家が俺を手放さずに済むように考えていたことを明かされた。

以前賢丸様から聞かされていたが、まさか本人の口から聞くことになるとは思わなかったよ。

「学問を授けていただいたのも、安十郎様に少しでも近づきたくて、少しでも一緒にいる時間が欲しくて……そう願っておりました。されど、この一年色々と考えまして、私が安十郎様に関われば関わるほど、ご負担になっているのではと……」

「そのようなことはございません」

「いえ、よいのです。長崎でも有益な学を修められたとのことですし、ここらが潮時かと」

賢丸様の養子入りと共に、会う時間が減っていたところへ、半年の長崎留学があったので、その間に姫も色々と思うところがあったようだ。

自分が俺の側にいることが、本当に俺のためになるのか。むしろ余計な時間や手間をかけてしまい、俺が本来向き合うべきものにかける時間を奪っているのではと感じたようだ。

「それに……此度の話も、私が学問を修めていることを聞きつけての話のようですし。そうですわね父上？」

「ああ……そのようだな」

「皮肉なものです。安十郎様に近づきたくて学んでいたのに、それが結果的に離れる理由になってしまうとは」

「姫……」

「良いのです。先程も申しましたが、私も徳川の血を引く娘。こういう話が来る可能性は重々承知していました。これまでは子供だからとその可能性から目を背けたフリをしていただけ。綾の件をはじめ、安十郎様には子供の我儘《わがまま》で大変ご迷惑をおかけしました。その詫びにございます」

そう言うと、姫は再び深々と頭を下げた。

……なんだろう。ちょっと悲しい。妹のようにかわいがっていた子が嫁に行っちゃう悲しさなのか、これまでなんとなく姫が俺の嫁になると吹き込まれていたところに、急にフラれちゃったが故の悲しさか。

よく分かんないけど……寂しいな……

「さて……父上、茶会へのお招き、お受けする方向でお話を進めてくださいませ」

「相分かった。ただ、その目で見てどうしても気に入らぬのであれば遠慮なく申せ。そのときは父が断固として断ってやる」

「お気遣いありがとうございます」

こうして、姫の大奥入りは決まった。

まだお試しの顔合わせではあるが、その話を受けた時点でほぼ決まりのようなものだ。

しかし、事はそう簡単に運ばなかった……

「種、しっかりせい！」

「中納言様、あまり身体を揺すってはなりませぬ！」

「容態は如何に」

「倒れられてから、未だ目を覚まさぬと」

「クソッ、なんでこんなことに……」

それから半月ほど後、姫が大奥に招かれた日。俺は宗武公や治察様に田安領での新農法を相談していたのだが、そんなときに緊急事態が発生した……

――茶会の場で姫が倒れたまま意識を取り戻さない。

事態は最悪の方向へ動き始めていた……

種姫様が茶会の最中に突如倒れ、田安邸に運び込まれたのは未の刻《14時》になるかならないかの頃であった。

「一体何がどうなっておるのだ」

「それが……茶をお飲みになった途端、急に吐き気を催されたようで、程なく意識を失われたとか……」

運び込まれた姫に付き添う者に、治察様が状況を問い質《ただ》したが、如何にも要領を得ないといった感じだ。

「姫が目を覚ましませんので、それ以上は」

その話によると、茶会の最中に突如として姫が嘔吐《おうと》を繰り返し、後に意識を失って倒れたとのことらしい。

ただ、それは本人の口から聞いたわけではなく、そのとき診療にあたった奥医師殿が周りの者から聞いた状況によるもの。しかも、女中たちも右往左往するばかりで、人によって証言が異なっており、決定的な原因は摑《つか》めていないようだ。

「奥医師だけではアテにならん。外記、お主も診てくれ」

田安家付きの医師が診る中、宗武公は診察へ加われと仰るが、俺が医者なのかと言われると微妙なんだよな……それっぽい仕事はしているが、あくまでも翻訳者としてだからな……

それでも呼ばれた以上は出来る限りのことはやらなきゃならない。そう思って床に近づくと、ふいに姫が目を覚まし、か細い声で俺の名を呼んだ。


「……あん、じゅうろう……さま」

「姫……？」

「種、気がついたか」

「おとう……様、申し訳……ございません……」

「無理をして喋《しゃべ》る必要はない。安静にしておれ」

「いえ……これだけは、お伝え……しなくては……安十郎様……毒を盛られたように……ございます」

「毒ですと……」

姫が枕元に俺を呼び、途切れ途切れでゆっくりとした口調ながら、そのときの様子を話してくれた。

その話を漏らさぬよう聞き取れば、茶を口に含んだ後に急に吐き気を催し、危険を察した姫は咄嗟に、腹に納めた物を憚ることなく嘔吐し、出せる物を全て吐き出したところで意識を失ったらしい。

「安十郎様に……教えていただいたことが、役に……立ちました」

姫の言う教えとは、以前に毒を盛られたらどうするかという話をしたときのことだ。

「茶を口に……含んでから、舌や口の中に痺《しび》れを……感じ……」

「それでそのときの教えに従い、腹に納めた物を全部吐き出したのですね」

「ええ」

「外記、種はなんと？」

「おそらく……茶か器に毒が仕込まれていたようです」

「なん……だと……」

状況から考えるに、それが一番可能性が高い。大奥で多くの監視の目がある中で、どうやって盛るのかという方法論は別にして、体調の急変と姫の証言からほぼ間違いないだろう。

そのことを伝えると、宗武公の顔がみるみるうちに真っ赤になる。そりゃ、娘が毒殺されそうになって怒らない親の方が珍しいよな。

「おのれ……一体誰が……」

公が今にも人を殺しそうな目をしている。それは、姫に毒を持った犯人に向けてか、はたまた養女の話を持ち込みながら、このような失態を招いた幕閣、すなわち、田沼を筆頭とした老中や若年寄たちに対してなのか……


「安十郎……さま」

「姫、無理に話すことはありません。安静に」

「夢を……見て……おりました」

「夢？」

「光も見えぬ……暗闇……とても怖かった。でも、安十郎様の……声が聞こえた……気がして……」

「ええ、ええ。安十郎はここにおりますぞ」

倒れて意識を失っていた間、悪夢にうなされていたのだろうか、姫の額から玉のような汗が流れ、顔色も芳しくない。

「外記、種は本当に毒を盛られたのか？」

「姫の容態から見て、十分に考えられます。ただ、仮に致死量の毒が体内にあれば、既にお命は無いところでしょうが、意識があるということは、殆《ほとん》どは吐き出しているものかと。姫が機転を利かせたおかげでしょう」

しかし、この衰弱した様子を見れば、全ては出し切れていないだろう。

どうやって解毒する。毒の種類すら見当も付かないというのに……

失敗したな。医学は解体新書のメンバーに任せておけばいいと考えて、難しいところは結構聞き流していた部分もあるからな……こんなことなら、もう少し本格的に学んでおけばよかった。

「種は……死ぬのでしょうか……」

「死なせはしません」

「安十郎様なら……そう言うと……思いました。約束……しましたもの……ね」

姫が俺に向けて、力なく腕を伸ばしてきた。

混濁した意識の中で必死に助けを求めているのだろうか、汗に混じって涙が瞳《ひとみ》から零《こぼ》れ落ちている。そんな姿を見せられて、何も手を打てないなんて言っていられるわけがないじゃないか。

けど、俺一人では……どうする……

いや、待てよ……いるじゃねーか。今江戸にいる者の中で、最新の西洋医学を知る人が……

ただ……その人をここへ呼ぶのは……

「構うものか……そのときはそのときだ」

そもそも大奥や幕閣のせいで引き起こったことだ。これで俺が怒られるのならば、アイツらの失態も明らかになる。こんな幼い姫を、政略のドロドロに巻き込んで死なせるわけにはいかないだろ。

そうと決めれば迷いは無用。俺は宗武公の方へ向かい、とある相談をすることにした。


「外記、いかがいたした」

「中納言様、お叱りを覚悟で進言いたします」

「……申せ」

「万全を期すために、私が知る中でも最高の蘭医を呼び寄せたく」

「解体新書で共に和訳にあたった者たちか」

「そのほかに、日本橋本石町の長崎屋より」

「……!!　まさか」

宗武公は俺の言わんとしていることを察してくれたようだ。

そうだよ、長崎屋に逗留《とうりゅう》しているじゃないか。カピタン付きの医官、カール・ペーター・トゥーンベリ……もといツンベルク先生、そして俺の仲間たちが。

「先生の技量、この外記が保証いたします。助かる可能性を少しでも上げるならば、最高の腕を持つ医師に診せるべきかと」

「しかし……オランダ人を……」

つい先日、カピタンの謁見があったが、あれは幕府の公式行事であり、それでも物々しい警備であったのだから、体調が悪いからと軽々しく往診のために城内へ招き入れることは簡単な話ではない。宗武公が逡巡《しゅんじゅん》するのは当然だ。

「突拍子もない考えと思《おぼ》し召しかもしれませんが、何としても姫をお救いしたい。されど、私の知見だけでは足りませぬ。責任はこの外記が全て負いまする。何卒《なにとぞ》……」

「……相分かった。諸役には余から話を付けておこう。其方は即刻、その医官を連れて参れ」

「ははっ」


〈長崎屋〉

『なるほど……それで私に診てほしいと』

長崎屋に向かうと、思ったとおり中川淳庵さんと桂川甫周《かつらがわほしゅう》さんが先生の教えを受けているところだった。

「奥医師でも手に余りましたか……」

「なにしろ姫が目を覚まさなかったので、毒なのか急な病かも判断できず、処置に迷ったようです」

桂川さんは幕府の御典医を務めながら、解体新書の和訳にも興味を示し、かなり早い段階で読み分け会に参加されていた同志である。

江戸に戻る前に、和訳に参加した面々にはツンベルク先生のことは伝えており、それを聞くや二人は喜び勇んで長崎屋にやって来たのだが、残念なことに今日は前野さんは姿を見せていないようだ。

「前野さんは今日はおられぬのか……？」

「前野殿は一度も長崎屋に足を運んではおりません。会うわけにはいかないと申されて」

「なんと……」

どういうことだろうと思ったら、前野さんはツンベルク先生宛に手紙を書いたそうで、そこには見事なオランダ語の文章で、「会って話をしてしまうと、私の探究心に抑えが利かなくなり、家族や主君を捨てて遠くオランダまで貴方に付いて行くことになるだろうから、残念だがお目にかかるのは遠慮したい」と記されていたそうだ。

俺から前野さんのことを聞いていた先生は会えないことを残念がっていたけれど、中川さんと桂川さんも非常に優れた医師なので、よろしく教示してやってほしいという締めの言葉を見て、ならば知る限りの知識を教えようと、毎日最新の西洋医学を伝授してくれているのだとか。

「そうか……前野さんも居てくれたら心強かったのですが……」

「それはそうと、藤枝殿、先生を城の中に入れても大丈夫なのですか」

「中納言様の許可は得ております」

『いいでしょう。毒の症状に冒されているとあれば、猶予はありません。淳庵《スンナン》、甫周《ホジユウ》も後学のために連れて行きたいが良いか？』

『もちろんです。お二人もご同道願おう』

こうして俺たちを乗せた駕籠《かご》は、急ぎ田安邸に向かうのであった。

『直接患者の容態を見なければ、正しい処方は出来ませんよ』

田安邸に着いた俺とツンベルク先生、そして中川さんと桂川さんは、急ぎ姫の臥《ふ》せる床へと向かった。

ところが……部屋に入る前に、田安家の御家老から、直接の診察は叶わぬと伝えられたのだ。

幕閣は宗武公のあまりの剣幕に恐れ慄《おのの》き、先生の入城を認めたが、診察は襖と御簾《みす》を隔てた隣の部屋からの問診のみ。顔色を見ることも脈を測ることも相成らぬと言うのだ。

そんな馬鹿な話があるかってんだ。既に症状も処方もよく知られた病なら、未来でもオンライン診療みたいなものはあるが、今回は直接診なければ絶対に治療法を決めることは出来ない。未来人なら素人でも分かりそうなことだが、そんなに体面が大事だと言うのか……

「申し訳ござらぬ。某の力が足りず……」

「御家老様のせいではございませんが、何を考えているのか……」

本当はふざけんなこのヤローと声を大にして言いたいが、御三卿の家老は基本的に直臣ではなく、旗本からの出向なのだ。大名級が務める老中や若年寄に楯突《たてつ》くのは難しいだろう。

『ゲーキ、これでは診療にならんぞ』

『ですよね……』

「安十郎……様、そこに……おられるのですか？」

「……姫？」

俺たちがオランダ語で話していたのが聞こえたのか、姫が俺を呼んだ。

「姫、私が師と仰ぐオランダの医師を連れて参りました」

「そう……なのですね。でも……なにやら揉《も》めておるように……」

「畏れながら、オランダ人が姫の肌に直接触れるのは罷《まか》りならぬと……」

「ならば……安十郎……様が診ては……くださいませぬか」

「私が……でございますか？」

病床の身にあっても、姫は何が問題になっているのかを把握したようで、先生が診られないのであれば、俺が診た結果を先生に伝える方法ではどうかと仰っている。

「それしかあるまい。外記、お主が診てくれ」

「中納言様……しかし」

「あ奴らはオランダ人に診せてはならんと言ったようだが、外記が診てはならんと申しておったか？」

「はっ、藤枝殿が診てはならぬという指示は受けておりませぬ」

……ええ～！　こじつけぇ～（IKK◯さん風）

「安十郎……様……」

「……分かりました。先生と少し相談してみます」

いや、参ったぞこれは……俺にそんなことが出来るだろうか……

『ゲーキ、どうなった？』

『主が、私が診察したものを先生に伝えて判断してもらってはどうかと』

その話を聞き、先生はそれなら大丈夫だろうと仰るが、俺が診て正確に伝えられるかどうか……

『ゲーキは何を不安がっている？』

『先生……？』

『以前から思っていたのだが、君は農学や商学などの分野では特異な才を見せているのに、医学に関してだけはどうも臆病《おくびょう》というか、遠慮がちな気がする。たしかに君は医学を本業とはしていないようだが、私から見れば、君は十分に最新のオランダ医学を修めている。細かい診察項目は私が指示を出すから、自信を持って臨め』

「藤枝殿、貴殿なら大丈夫だ」

「そうです。解体新書のときの自信は何処へ行ったのですか」

……たしかに俺は医者じゃないからと、どこかで線を引いていたのかもしれない。

どうも医者というと、難しい勉強をして難関の国家試験をパスした者のみが就ける職、という未来のイメージが強いんだよな。

だけどこの時代の医者に免許など存在しない。昨日まで全く違う仕事をしていた者が、翌日になって突如医院を開業するなんてこともザラにあるし、高名な医者に師事したと言っても、すぐにそれを証明できるようなものがあるわけでもない。

つまり、医者という職業を名乗るのに、未来ほどハードルは高くないのだ。だからこそ藪《やぶ》医者ってのが街中に氾濫《はんらん》しているわけだ。

それらと比べたら、気付かぬうちに十分に知見を得ていたのだろうか。

もしかしたら、俺が自信なさそうにしているのを見て、先生は発破をかけてくれたのか。だけど本当に能力が無いと思えば、そんなことは仰らないだろう。

「……分かりました。やります」

となれば、俺がやるしかないだろう。

ここで、「私、失敗しないので」って言えればカッコいいんだけどな……

現状を端的に表すなら、「私、失敗出来ないので……」だよな。


『脈は』

『落ち着いてはおりますが、時々乱れがあります』

『熱は』

『やや高め、発汗も多いです』

『呼吸は』

『気道が詰まっている様子もなく正常です』

それからしばらく、俺は先生の指示に従い、姫の容態を診察し続けた。

脈を取られたり、首筋あたりを触診されたりして、姫が若干恥ずかしそうにしているのだが、そのリアクションで俺も恥ずかしくなるわ。

『ゲーキ、心音を確認してくれ』

……心音？　心臓の音ってことだよな。

聴診器なんてものは無い。となると……

『直接耳を当てて聴くんだ』

「はぁ!?」

「安十郎様、どうか……されましたか」

「いや、その……」

「外記、遠慮は要らぬ」

一刻を争う事態なのだから躊躇《ためら》いは不要と宗武公は仰るが、本当に大丈夫だろうか……

「先生が……心の臓の鼓動が正常か確かめろと」

「どのようにして？」

「直接耳を当てて……」

「……構わん。やれ」

ひゃ～、宗武公の目が怖い……

「安十郎様にならば、私は……大丈夫です。お願い……します」

と言いつつ、姫の顔も真っ赤になっている。それは毒の症状による発熱だけではなさそうだが……


『先生……分かりましたか』

『うん。症状から毒の種類も絞れた。あとは毒素を体内から逃がす処方をすれば大丈夫だろう』

グッタリ……外科医が大手術のあと疲れ果てる気持ちがよく分かったわ……

『これから治療法について説明を行う。ここ一両日中が大事となる』

先生の見立てによれば、摂取してしまった毒素はごく微量のようなので、それが直ちに命を脅かすことはなさそうだとのことだ。

しかし、そのまま体内に残したままというわけにはいかないので、薬を投与して胃や腸の中に残っているものを吐瀉物《としゃぶつ》として排出し、毒素ごと体外に出すことになる。

当然その間、栄養的な成分は摂取出来ないから、処方は早急に行わなくてはいけないようだ。

『後はゲーキ1人で対処出来るはずだ』

『やってみます』

そのやりとりを見て、とりあえず一命は取り留めることが出来そうだと分かり、田安の家中の者たちが周囲でホッと胸を撫《な》で下ろしている。

「蘭医殿、無理な願いを聞き届けてもらい、感謝する」

『医者は人の命を救うのが仕事です。当然のことをしたまで』

「この礼は何をもって報いようか。望みはあるか」

『ならば、今回姫を救ったのはゲーキということにしていただきたい』

先生の言葉を訳し宗武公に伝えると、公はどういうことかと不思議な顔をしている。

『詳しいことは分かりませんが、私がここに居ることを知られるのはよろしくないように見受けます。ならば、今回治療を成したのはゲーキということで。私は彼に聞かれて長崎屋において助言しただけということにしてください』

「こちらの事情まで斟酌《しんしゃく》してもらい、感謝する」

『さて、治療法も伝えたし、私たちはこれで帰るとしましょう』

こうして、バタバタと慌ただしく三人が帰るのを玄関で見送りながら、俺は先生にある疑問をぶつけてみた。

『私の手柄で良かったのですか？　なんなら植物採集で長崎の街の外を出歩く許可なんかを望めばよかったのに』

『そういう手もあったたか。ただ君には借りがあるからね』

『借り？』

『夏至祭』

そう言って先生が片目をパチリと閉じて見せた。ああ、そういうことか。先生がスウェーデン人だってことを俺が知ってて黙っている見返りってことね。

『日本を離れれば、次にいつ会えるかも分からない。借りを借りのまま残しておくのは性分ではない。

俺としてはそれ以上のものを与えてもらっているから、そんなことを気にする必要は無いのだけど、これればかりは人の性格だからね。

『それとゲーキ、私がさっき言った話はお世辞でもなんでもない。君は十分に医者を名乗るだけの実力がある』

『ありがとうございます』

『ではな。江戸にいるうちに長崎屋にも顔を見せに来てくれよ』

こうして、ツンベルク先生は田安邸を後にして、種姫様の毒殺騒動は最悪の事態を避けることが出来た。

が、俺にとってそれ以上の事態が後日発生することになるとは、このとき考えすらしなかったのであった……

第9話　男は黙って……

種姫様の容態は薬のおかげもあって、快方へと向かった。

数日の間は満足に食事も取れなかったので、さぞ辛かったであろうが、意識もはっきりと取り戻し、会話や体の動きにも後遺症が見られなかったのは不幸中の幸いと言うべきだろう。

あの日以降、俺は定期的に長崎屋を訪れ先生に容態の報告をしつつ、新たなオランダ知識の習得を続け、充実した日々を過ごしていたが、遂にカピタン一行が長崎へと帰る日がやってきた……


『通行許可証……？』

『これがあれば、植物採集のために先生が出島の外へ出ることが出来るのです』

見送りついでに、俺は植物採集のために長崎の郊外へ外出する許可証を餞別《せんべつ》として贈った。一応長崎奉行への事前申請は必要だし、基本的に日帰り出来る範囲という制約こそあるが、これまでの慣例から考えたら破格の待遇だと思う。

姫を救った功績を全部俺に譲ると言ったのであのときは立ち消えになったが、それでは逆に俺の気が済まないので、治察様にお願いして入手したのだ。

『これは……有難いが困ったな』

『何か問題でも？』

『今年の船でバタヴィアへ帰るつもりだったんだ』

どうやら先生は、植物採集が思うように進まないことから、見切りをつけて日本から去るつもりだったようだ。そこへきて、俺が外出許可をもらってきたものだから、嬉しさ半分困惑半分といったところらしい。

『ツンベルク、良かったじゃないか。これでもう1年は日本に滞在できるな』

『商館長、自分のことじゃないからって』

フェイトさんが言うように、オランダ商館としては先生にもう少し日本に滞在してもらいたい意向があったらしく、俺が帰る理由の一つを潰《つぶ》してくれたことを非常に喜んでいた。

『まあ、教え子が折角用意してくれたんだ。もう1年、日本に居るのも悪くないか』

『では先生、来年また江戸でお会いしましょう』

『ああ、ゲーキ、スンナン、ホジュウ、みんなも元気でな』

こうして、一行は長崎に向けて旅立っていった……

「さて外記よ。此度の働きに対し、余は恩賞を与えねばならん」

「畏れ多くも、姫の命を救えたことだけで十分です。それ以上の望みはございませぬ」

「欲が無いのう」

後日、俺は田安邸に呼ばれ、宗武公から恩賞の話を切り出された。

この件に関しては、毒を盛られたという点は伏せられ、公式には茶会の場で姫が突然倒れたのが、俺の治療で快癒したということになっており、期せずして俺は名医に祀り上げられることとなってしまった。

なのでこれ以上欲をかいて、医者としての俺に期待する声が高まるのは怖い。自信の有る無しではなく、まだまだ勉強中の身だし、農学にも力を入れたいので、そっとしておいてほしいというのが本音だ。

「ではその話はここまでにして……治察」

「はっ。されば外記よ、やむを得ぬ次第とはいえ、嫁入り前の娘が人前で肌を晒し、あまつさえ触れられた。それが徳川の血を引く姫の身に起こったのだからな、何も無しというわけにはいかん」

そうきたか……

いやね、あのとき宗武公にすげえ目で睨まれたのは分かってたけどさ、治療行為ですよ、人命救助ですよ、実際に命は助かったわけだし、無罪《ノットギルティ》じゃないんですかね？

「治察の申した通りだが、そんな無体な真似はさせん。あのとき何があったのかなど、外の者は知る由もないのだからな」

「では……」

「しかしだな、当の本人はそうもいかぬようでな。男に肌を晒した身で他所《よそ》へ嫁には行けぬと、妹はそう申しておるぞ」

「ええと……つまりそれは……」

「お主が責任を取ればよいのだ」

「せ・き・に・ん……？」

〈外記の脳内劇場〉

「治療と称して、女の子の体を触りまくった男がいるらしいですよ」

「なぁにぃ～!!　やっちまったなあ!!」

「男は黙って……」

「娶れ！」

「男は黙って……」

「嫁に迎えろ！」

「責任は取ろうね」

……いや、称してじゃねーわ。ちゃんとした医療行為だし、触ったけど邪《よこしま》な気持ちではない。餅つきながらそんなこと言われても笑えねえっての。

「お、お二方……お言葉ながら、私では」

「余の娘では不服か……？」

「我が妹では満足できぬと……？」

「不服でも不満でもなく……将軍家の養女になろうとしていた御方でございますよ」

「案ずるな。その話なら既に叩き潰してきたわ」

「えぇ……」

どうやら幕閣は、今回の件を受け、反省の上で次が起こらないように万全の態勢を敷くということで、養女の話を継続するつもりだったらしい。

しかし宗武公と治察様は、だったら最初から対応しておけ、今更信用出来るかとお怒りで、話を白紙に戻すどころか、未来永劫《えいごう》受ける気はないと断固拒否の姿勢で貫いたそうだ。

「一応表向きは、病がいつ再発するかも分からず、お役目を果たせぬ可能性が高いゆえ、上様の養女となるは遠慮したいとな」

「左様。それでいつ再発するかも分からぬ病に対処するには、治療した其方の側で世話になるのが一番ということじゃ」

「姫はそれで良いと？」

「もちろんです。私がそう望んでおるのです」

突然の展開に俺が困惑していると、見計らったかのように姫様が現れた。

「姫、どういうことかご理解の上でか」

「無論です。私が旗本四千石、藤枝外記の妻となるというお話です」

「徳川の姫が旗本に嫁ぐなど、聞いたことがありません」

「ならば私が初めてですわね。外記様の解体新書と同じではありませんか」

一緒にしてはいけないと思いますが……

「一度は諦めた想いでしたが、病の床にあったとき、外記様の声を聞き、その手の温もりを感じたとき、朧気《おぼろげ》な意識の中で、ああ、やはり私はこの方の側にいたいのだと思ったのです」

「畏れ多いことで……」

「勿論《もちろん》私が一方的に想いを寄せているだけの話にございますれば、外記様が嫌だと仰せなれば無理強いは出来ませぬ」

と、姫は気遣いしてくださるが、宗武公や治察様の様子を見れば、断ったら最後、俺は棺桶《かんおけ》に納められて無言の帰宅か……もしくは城のお堀で土左衛門《水死体》だな……

こ～んにちは、僕ドザえもん……嫌だ。実質拒否権は存在しないらしい。

となると、姫を嫁に迎えて問題ないか、本気で考えてみなければならない。

まずは年齢。数えで俺は十九、姫が十二なので、未来ならば「おまわりさんこっちです」という事案発生臭がしてしまうが、この時代ではこれくらいで婚約という話は珍しくないし、実際に夫婦となるのは数年先になるだろうから、そこまで問題はないはず。

しかし身分差だけは如何《いかん》ともし難い。そこに関しては姫にしっかりと確認せねばならんだろう。

「お気持ちは分かりました。されど、いくつかお伝えしておかなければなりません」

「何なりと」

「まず、将軍家一門たる田安家と我が藤枝では、当然同じ暮し向きにはなりませぬ。姫に我慢をしていただくことも多くなります」

「結構です。外記様のおかげで玄米から粟《あわ》、稗《ひえ》、その他の雑穀を美味しく食べる術《すべ》は身につけました」

だから食事については問題ないし、むしろ白米の出ない食事に文句を言わない武家の娘など他にはいないと胸を張っておられる。

たしかにそうかもしれないけど……食事だけではないのよ。

「女中もそれほど多く抱えることは出来ません。身の回りの世話も行き届くか……」

「つまり、私にも仕事をせよと仰せなのですね。よろしゅうございます。畑仕事でも新たな菓子や料理作りでも何なりと。綾もおりますから、楽しくなりそうです」

そうね……最初はひと悶着《もんちゃく》あったけど、綾とはなんだかんだで馬が合うのよね。

「あと……これは申し上げにくいが……私の妻になるということは……私の子を生《な》すということで……」

「それこそ今更でございます。既に床を共にし、肌を合わせた間柄ではございませんか」

いや、言い方……何一つ事実と相違はないけど、知らない人が聞いたら絶対に勘違いするぞ。

宗武公がその言葉を聞いて、「やはりな」と何とも言えぬ顔をしているのが怖い。何がやはりなのかは身の安全のために聞かないことにしよう……

「私が妻ではお嫌でございますか……外記様はずっと私の側に付いていてくださると約束してく

だされたではありませんか」

「嫌なわけがございませぬ。私に嫁ぐことで、姫が要らぬ誹謗《ひぼう》を受けるのではないかと、それだけが心配なのです」

本来ならもっと家格の高い家に嫁ぐべき姫が、四千石の旗本に嫁ぐという意味。事情を知らぬ者ならば、姫に何らかの瑕疵《かし》があるからと考えることもあるだろう。

「だからこそ、お主に嫁がせるのだ」

「中納言様……？」

「たとえ、種が我儘でお転婆で……」

「お父様、それはあまりの仰いようです」

「オホン……幼い頃から其方と縁付くことを望んでいたからとて、はいそうですかと嫁に送り出すわけがなかろう。藤枝外記を我が義息とすることに意味が有るから故の話ぞ」

当主の考えを抜きにして、誰に嫁がせるかを決めるわけがないと宗武公が仰る。ということは、この話は公の意向でもあるに等しい。

「たしかに……旗本に嫁がせるなど、今までであれば有り得ぬ話よ。されど其方であれば、余が娘を嫁がせた意味を誰しもが納得する日が来るのではと思っている。外記、この中納言宗武の目に狂いが無いと、其方が証明してみせよ。そして、四の五の言わずに種を嫁にせよ」

「……ははっ、確《しか》と承りました」

これまで俺のやることに異論を挟んだり、無理な命令をすることの無かった宗武公から下された初めての厳命といえる話だ。ものすごくキツい課題を与えられた気がするが、ここで断ることは出来ないから、黙って受けるしかないだろ。

しかし、姫が俺の嫁か……

「不束者《ふつつかもの》ではございますが、末永くよろしゅうお願い申し上げます」

そんなにニッコリと微笑まれては、俺もにこやかに微笑み返すしかありませんな。

〈第3章　蘭学者藤枝外記・完〉

【他者視点】日本紀行（カール・ペーター・トゥーンベリ）

１７７５年７月21日、我々はバタヴィアを出港した。

目的地は日本の長崎。今回私は貿易に向かう商隊の医務官として随行し、日本に着いてからは、使節の代表であるフェイト氏が将軍に謁見するため、その宮城《きゅうじょう》がある江戸という町へ向かう際の侍医を務めることとなっている。

……というのは表向きの役目であり、私にはそのほかに、かの地で出来る限りの種子や草花、灌木《かんぼく》や樹木を収集し、アムステルダムの植物園やオランダにいる学者たちにそれを持ち帰るという仕事がある。


（中略）


８月13日の午後になり、ようやく日本の陸地を望むことが出来、その夜には港の入口に碇《いかり》を下ろした。

長崎の港は周囲の高い山に守られるように位置し、おそらくはその山に見張所のようなものがあったのであろうか、我々の船影を見るや、日本の役人たちがやって来て、我々が持つ書籍や武具を全て引き渡すこととなった。

とりわけ聖書や祈禱《きとう》書などのキリスト教に関する文献は箱に収められ、厳重な封印をもってこれを保管された。日本ではキリスト教の布教は禁止されており、特にこれらが流出することを恐れての処置であろうと思われる。

（中略）


9月、長崎の役所の責任者が交代した。責任者は奉行といい、長崎の町の行政・司法に加え、貿易の監督、外交対応など多岐に亘る事務を所管しており、ヨーロッパで言うなれば、長崎という街の執政官とでも言うべきであろうか。

その定員は2名で、1人は長崎、もう1人は江戸にあり、1年周期で任地を交代する。今回やって来たのは柘植《トウーゲ》長門守正寔という人物で、今年の初めに現職に就いたということで長崎は初めてだという。

そして、それに随行してきた者の中に、藤枝外記《フジーダ・ゲーキ》という男がいた。

彼は江戸の将軍に仕える直属の騎士の一人なのだそうだが、オランダ語の書物を日本の言葉に訳して刊行した学者でもある。

他国の言語を訳しただけで何故驚くのかとお思いかもしれんが、この国でオランダ語を理解出来るのは、4、50人の通訳しかいないのだ。

それはオランダ人に日本語を理解させないため、そして日本人にヨーロッパの情報を伝えないようにする、日本政府の情報統制策によるものである。

当然ながらオランダ語を解する数少ない通訳たちは、我々の対応のため全て長崎にいる。外記が住む江戸には、長崎から我々と共に向かう時以外には誰もいない。

しかも、通訳たちも会話は十分な技量を持つが、文章を読むということに関しては覚束ないという環境にあって、彼は仲間たちと、自分たちだけの力でオランダ語を日本語に訳したのである。

自国語に訳した辞書も文法書も無く、見知らぬ他国の言語を訳すことが出来るかと問われれば、難しいと言わざるを得ない。それを彼は成したのだ。そして、江戸にあってそれだけの知識を得られたのであれば、長崎に行けばより多くのことを学べるだろうと、この国の将軍の嗣子の命によって留学に来たらしい。


……ということを何故私が知っているかといえば、外記本人に直接聞いたからだ。

驚くことに、彼は翻訳だけではなく会話も習得していた。残念ながら師について教わったわけではないので、発音こそ通訳に比べて正確性を欠くが、我らと十分に意思疎通が出来た。

商館長のフェイト氏は、以前江戸へ赴いた際に彼と面識が出来、そのことを話には聞いていたが、実際に対面して言葉を交わせば、なるほどフェイト氏の言っていたことが良く分かった。

そこで、私は自ら彼の師になることを申し出、様々な学を授けたのだが、彼は進んで新しい知識を学び取っていった。

故郷で教鞭《きょうべん》をとっていた身である私にとっても、教えたことを生徒が次々と吸収してゆく姿を見るのはとても楽しかった。


（中略）


フェイト氏に同行して江戸へ向かう道中でのことだ。藤枝外記という青年が、間違いなくこの日本という国の中で最も先進的で開明的な思考の持ち主だと確信するに至る出来事があった。

江戸への道中、私はこの国に育つ草木を観察、収集しながら旅を続けていた。

故に一行の足を止めてしまうことも多々あり、それが何度も続くとさすがに同行する日本の役人たちが不審を抱き始めたようで、私に何をしているのかと詰問してきたが、それを執り成したのが外記であった。

彼は将軍直属の騎士の中でも位の高い家の、しかも若年ながら既に当主の座にいるということで、彼が言うのならばと役人たちも退かざるを得ず、私は植物観察を続けることが出来た。

そして、助けてくれた気安さから、故郷のことなどを外記に話しているうちに、彼は私がオランダ人ではないことに気付いた。

これには私も驚いた。まだまだ全ては理解していないだろうと油断した私が悪いのだが、彼はオランダのことのみならず、他のヨーロッパの国についても少なからず知識を有していた。ただ書に記された文章のみを師としてだ。

これまでもオランダ人と称して、他国の者が日本へと数多く渡ったが、詐称が気付かれたことなど聞いたことがない。それを彼は少しの会話で気付いたのだ。

国外退去の文字が頭をよぎった。だが、彼は大恩ある師にそのようなことは出来ないと言い、機密情報だけは持ち出さないことを約束させて、私の仕事を黙認してくれたのだった。

(中略)

江戸に着くとすぐに、将軍の侍医である桂川甫周《ホジユウ》とこの国の大公付きの医師である中川淳庵《スンナン》という2人の訪問を受けた。彼らは外記の手紙で私の話を事前に聞いており、到着を今か今かと待ち望んでいたらしい。

そして流暢《りゅうちょう》ではないものの、やはりオランダ語を話すことが出来たことに驚き、それを外記と共に導いたとされる前野良沢《マーノ・ラヨタク》という学者にも会いたかったのだが、残念ながら彼は私に会えば学問への探究心が抑えられなくなり、主君や家族に迷惑をかけてしまうだろうと、面会を固辞した。非常に残念ではあったが、その分、私は持ちうる知識を淳庵と甫周の２人に与えることにした。私の忠実な弟子となった２人は、ほぼ毎日欠かさずに私の元へやって来ては熱心に話を聞いていたので、日本の医者が知り得ぬ知識を多く学ぶことになった。これにより多くの病の兆候を知り、西洋で私たちが扱う方法と同様の処置が施せるようになったかと思う。

そんなある日、外記が私の元を訪れ、とある姫君の診察を頼むと言ってきた。聞けば、西洋で言うパーティーのような場で急に倒れたそうだが、実際は毒を盛られたとのことだ。

本来、その姫君を診る医者は限られた者だけのようだが、外記がその姫の父に掛け合って、特別に私に診察の許可が下りたのだとか。

しかし、その屋敷に行ってみれば、病人を直接診ることは叶わず、ただ隣室にあって口頭による診療のみだと将軍の重臣に言われたというではないか。

そんな方法で適切な処置など出来るわけがないと抗議すると、外記が役人と交渉し、彼が姫君の診察を行い、それを私に伝える形ではどうかとの提案があったようで、私はそれなら構わないと言ったのだが、肝心の外記が何やら不安がっていた。

聞けば、彼は医者としての学問を専門に学んだことはなく、医学書を和訳するにあたり、医者たちから最低限の知識を教えられただけであり、私の望むような対応が出来るか分からないという。

私にはそれが不思議で仕方なかった。仮にそれが事実であったとしても、長崎にいる間、彼は私が教える最新のオランダ医学を理解していたのだから。だから私は、君は日本で一番オランダ医学に通じた男なのだから自信を持てと励ますと、彼も覚悟を決めたようで、的確に患者の症状を報告してくれたので、問題なく処置することが出来た。

（中略）

将軍への謁見も終わり、一行が長崎へと戻る日、外記、淳庵、甫周の3人が見送りに来た。とりわけ外記は、私が植物採集に難儀していると聞いていたのを憂慮し、私が長崎の街の郊外へ出歩く許可を餞別に贈ってきた。

実を言うと研究が思うように進まなかったので、その年の船でバタヴィアに戻るつもりであったが、弟子の厚意を無下にするわけにもいかず、もう1年日本に滞在することとした。

（中略）

長崎へ戻ってから、外記があのとき治療にあたった姫と婚約したことを聞いた。なんでも以前から、2人はそれなりの仲だったようで、だからあれほど必死になって姫を救おうとしたんだねと、後になって外記にお祝いの手紙を送ったのだが、返信は「別にそういう理由ではありません」と素っ気ないものであった。照れ隠しのつもりだろうか。

（中略）

さて、本著はヨーロッパからアフリカ、アジアと各国を見て回り、その風土を紹介するという目的で書いたのだが、思いがけず日本に関する記述だけが長くなってしまった。それだけ私が日本で得た経験が大きな衝撃であったという証《あかし》である。

ヨーロッパから遠く離れた極東の地には、西洋との交流を拒む者たちが、我々とは異なる文化を育てていた。

そんな中で世界の動きを僅かながらに感じ、国のため民のために見知らぬ世界を知りたいと願い、私の教えを受けた３人の弟子は、間違いなく日本を代表する学者になるであろう。

中でも藤枝外記は、いずれヨーロッパの大学者たちとも肩を並べる存在になるであろうことを確信し、本項の締めとさせていただく。

――カール・ペーター・トゥーンベリ『ヨーロッパ、アフリカ、アジア紀行』

後にスウェーデンで刊行されたこの本は、当時あまり知られることの無かった日本という国に関する詳細な資料として欧州各国の言語に訳され、知識人階級の間で知られることとなった。

そして、その内容が巡り巡って外記の耳に入るのは、この後しばらく先のことである……

◆◆　補足　◆◆

トゥーンベリの『ヨーロッパ、アフリカ、アジア紀行』は全４巻のうち、第３巻と第４巻の前半が日本に関する記述となっており、後にフランスの東洋学者ルイ・ラングレスがその部分だけを抜き出してフランス語訳したものが、本話のタイトルでもある『ツンベルク〝日本紀行〟』となります。

また、本章で書いた種姫毒殺未遂に関しては、訳文中で書かれていた〝貴人の病〟という項にて、トゥーンベリが将軍の姫の病を診察したという記述を元にした脚色です。

実際はこの時点で将軍家治に姫はおらず（既に死去）、江戸城内に徳川の血を引く姫は種姫か妹の定姫しかいないので、詳しい病名や人名が書かれていないことをよいことに、種姫がエライ目に遭うという話にした次第です。

【第３章登場人物まとめ】

○藤枝教行
旗本四千石藤枝家当主、居は湯島妻恋坂。
本人の意図に反し、どんどん蘭学者・医学者としての認知が進んでいる。
そして遂に年貢の納め時。もげろ。

○徳川宗武

○通子
家督を譲って孫も生まれたし、お転婆姫の嫁ぎ先も決まったし、悠々自適の隠居生活が始まるのか？

○徳川治察

○因子
家督を譲られて、懸案だった跡継ぎにも恵まれて、田安家の未来は彼らに託された。

○賢丸→松平定信（まつだいら　さだのぶ）
歴史通り定信にメガ進化。白河藩に養子入りしてすぐに従五位下上総介《かずさのすけ》となる。既に不作が続いている領内の現状を聞き、その対策準備には余念が無い様子。

○種姫
……おめでとう
―ㅁ。）チラッ　……アリガトウ

○寿麻呂（ことぶきまろ）
１７７３―？？
本作創作による治察と因子の第一子。幼名は治察と同じ。

○徳川家基（とくがわ　いえもと）
１７６２―１７７９
第十代将軍家治の長子。史実では幼年期より聡明で文武両道の才能を見せ、将来を期待されていたが急死。江戸幕府の歴史の中で唯一「家」の通字を持ちながら将軍位に就けなかった男となるが、本作ではどうなることやら……

○**前野良沢**

解体新書発行で一躍時の人に。大名や豪商から往診の依頼が舞い込んだり、弟子入り希望者が続出したが、それらを全て断って玄白に丸投げし、さらに語学を極めているらしい。

○**杉田玄白**

時の人その二。人付き合いの苦手な良沢の代わりに各方面からの依頼を一手に引き受ける。忙しいものの、蘭学普及のためにと精力的に活動しており、本人も満更ではない様子。

……病弱じゃなかったんかい！

○**平賀源内**（ひらが　げんない）

１７２８―１７８０

学者、ライター、プロデューサー、コンサルタント、イノベーター、クリエイターと様々な顔を持つ稀代《きだい》の天才。

余りある才で一世を風靡《ふうび》するも、その本質に気付いてくれる者がおらず闇堕ちしかけていたところで外記の存在に救われた……かも？

そのクリエイティブ能力はこの先もきっと役に立つはずだけど、田沼とズブズブなのが外記としてはちょっと気がかり……

○**小田野武助**（おだの　ぶすけ）

１７５０―１７８０

秋田藩佐竹氏家臣、諱《いみな》は直武《なおたけ》。その画才を藩主義敦に見出《みいだ》されて知遇を得る。

源内が阿仁鉱山の技術指導のために秋田を訪れた際に西洋画の指南を受け、後に義敦と共に「秋田蘭画」と呼ばれる画風を構築する。

しかし……「おだのぶすけ」って音だけ拾うと、信長の子孫!?　って勘違いしそう。

○**柘植正寔**（つげ　まさたね）

１７３５―？？

旗本柘植家当主。目付↓佐渡奉行↓長崎奉行と順調に出世コースを歩んでおり、史実ではこの後勘定奉行から清水家家老、そして清水家が明屋敷（当主不在）となった後、その領地や家臣を管理する清水勤番支配となる。

最初に柘植姓を名乗った初代正俊の父は織田信治（信長の弟）らしい。（あくまで作者が調べた範囲での情報なので、間違っていたらすいません）

○アレント・ウィレム・フェイト

この時が三度目の来日。ってことはあと二回は来るのね。

○カール・ペーター・トゥーンベリ

１７４３―１８２８

スウェーデン出身の植物学者、博物学者、医学者。分類学の父、カール・フォン・リンネの弟子でもある。日本の植物事情を調査するため、出島商館付の医師として来日。タイミング良く長崎に来ていた外記、そして江戸では中川淳庵や桂川甫周にその知識を授ける。

出島の三学者の一人らしい。（あとの二人は『日本誌』を著したケンペルと、鳴滝《なるたき》塾のシーボルト）

○中川淳庵

言うほど活躍の場は無かったな……でもトゥーンベリに医学を教わったので、技量も知識もかなり上達したはず。

○桂川甫周（かつらがわ　ほしゅう）

１７５１―１８０９

幕府奥医師桂川家の第四代。桂川家の初代は六代将軍家宣が甲府藩主だった頃からの侍医から後に奥医師になったとのことで、その転身は藤枝家と共通。史実では、甫周の父甫三《ほさん》が前野良沢や杉田玄白と友人であることから、「解体新書」は甫三から将軍家治に献上されている。

本当は早い段階で和訳に参加していたんだが、登場人物を絞るために肝心の和訳の話では一切登場せずに本章で初登場。（忘れていたわけではないぞ！）

○吉雄幸左衛門

長崎通詞における蘭書和訳の中心人物。水銀による梅毒治療法のほか、様々な西洋医学を伝授しているらしい。

○本木仁太夫（もとき　にだゆう）

１７３５－１７９４

長崎通詞、諱は良永《りょうえい》。初登場時は小通詞末席だが、この後順調に出世して最後は大通詞まで昇進する。

本文で地動説を日本で初めて紹介した人と書いたが、「惑星」という単語を初めて使ったのもこの人。天文学関係に強いのかな？

○長谷川宣以

父の死に伴い、四百石の家督を継承。西丸書院番士を務めていたが、家基の命によって外記の随行として長崎へ向かう。

既に史実と出世経路が変わりそうなので、『火付盗賊改方、長谷川平蔵である』のセリフが聞けるかは不明。

○綾

藤枝家の使用人。なにげに賢く、おそらく作中で一番種姫の扱いに長けている。

そして賢丸のお気に入り……ん？　それ以上は内緒じゃ。

参考文献

・大石学 監修『一冊でわかる江戸時代』（河出書房新社）
・岡本綺堂「箕輪心中」『江戸情話集』（光文社文庫）
・杉田玄白『蘭学事始』（岩波文庫）
・山田珠樹 訳註『ツンベルグ日本紀行』（奥川書房）
・みなもと太郎「風雲児たち」シリーズ（リイド社）
・千葉市史編集委員会 編『千葉市史　史料編9　近世』（千葉市）
・原田博二「阿蘭陀通詞の職階とその変遷について」『情報メディア研究』2003年2巻1号
・中沢陽「日本における低緯度オーロラの記録について」『天文月報』1999年2月　第92巻　第2号
・「唐通事と阿蘭陀通詞」（長崎市WEBサイト「ナガジン」）
https://www.city.nagasaki.lg.jp/nagazine/hakken1201/index.html
・千葉古街道歴史散歩（千葉国道事務所WEBサイト）
https://www.ktr.mlit.go.jp/chiba/limit/rekishi/index.htm

・目黒行人坂　大円寺と江戸の大火（ＷＥＢサイト「EDO→TOKYO東京の町並みから江戸の輪郭を探る」）
https://edokara.tokyo/conts/2015/11/07/326

・江戸の科学者列伝　平賀源内（学研プラスＷＥＢサイト「大人の科学.net」）
https://otonanokagaku.net/issue/edo/vol4/index.html

・東京大学農学部創立125周年記念農学部図書館展示企画
「農学部図書館所蔵資料から見る農学教育の流れ」
Flora Japonica. ツンベルク（Carl Peter Thunberg）1784
（東京大学農学部図書館ＷＥＢサイト）
https://www.lib.a.u-tokyo.ac.jp/tenji/125/38.html

・日本植物学の父　ツュンベリー（長崎大学附属図書館ＷＥＢサイト）
https://www.lb.nagasaki-u.ac.jp/siryo-search/ecolle/igakushi/contents/03_thunberg.html

・秋田蘭画、江戸絵画史上わずか7年のキセキ
（公益財団法人東京都歴史文化財団ＷＥＢサイト「Tokyo Art Navigation」）
https://tokyoartnavi.jp/column/2473/

本書はＷＥＢ小説サイト「カクヨム」に掲載された、
「旗本改革男」の「第一章　天才少年現る」から「第三章　蘭学者藤枝外記」を、
書籍化にあたって加筆修正したものです。

公社（こうしゃ）
千葉県在住。本作『旗本改革男』でデビュー。

旗本改革男《はたもとかいかくおとこ》

2025年3月3日　初版発行

著者／公社《こうしゃ》

発行者／山下直久

発行／株式会社KADOKAWA
〒102-8177　東京都千代田区富士見2-13-3
電話　0570-002-301（ナビダイヤル）

印刷所／旭印刷株式会社

製本所／本間製本株式会社

●お問い合わせ
https://www.kadokawa.co.jp/（「お問い合わせ」へお進みください）
※内容によっては、お答えできない場合があります。
※サポートは日本国内のみとさせていただきます。
※Japanese text only

定価はカバーに表示してあります。

ISBN 978-4-04-115973-6　C0093